Степные волки

Алексей Будищев

Степные волки

ISNB: 978-1-63637-679-0

СОДЕРЖАНИЕ

СТЕПНЫЕ ВОЛКИ

Солнце стояло над головою, и его лучи ослепительно яркие и горячие, щедро заливали зелёные степи и цепь невысоких курганов за узкою речкой. Белые чайки, с пронзительными криком пролетавшие над речкою, получали золотистый металлический оттенок. На небо было больно взглянуть: оно все сияло и светилось. Рыжие ястреба то и дело проносились над степью; теперь каждая былинка ярко озарена солнцем, и при таком великолепном освещении легче высматривать добычу.

Сутолкин возвращался из ярового поля к себе на хуторишко. Солнце жарко нагревало его парусиновый пиджак и высокие сапоги, покрытые от ходьбы по траве зеленым налётом, но он бодро шел вперед, размахивая суковатой палкой. До хутора оставалось всего версты полторы, а он родился и вырос в степях и привык и не к такому зною; в июле здесь бывают такие жары, что положительно нечем дышать, воздух накаливается, как в бане, и все живое прячется в низкорослые кустики, в бурьян, в норы, под старые листья и корни; а путник, застигнутый таким зноем, идет медленно, в изнеможении и, как бальной в жару, грезит о раскаленных углях и золотых россыпях.

Сутолкин остановился на минуту, чтобы отереть вспотевший лоб, и снял широкополую из крупной соломы шляпу. Это был сильный, среднего роста, человек лет 35-ти, с рыжеватыми волосами и карими глазами. Лицо его было красно от зноя. Он огляделся. Справа от него извивался овраг с крутыми, безжизненными берегами. До хутора, где он живет, всего верста. Хутор расположен по правую сторону этого оврага, в том месте, где его сухое русло впадает в речку Тилибейку. Сутолкин уже видел его убогие, крытые соломой постройки с полуразрушенным плетнем. Оп презрительно усмехнулся.

"Это не хутор, а воронье гнездо! — подумал он с раздражением.— И ты должен жить в этом гнезде, тогда как у тебя из-под носа утянули целый городок!" Сутолкин взглянул налево и сердито стукнул палкой о землю. На левом берегу оврага виднелся другой хутор, опрятный и обширный, с многочисленными постройками, как живой изгородью, окруженными ветлами. Этот хутор Ветошкина. Он разбит на холме, и за его постройками сбегает под изволок к речке небольшой, но густой садик. Сутолкин подумал: "Этот хутор будет моим во что бы то ни стало. Я вырву его из когтей старого разбойника или пришибу его из-за угла камнем. Он ограбил отца, а я ограблю его самого. Я покажу ему, как тягаться с Сутолкиными!" Сутолкин надел шляпу и хотел было двинуться вперёд, но внезапно застыл на месте. Из-под кручи оврага к нему навстречу вышел человек весьма странного вида. Человек увидел его и тоже остановился, как вкопанный. Он был мал ростом, худ и одет в насквозь просаленную поддевку, плисовые шаровары и стоптанные башмаки. На вид ему было лет 60; его желтое, без признака растительности лицо было сплошь изрыто глубокими морщинами. Это был сам Ветошкин, владелец богатого хутора. Он увидел Сутолкина, и его выцветшие глазки беспокойно забегали, как у крысы, попавшейся в ловушку. Он робко снял с редковолосой головы старенький картуз с козырьком из сахарной бумаги и низко поклонился ему.

— Доброго дня, Егор Сергеич! — проговорил он.

Голос у него был тоненький и слащавый.

Сутолкин позеленел от злобы.

— Уходи, уходи, видеть тебя не могу! — крикнул он злобно, с гневом на всем лице.

Ветошкин бросился бежать. Он пробежал сажень двадцать и, снова остановившись, обернулся к Сутолкину.

— За что вы меня обижаете, Егор Сергеич? Зачем неприличными словами обзываете? Что я вам сделал? — выговаривал он протяжно и нараспев.

Сутолкин вышел из себя и закричал задыхаясь и плохо выговаривая от злобы слова:

— Скажите, пожалуйста, я же его обидел. Ах, ты каналья, ах, ты анафема безбородая! А кто ограбил моего отца? Кто выудил у него сто двадцать тысяч чистоганчиком, когда отец мой был при последнем издыхании? Говори, собака ты куцая! Кто стянул у меня из-под носу Тилебеевку? Кто по миру меня пустил? Говори, ну, говори!

Егор Сергеич окончательно задохнулся и бешено затопал ногами.

Ветошкин всплеснул руками.

— Отцы мол милостивые, я обобрал вашего папеньку! Бог вам судья, Егор Сергеич! Я клад нашёл в донских степях, а вовсе не...

Он не договорил и снова пустился бегом, так как Сутолкин сделал движение, как бы намереваясь ринуться на него.

Ветошкин пробежал еще сажень двадцать и затем остановился и показал рукою на небо.

— Бог вас накажет, Егор Сергеич!

В ответ Сутолкин затряс кулаками.

— Убью, каналья!

— Накажет! — повторил Ветошкин и пустился бежать.

Потом он пошёл шажком и, поминутно озираясь на Сутолкина, запел гнусавым голоском: "Яко до Царя всех подыымем, аллилуйя, аллилуйя..."

Егор Сергеич стоял, дрожа от негодования и говорил, как бы обращаясь к невидимому собеседнику:

— Нет, каков? А? я же его, изволите видеть, обидел! Ограбил отца, отнял у меня родовую Тилибеевку, — и меня же Бог накажет! "Яко да Царя всех..." Ах ты, ханжа безволосая! Постой, я тебе доеду, я тебе покажу, я тебе покажу! — повторял он злобно, совсем по-волчьи, сверкая глазами.

Сутолкин на минуту замолчал, вздохнул и мечтательно добавил:

— Только бы Серафима согласилась!

До него долетело из-за бугра: "Аллилуйя, аллилуйя..."

Сутолкин двинулся в путь. Он спустился в овраг, намереваясь пройти его руслом к речке; там он думал пробраться берегом к усадьбе. Ветошкина и подкараулить где-нибудь в кустах Серафиму, когда она пойдет купаться. Он хотел добиться от неё сегодня решительного ответа. Егор Сергеич шел и думал: "Неужели она не согласится? Неужели она будет такой дурой и откажется от своего счастья?"

Сутолкин вздохнул

— Господи, если бы только она согласилась, — вырвалось у него.

Между тем солнце по-прежнему жгло степи. Кругом было тихо; птицы не пели, только голуби парами проносились порою на водопой к речке и звенели крыльями. От глинистых стен оврага веяло жаром. Красные крыши Ветошкинского хутора смотрели с холма в овраг и раздражали Сутолкина. Он разбивал палкой глиняные комья, выстилавшие дно оврага, и думал: "Тилибеевка не именье, а золотое дно; четыре тысячи десятин земли — шутка сказать! Тут есть к чему руки приложить; это не то, что мой хуторишко с девяносто восьмью десятинами! и всему виной старая кочерга Ветошкин: не ограбь он отца, Тилибеевка была бы моею!" Сутолкин снова вздохнул.

Он уже приближался к речке.

Когда-то давно Тилибеевка, теперешнее имение купца Аверьяна Ветошкина, принадлежала отцу Егора Сергеича.

Рассказывают, что когда старик Сутолкин умирал, его любимый казачок Аверьян, восемнадцатилетний юноша, выкрал из письменного стола старого Сутолкина 120 тысяч и после этого исчез неизвестно куда. На Тилибеевке были долги, новый её владелец был малолетний, и она пошла с молотка. Вскоре после этого явился Аверьян и перекупил Тилибеевку, рассказывая кой-кому, якобы по секрету, что он нашел в донских степях богатый клад. Таким образом из бывшего казачка Аверьяна он превратился в купца второй гильдии Аверьяна Ветошкина, владельца всей Тилибеевки и земского гласного. Когда молодому Сутолкину было 18 лет, он случайно встретился с Ветошкиным на охоте в "ореховом кусту" и выстрелил в него из ружья, но не убил, а только изорвал на нем поддевку. Сутолкина судили и оправдали, но все же он был исключён за это из гимназии. С этих пор он безвыездно живет на маленьком хуторишке, перешедшим к нему по наследству от матери.

Егор Сергеевич подошёл к речке и расположился на берегу. Скоро сюда придет купаться Серафима, воспитанница Ветошкина, и он добьется от неё положительного ответа: согласна ли она, наконец, сделаться его женою на тех условиях, какие он ей на днях предлагал. А условия эти заключались в следующем. Как-то Сутолкин узнал от Серафимы, что Ветошкин за последние годы наделал много долгов по винокуренному заводу и долгов этих уплачивать не желал. Для этой цели он выдал Серафиме векселя всего на сумму 185 тысяч, а пока он замазывал рты кредиторов процентами. Когда же кредиторы подадут ко взысканию (а это, как предполагал Ветошкин, должно было случиться не скоро), Серафима представит в суд векселя и таким образом в уплату долгов из кармана Ветошкина уйдет далеко не все. Этой операцией Ветошкин надеялся нажить тысяч 50. Дело было обставлено по всей форме. Ветошкин доверял Серафиме, но выданные ей векселя держал, конечно, у себя под замком. И вот Сутолкин предлагал Серафиме выкрасть эти векселя и бежать к нему, обещая жениться на любившей его девушке. Но Серафима колебалась, плакала и обыкновенно на такие предложения говорила:

— Грешно, Егор Сергеевич! ох, стыдно мне, миленький...

Теперь Сутолкин намеревался добиться окончательного ответа.

Егор Сергеевич подумал: "Если бы только она согласилась на это, я отбил бы Тилибеевку!" Глаза Сутолкина загорелись. Он приподнялся и поглядел на дорогу. Из-за бугра показалась молодая женщина в черном люстриновом монашеского покроя платье, повязанная белым платком. Она увидела Сутолкина, ускорила шаги и улыбнулась всем лицом. Через минуту они уже были рядом.

Это была девушка лет 22-х, тонкая, высокая и стройная, с большими серыми глазами, задумчивыми и набожными, черноволосая и чернобровая. Через её плечо была перекинута простыня. Её худощавое и бледное лицо раскраснелось от зноя, а красиво разрезанные губы, видимо, совсем не привыкшие к улыбке, стали пунцовыми. Девушка улыбнулась.

— А я собралась купаться и вдруг вижу вы, — сказала она, вся как бы осветившись на минуту выражением счастья.

Егор Сергеевич усадил ее под берегом, поместился рядом с нею и стал ласкать её руки с тонкими и бледными пальцами, в то время, как его лицо было совершенно серьезно и озабочено.

Вокруг было тихо. Речка лежала в зеленых берегах, как зеркало; стая белогрудых с оранжевыми носами гусей медленно плыла посреди речки, да серебристая плотва бегала у берега целыми стадами.

— Согласна ли ты сделать то, о чем я тебя просил? — наконец спросил ее Сутолкин.

Девушка потупила глаза.

— Ох, боюсь я, Егор Сергеич. И боязно и стыдно... Греха я боюсь...

Сутолкин поднялся па ноги.

— Какой же тут грех? Ну какой тут грех? — заговорил он сердито и в раздражении. — Не надо быть размазней, иначе тебя съедят и даже не поблагодарят за это — вот единое житейское правило, на котором держится весь земной шар. Ведь этот самый Ветошкин не поцеремонился ограбить моего отца, и я хочу только восстановить свои права. Нужно биться с ним его же оружием, только в таком случае и возможна надежда на победу. Что делать, голубка? с волками жить, по-волчьи выть! Разве ты об этом никогда не слыхала? Да-с, — вздохнул он, — прими к сведению, что на земле весь род людской чтит одну священную заповедь. И знаешь какую? "Если ты не хочешь быть пережевываемой котлетой, так будь челюстью, ее жующей!"

Егор Сергеич заволновался; он постоянно дергал рыжеватые усы и ерошил курчавые волосы. Девушка сидела, потупив глаза, и разгребала носком башмака серебристый песок.

— Голубка, неужели же ты не хочешь нашего счастья? — снова заговорил он через минуту. — Ведь это так легко устроить. Я уже говорил тебе, стоит только взять хорошую стамеску и приподнять доску письменного стола, тогда ящик выдвинется и без ключа, и векселя будут в твоих руках; твои векселя, как же ты не хочешь этого понять? Ведь Ветошкин выдал тебе их сам без всякого с твоей стороны принуждения! Так возьми же их! Голубка, право, в этом нет никакого греха! Наказать негодяя — разве это грех? И притом вспомни только, что этот ястреб сделал с тобою, когда ты была неопытной! Ведь это волк в овечьей шкуре!

Сутолкин опустился рядом с Серафимой и ударил кулаком по песку. Серафима вспыхнула; в её серых глазах сверкнули слезы.

— Глупа я была тогда, Егор Сергеевич, — вырвалось у неё протяжно, как стон.

— Ну вот то-то же и есть! Ты глупа была, а он воспользовался твоей наивностью. Тоже на воспитание сиротку взял, грамоте обучал, книжки божественные читать давал, а сам, как волк, ночью в спальню залез... Да! Голубушка, о чем же ты плачешь? Милая, что с тобою? — вдруг переменил тон Сутолкин.

Серафима действительно плакала, закрыв лицо руками и вся содрогаясь от удушливых рыданий.

Сутолкин нагнулся к ней, крепко обнял плечи девушки и услышал сквозь её рыдания:

— Грешница я! Поганая я! Грешница! В монастырь мне идти надо... душеньку свою спасать... Грех меня опутал всю... У-у! И за что Господь послал мне такую каторгу?.. Страшно подумать, от живой жены с ним жила, потом тебя встретила, полюбила, и опять на грех идти надо. У-у, — будто ныло в её груди.

Сутолкин прижал девушку к себе, стараясь успокоить ее этим сильным объятием.

— И совсем не на грех и совсем не на грех! Помочь ограбленному не грех, наказать грабителя не грех. Да, не грех, не грех, не грех! — шептал он сердито, почти с гневным выражением лица. — Ах, если бы ты помогла мне отвоевать Тилибеевку, я бы на руках носил тебя, я бы не надышался на тебя! — вдруг вырвалось у него совсем восторженно, точно он только сейчас вспомнил о своей настоящей любви. — Ах, если бы это случилось! Понимаешь ли ты меня, горленка? Ведь я чувствую в себе богатырские силы, а сижу на девяносто восьми десятинах, в вороньем гнезде и изнемогаю от безделья! — говорил он, весь прижимаясь к девушке, страстно и взволнованно, будто опьяненный своими всегдашними мечтами. — Ах, если бы ты вернула мне мою Тилибеевку! Слушай, сегодня ночью, в час, я приеду к вашему саду в лодке, слышишь? А ты выходи ко мне и выноси свои векселя. Да? Затем мы повенчаемся, и как же мы будем счастливы! Господи, какая это будет блаженная жизнь! Ведь да? Ты сделаешь это ради меня? Да?

Егор Сергеич целовал руки девушки, восторженно повторяя все одни и те же грезы свои, будто желая отравить ими мозг девушки. И он добился своего. Серафима согласилась.

Между тем, когда Серафима возвращалась к себе в усадьбу, в воротах с ней встретился Ветошкин; он сердито рванул ее за платье, ущипнул за руку и зашипел:

— По три часа купаешься; иль любезного завела? Мы уж пообедали, спроси себе чего-нибудь на кухне! Ась? Прекрасная магометанка, умирающая на гробе своего возлюбленного, идите-с кушать!

Его глаза заблестели, как у обозлившейся змеи. Он запевался.

— Негодница, потаскушка, бесстыдница! — выкрикивал он, будто охваченный припадком.

Серафима рванулась от него, так как к воротам шел работник, ведя на водопой лошадь. Ветошкин увидел его, поднял глаза и замурлыкал:

"Блажен муж, иже не иде на совет нечестивых..."

А Серафима прошла к себе в комнатку. Ей хотелось побыть наедине с собою. Голова её пылала.

"Господи, Боже мой, — думала она, — какая я грешница, меня словно дьяволы преследуют. И так всю жизнь! Дьяволы, дьяволы, дьяволы!" будто гудело в её ушах.

Она опустилась на стул.

Поскорей бы вырваться из этого ада; тогда она начнет новую жизнь, хорошую и безгрешную. Для этого ей нужно взять ночью из стола Аверьяна Степаныча векселя и передать их Егору Сергеичу. Зачем так надо! В самом деле, в этом нет никакого греха. Преступников надо наказывать. "Или прощать?" словно шепнул ей кто. Она вся замерла в прежней позе, отдаваясь своим мыслям, воспоминаниям, целому хаосу опутывавших ее ощущений. Серафима вспомнила свои детские годы. Родителей своих она не знает. Ее взял на воспитание Ветошкин, малолетнюю босоножку, чуть ли не нищенку. Ее кормили, одевали, и когда она подросла, стали учить грамоте. Она ходила за птицею и, кроме того, прислуживала больной жене Ветошкина. Жена его Прасковья Ильинишна разбита параличом и вот уже восемь лет сидит без ног и языка, но, тем не менее, она больно дерется единственной здоровой рукой.

Серафима вздрогнула, по её спине прошли мурашки, ей стало холодно. Ей припомнилась страшная ночь. Это было тогда, когда Серафиме исполнилось 17 лет. Ночью ревела буря, ломая в саду ветка и гремя железными крышами построек. Дождь лил, как из ведра. Говорят, в эту ночь на Тилибеевке снесло три плотины, а в полях разметало много скирд. И в эту ночь в её комнату вошел Аверьян Степаныч. После этого для Серафимы потянулись ужасные, тяжелые годы. Она часто плакала и просила Бога прибрать её грешное тело. Иногда же на нее нападало ожесточение, и ей хотелось раздавить ласкавшего ее старика, как отвратительную гадину. И она зажигала в кивоте свечу и читала божественные книги, чтобы выгнать ожесточение из сердца как злого духа. А потом она встретила Сутолкина, полюбила его и опять пошла на грех. Порою Серафиме казалось, что ее преследуют дьяволы и толкают ее на грех, без всякого с её стороны желания.

Серафима вздохнула; в её глазах стояли слезы. Внезапно она услышала за стеною какие-то странные звуки, похожие на мяуканье кошки. Девушка пошла туда. Это звала ее Прасковья Ильинишна. Серафима вошла к ней. В комнате больной до головокружения пахло деревянным маслом и курительной свечкой. Прасковья Ильинишна сидела в кресле. Это была полная старуха с одутловатым лицом и безжизненными глазами. Она увидела Серафиму и замотала головой:

— Ававам...

Серафима зажгла новую курительную свечку, запах которой Прасковья Ильинишна страшно любила. Но старуха требовала не этого. Она рассердилась, усиленней замотала головою и позвала рукою девушку. Серафима подошла к ней, спрашивая глазами, что ей надо. Старуха ударила ее кулаком по голове. В её безжизненных глазах загорелись на минуту зеленые огоньки; она завозилась и забрызгала слюнями.

— Агру-авас!

Девушка поняла. Старуха требовала грушевого квасу.

Скоро подошел вечер.

Степи заснули; заря догорела. Ночь накрыла степи тьмою, как черной шапкой. Только ветерок осторожно крался порою от травки до травки, с кисти на кисть. И тогда по всей степи проносился легкий вздох. Казалось, степь вспоминала о печальном событии в своей жизни и вздыхала, и её зеленая грудь скорбно волновалась, а на синие очи набегали тёмные тучи. В то же время небольшая рощица, дремавшая на кургане, просыпалась и кивала соседке кудрявой головою и шептала ей грустные речи. Казалось, она хотела утешить степь и, поведать ей, что и она видала виды. Над ней тоже гремели грозы, проливались дожди и горланила свободный песни бездомовая пьяная вольница — степные бураны... Серафима лежала в постели одетая, с широко раскрытыми глазами, и думала о том, что ей предстояло сделать. Под её подушкой лежала стамеска. В соседней комнате пробило 11 часов. В комнате было темно; сердце девушки громко стучало. Сейчас она совершит подвиг; она украдет векселя из стола Аверьяна Степаныча. Да, это подвиг. Разве не подвиг возвратить ограбленному его достояние? Теперь она понимает это ясно. Бог сжалился над нею и послал ей Сутолкина. Она возвратит ему его право и искупит этим свои грехи. Дьяволы больше не будут преследовать ее, и она возродится к новой жизни. Серафима соображала. Аверьян Степаныч спит в сенцах, и по близости кабинета нет ни души. Ей будет нетрудно выполнить свою задачу. Только бы удалось приподнять стамеской крышку письменного стола. Серафима вздрогнула; дверь её комнаты слабо скрипнула, и какая-то тень метнулась к её кровати. Она догадалась, испугалась и спросила шёпотом:

— Это вы, Аверьян Степаныч?

Ей стало холодно. Жесткие пальцы скользнули по её платью, и она услышала:

— Я, я, моя кралечка... Прекрасная магометанка! Розета из испанского балета! Синеглазый вечер Тилибеевских пустынь! Я это! я! я.

Серафима зашептала:

— Послушайте, уходите, Аверьян Степаныч, успокойтесь...

Кое-как с большими усилиями ей удалось выпроводить старика за дверь.

Через несколько минут она пошла к сенцам послушать, уснул ли старик. Но он не спал, ворочался, скрипя кроватью, и шептал:

"Да воскреснет Бог и расточатся врази Его..."

Девушка села на пол, поджав под себя ноги, и долго слушала, пока, наконец, не затих шёпот. Старик заснул и засвистел носом. И тогда Серафима прошла в свою комнату, вынула из-под подушки стамеску и, робко озираясь, направилась к кабинету Ветошкина.

Девушка отворила дверь кабинета; дверь скрипнула так громко, что Серафима вздрогнула. Ей показалось, что какая-то тень шмыгнула мимо неё в растворенную дверь. Ей стало страшно и она невольно зажмурила глаза; так прошло несколько секунд.

Наконец она решилась открыть глаза и заглянуть в дверь. В комнате никого не было; только облачная тень проходила порою по его выбеленным стенам осторожно, как странный призрак. Девушка подошла к столу, оглядела со всех сторон его крышку и, найдя щель, до половины засунула в нее стамеску. Её сердце громко застучало; почему-то ей показалось, что под столом кто-то сидит, скорчившись, и тянется к ней костлявыми пальцами. Однако она преодолела страх и заглянула под стол, но там белели только бумажки разорванных счетов. Серафима навалилась на стамеску; крышка заскрипела и девушке почудилось вблизи: "Да воскреснет Бог...", но она успокоила себя: "это шумит в ушах" и снова навалилась на стамеску. Крышка приподнялась настолько, что теперь без труда можно было выдвинуть ЯЩИК. Девушка, боясь глядеть по сторонам, стала искать нужные ей бумаги. Скоро она нашла их и, вдвинув ящик, снова опустила крышку стола, навалившись на нее всей грудью. Затем она прошла домом в сад, дрожа от волнения и поминутно повторяя:

— Господи, помилуй! Господи, помилуй!

В саду было тихо и темно, девушка то и дело натыкалась на кусты, которые казались ей призраками, преграждавшими дорогу. Серафиме стало страшно, и она пустилась бегом к речке. Когда она была уже на берегу, к ней навстречу вышел из-за темных кустов Сутолкин. На его плечи был накинут широкий чапан. Он был бледен.

— Ну, что, как? — спросил он, хватая Серафиму за руки.

Девушка не сказала ни слова, побледнела и зашаталась. Ее покидали силы. Сутолкин обнял ее, взял на руки и перенес в лодку. Затем он вытер её бледное лицо намоченным в воде платком. Девушка пришла в себя и открыла глаза.

— С тобой ли бумаги? — спросил ее Сутолкин, чувствуя, что он начинает зябнуть.

Девушка утвердительно кивнула головою.

— А куда ты дела стамеску?

Серафима кивнула на левый бок. Егор Сергеич догадался, полез к ней в карман и вынул оттуда пачку бумаг и стамеску. Затем он зажег спичку, пробежал содержание бумаг и забросил стамеску далеко в речку.

— Так-то будет лучше. А вдвинула ли ты ящик?

Серафима несколько пришла в себя.

— Вдвинула, — сказала она, будто прося пощады.

Её плечи дрожали. Сутолкин накинул на нее свой чапан,

пожал её руку и отпихнул лодку. Лодка выскочила на середину речки. Егор Сергеич сел к веслам, поставил лодку вниз по течению и, сложив весла, заговорил:

— Боже мой, какое счастье! Тилибеевка, наконец-то, моя! Мы будем трудиться, и вокруг нас закипит рабочая жизнь. Я перекуплю у Ветошкина завод, обновлю мельницы, поставлю водяные молотилки и подниму залежи. Четыре тысячи десятин земли — здесь есть где развернуться! Милая, чрез десять лет я буду миллионером. Я удесятерю доходность имения. Ах, Серафима, Серафима, если бы только ты знала, что ты сделала для меня! Если бы это мог чувствовать отец! — Сутолкин осторожно подвинулся к девушке и обнял её колени; его сильная грудь задрожала от волнения, будто все эти мечты, надававшие ему сна и покоя, колебали ее как степные бураны.

С Серафимой снова сделался обморок...

Сутолкин стал мочить ей виски. "Боже мой, — думал он, — какая она у меня слабенькая!"

Он склонился к девушке и зашептал:

— Милая, не надо так волноваться. Поверь мне, мы сделали вовсе уже не такое плохое дело. Степь нуждается в рабочих силах, и ей нужны только сильные работники. А я буду работать, как вол. Когда счастье бежит от нас, его надо ловить, как дикого коня, арканом за шею и прыгать ему прямо на спину. У кого сильные мускулы и смелое сердце, тот сумеет подчинить его своей воле. "Работайте! — вот что кричит нам в уши жизнь. — И работая завоевывайте ваше счастье". Способные должны оттирать неспособных; больных можно жалеть и помещать в больницы, но все поле деятельности должно оставаться за сильными и способными. На этом заложен рост всего человечества! Серафима, понимаешь ли ты меня? Я хочу дела, большого дела!

Сутолкин толкнул веслами и так сильно, что одно весло разломилось пополам. Лодка сделала прыжок. Сутолкин засмеялся.

— Эта речка слишком мала для меня, а судьба думала, что я просижу всю жизнь в вороньем гнезде!..

Бледный серп месяца выглянул из-за тучи и посеребрил чешуйчатый след лодки. Сутолкин поехал с одним веслом.

Когда Ветошкин узнал о бегстве Серафимы и о похищении выданных на её имя векселей, он положительно пришёл в неистовство. — Он, как в припадке, набрасывался на рабочих, бил параличную жену, по целым дням брюзжал и шипел, как змея, и забывал даже петь свои излюбленные духовные стихи Он несколько раз пытался увидеться с Серафимой и Егором

Сергеевичем, но его не принимали, а Сутолкин пригрозил, что изобьет его, как наблудившую собаку, если только увидит поблизости своего хутора. Но Ветошкин еще не терял надежды вернуть похищенные бумаги. В его голове создавались кое-какие планы.

Было утро веселое и радостное. Накануне вечером упал дождик и степи повеселели, отдохнули от зноя и благоухали. Жаворонки пели над ними свои весёлые песни; тихий ветерок тянул без перерыва, благоухающий и прохладный, и покрывал рябью зеленую грудь степей. Сутолкин выехал верхом из околицы и на минуту придержал лошадь, — так было хорошо вокруг. Степь лежала, как молодая женщина, прекрасная и сильная, полная жизни и неиссякаемых радостей, лежала и томилась в ожидании любимого жениха. Сутолкин жадно вдыхал благодатный воздух полей и думал, глядя на степь: "Полно тебе нежиться да бездельничать; ты дождалась своего жениха. Взгляни, вот он здесь, возле. Он изрежет твою грудь плугом и оплодотворит тебя семенем, он пригонит к тебе на забаву табуны легконогих коней и стада тонкорунных овец. И ты насыплешь его амбары пшеницею, а карманы — золотом!"

Сутолкин сдвинул на затылок шляпу, просиял всем лицом и ударил лошадь плетью. Ему нужно было торопиться в поля. Лошадь понеслась вихрем.

— Здравствуй, невеста! — крикнул Сутолкин, будто пьянея от своих дум, и внезапно расхохотался. Он чувствовал в себе избыток сил. Он был счастлив от сознания, что вышел победителем из битвы с Ветошкиным, и что Тилибеевка, наконец, его. Но едва он скрылся за ближайшим бугром, как из придорожного бурьяна вылез маленький человечек в засаленной поддевке и стоптанных башмаках. Он посмотрел вслед удалявшемуся Сутолкину и по-петушиному, вытянув шею крикнул:

— Здравствуй, невеста! Вор, грабитель, распутник!

Это был Аверьян Ветошкин. Он всю ночь пролежал в бурьяне, дожидаясь, когда уедет со двора Сутолкин. Ветошкин погрозил кулаком, заплевался и по-воровски, задворками, отправился в домишко Сутолкина.

Серафима сидела у окна и что-то вышивала, как всегда с сосредоточенным лицом, таким бледным и строгим. И вдруг она вздрогнула; она услышала знакомое ей шмыганье башмаков, вскинула глаза и побледнела. Перед ней стоял Аверьян Степаныч. Казалось, он постарел еще более и его глаза ввалились. Ветошкин шаркнул башмаками, захихикал и сказал:

— Здравствуйте, герцогиня. Довольны ли вы своим полюбовником? Впрочем, между прочим, мы на вас зубки точим! Нельзя ли вам заказать воровской отмычки? Мне одну бумагу у соседа уворовать надо бы? Ась?

Ветошкин снова захихикал: его ввалившиеся синие губы запрыгали, а в глазах сверкнули огоньки. Серафима слушала, бледная и взволнованная.

— Уходите, — прошептала она, вся будто колеблемая ветром, уходите, или я буду кричать. Слышали?

Ветошкин сделал шаг, внезапно упал на колени н протянул к Серафиме руки. Все его лицо сразу преобразилось, и вместо злобы и ненависти Серафима увидела на нем лишь одни невыносимые мучения.

— Серафимушка, возврати мне бумаги, ведь я отцом твоим был, на руках тебя вынянчил!- выкрикивал он протяжно, весь извиваясь как на, огне. — Серафимушка! За что же ты хочешь пустить меня на старости лет по миру? Не губи меня, Серафимушка. О-о-о!

Ветошкин припал к ногам Серафимы. Его подбородок запрыгала Серафима поднялась со стула...

— Уходите, или я закричу! — проговорила она и сделала движение к двери.

Ветошкин преградил ей дорогу; его лицо снова преобразилось, и, приближаясь к ней медленно и как-то по-кошачьи, он зашипел:

— Закричать? Вот что... слушай! Слушай, развратница, когда так, и казнись!

Старик вытянулся во весь рост и торжественно, поднял руку над головой.

— Слушай! — он передохнул всей грудью. — Слушай! Знаешь ли ты, герцогиня, что ты живешь с родным братом и венчаться я вам не позволю! — проговорил он затем медленно, с расстановкой, будто выковывая каждое слово. — Чего? Нет, не позволяю! Ты живешь с родным братом. Бог покарал тебя, и дьяволы ждут тебя в геенне огненной. Ась? Но-ни-ма-ешь? — дико взвизгнул он.

Старик снова сделал торжественный жест. Девушка стояла белая, как полотно, широко раскрыв глаза. Её голову наполнял туман. Она боялась дышать Ветошкин продолжал:

— Ты живешь с родным братом, якобы с мужем! Вы дети одного отца, только Егор Сергеич рожден женою покойного барина, а ты — его полюбовницей, дворовой девкой Агашкой!

Ветошкин на минуту замолчал и затем низко поклонился, весь содрогаясь от смеха.

— Честь имею поздравить с намерением вступить в законный брак с братцем!

Аверьян Степаныч снова внезапно захихикал, а затем также внезапно завопил:

— Дьяволы, дьяволы, дьяволы ждут тебя и растащат твое распутное тело раскаленными клещами. У-у-у! — снова завопил он, будто натравливая собак.

У Серафимы подкосились ноги. Она хотела говорить, но язык не повиновался ей. Наконец она с трудом выговорила:

— Аверьян Степаныч, родной, вы говорите неправду. Пожалейте меня! Ах, зачем же вы молчите! Слушайте! Говорите хоть что-нибудь, мне страшно!

Девушка упала на колени, прикасаясь руками к ногам старика в мольбе и мучениях, в то время, как её лицо напоминало собою какую-то маску ужаса.

Ветошкин перекрестился.

— Как перед Богом.

Серафима вскрикнула. Ею овладел безотчетный ужас. Ей хотелось скрыться, спрятаться, зарыться куда-нибудь с головою от преследовавших ее дьяволов. Ей стало ясно, что они преследовали ее всю жизнь и, наконец, толкнули на самый чудовищный грех. И теперь они явятся за ней и растащат её распутное тело раскаленными клещами. Ей нет прощения, нет надежды на спасение, она — игрушка дьяволов!

Ветошкин склонился к девушке. Он не узнавал её лица, до того оно было бледно и искажено ужасом. В этом лице будто все трепетало. Он тронул её плечо.

— Искупи грех свой, возврати мне бумаги, пожалей старика! — он снова заплакал. — Не для себя я собирал богатства, дочка, а для Бога! — вытягивал он из себя слова, звучавшие в комнате как тихое гудение пчелы, — не для себя! Доче-чка! Мне ничего не надо! Для Бога, как пчелка, тружусь. Я! Для Бога! Да! Умру, ангельчик, все людям оставлю, а кому — Богом это предусмотрено! Бог все распределит, а меня в поддёвочке засаленной похоронят. Мне ничего не надо. — Старик всхлипнул.

Серафима ничего не понимала. Мысли беспорядочно метались в её голове, как стан испуганных птиц. Ветошкин плакал и сморкался.

— Где спрятаны векселям? Дай ключ, дочурочка моя. Ух, дочурочка! Ла-а-сковая! Где?

Серафима сообразила. У неё спрашивают ключ от письменного стола, где лежат бумаги. Говорят, что это надо сделать для спасения её души. Но это вздор, спасение для неё невозможно; её греху нет названия; а ключ она все-таки отдаст: зачем он ей? Ведь ключ от её счастья все равно утерян и навсегда. Заветная дверь к её счастью накрепко забита, как крышка гроба.

Серафима стала на ноги и подала ключ Ветошкину. Его глаза загорелись торжеством; он стал пробовать, от какого ящика этот ключ. Когда замок звякнул, Серафима взвизгнула и опрометью бросилась вон из комнаты. Ей казалось, что дьяволы хотят запереть ее, чтобы растащить её тело клещами. Она сама вручила им ключ от преисподней. Она бежала, тяжело дыша и повторяя:

— Господи, помилуй! Господи, помилуй!.. Матушка Владычица, святые угодники, архангелы Божии...

Она боялась оглянуться назад. Ей казалось, что она увидит за собою дьяволов, корчащих отвратительные гримасы и хватающих ее за платье костлявыми пальцами. В поле она увидела Сутолкина; он стоял на меже и смотрел, как ходят новокупленные плуги. Серафима увидела его и, совершенно обезумев от ужаса, закричала:

— Милый, спаси! Братец, архангелы Божии!..

Она споткнулась на камень, забилась и завизжала

тем диким голосом, каким вопят кликуши. Сутолкин увидел ее, услышал её крик и понял, что произошло нечто ужасное. Он бегом бросился к ней, широко размахивая руками.

Между тем Ветошкин с пачкою векселей в кармане выходил задворками из усадьбы Сутолкина и думал: "Как я все это хорошо устроил; дурочка всему поверила, очень лестно видно барской дочкой быть! Может быть, ты и барская дочка, только не нашей губернии господ! Да-с".

Он спустился в овраг, сел на корточки, зажег спичку и, вынув из кармана все векселя, поднес их к огню. Бумага вспыхнула. Ветошкин злорадно усмехнулся и подождал, пока бумага не превратилась в пепел. Этот пепел он растер в пыль и вытер руки о засаленные полы поддевки. Затем он направился к своей усадьбе и запел:

"На божественной страже многоглаголивый Аввакум..."

МИШЕНЬКА РАЗУВАЕВ

Мишенька Разуваев, юноша лет двадцати двух, коренастый и сутуловатый, вернулся из поля в усадьбу сильно встревоженный и даже слегка побледневший. Он передал лошадь конюху и поспешно направился к дому, с выражением беспокойства в серых глазах, нервно пощипывая крошечную светлую бородку, походившую на цыплячий пух. У крыльца он увидел молодую солдатку Груню, здоровую и краснощекую, прислуживавшую у них в доме.

— Тятенька дома? — спросил он ее.

Та кокетливо вильнула глазами.

— Нет, они в поле уехамши, — проговорила она, с трудом шевеля губами, сплошь облепленными кожурой подсолнуха.

Мишенька, казалось, встревожился еще более.

— В поле? Ах ты, Господи! А ты не знаешь, куда именно?

Груня достала из кармана свежую горсть подсолнухов.

— Не знаю, Михал Семеныч. Варвара Семеновна грит — кто его знает где!

Мишенька прошел домом в комнату сестры, но Варюши там не было. Тогда он снова, беспокойно хмурясь, вышел из дому и отправился в сад. В саду был полусумрак, хотя солнце еще не закатилось; по небу беспрерывно бежали тучи, и осенний день точно недовольно хмурился. Желтые, бурые и ярко-красные листья осыпались с деревьев на дорожки, как хлопья какого-то разноцветного снега. Дул ветер; было свежо.

Мишенька пошел липовой аллеей и позвал, повышая голос:

— Варя, Варюша!

Он прислушался. Из-за кустов еще совершенно зеленой, будто моложавившейся сирени послышалось — Это ты, Миша?

Послышался шелест платья, и к Мишеньке вышла молодая девушка, белокурая и полная, с хорошими карими глазами.

— Тятенька в поле? — спросил Мишенька сестру. — Не знаешь, где именно?

Девушка ласково смотрела на брата.

— Нет, не знаю; а что?

Мишенька заговорил, беспокойно хмуря брови:

— Да я боюсь, не поехал ли он к "Рубежному овражку". Видишь ли, с мужиками опять несчастье — лошадей своих на наши озими запустили. Да! Еду я и вижу весь их табун на нашем поле, а пастуха нет, пастух Бог его знает где! Я сейчас в

Безотрадное поскакал, так и так, мужикам говорю, сгоните лошадей, поколь тятенька не видит, а то опять скандалы из-за штрафов пойдут. — Мишенька на минуту замолчал. Варюша внимательно слушала брата.

— А теперь я боюсь, — продолжал тот, — тятенька в поле, так уж не ехал ли он за мной следом в качестве господина Лекока. Он частенько таким манером меня проверяет. А если он мужицких лошадей видел, так у нас опять скандалы из-за штрафа пойдут. Ах ты, Господи!

Мишенька вздохнул.

— Может быть, дяденька Геронтий знает, куда тятенька поехал? Как ты думаешь? А?

Та шевельнула плечами.

— Может быть, знает.

Мишенька, вздыхая, торопливо направился к дому. Он обогнул дом и коридорчиком прошел к боковой комнате — "боковушке", как ее называли, где помещался дяденька Геронтий.

В боковушке было до одурения накурено махоркой. Геронтий Иваныч по своему обыкновению ходил из угла в угол по комнате в неопрятной распоясанной рубахе, нанковых шароварах и войлочных туфлях. Его худая и маленькая фигурка с ввалившимися щеками и жидкой бороденкой маячила от угла до угла с таким покорным видом, словно его водили на поводу. Он ходил по комнате, жестикулировал и что-то бормотал. Когда-то он был богат, но, спустив отцовское наследство, долго скитался по балаганам артистом на роли злодеев, вследствие чего он и приобрел привычку постоянно декламировать и пить водку. Теперь он жил на иждивении своего брата Семена Иваныча, от которого получал на табак по три рубля ежемесячно. При входе Мишеньки Геронтий Иваныч наклонился, достал из-под неопрятной кровати початую бутылку водки и, отпив прямо из горлышка, снова заходил, шлепая туфлями, жестикулируя, декламируя и не обращая на племянника никакого внимания.

— Душа моя горячей крови просит, как разъярённый зверь! Не потерплю обиды... — сипло вытягивал он из себя.

Мишенька покачал головой.

— Ах, дяденька, дяденька.

Он тронул его за рукав.

— Дяденька, вы не видели, куда тятенька уехал?

Геронтий Иванович перестал жестикулировать.

— Нет, а что?

В его глазах на минуту мелькнуло что-то в роде смысла.

— Так, дяденька. Вам можно сказать по секрету?

— Говори, гонец; я слушаю и в сердце мщенье затаю пока...

Геронтий Иваныч сел на стул с сломанной спинкой.

— С безотраднинскими мужиками несчастье случилось, — начал Мишенька, присаживаясь на кровать, накрытую грязным халатом, и рассказал дяденьке всю историю о крестьянских лошадях.

Геронтий Иваныч расхохотался, забрызгал слюнями и закашлялся.

— О, отпрыск разуваевский, не узнаю тебя в твоих поступках!

Мишенька встал с кровати с досадой и болью на лице.

— Не смейтесь, дяденька, ей Богу мне не до смеху.

Дяденька переменил тон.

— Верю, товарищ! Дай руку мне! Твой тятенька подлец первостатейный! Он три рубля мне в месяц платит на водку, на табак и на одежду, как будто бы артист не может все три рубля в единый миг пропить!

Геронтий Иваныч затряс головою, закашлялся, засмеялся и добавил:

— А я, Мишенька, именно сегодня жалованье-то получил.

Дверь боковушки скрипнула. На пороге показалась Груня; она брякнула бусами, как лошадь сбруей, и сказала:

— Пожалте, Михал Семеныч, вас к себе Семен Иваныч требуют.

Мишенька порывисто поднялся на ноги и побледнел.

— Он сердит? — спросил он тревожно.

— Да как быдто бы не в себе. Они, слышь, безотраднинских лошадей с озимей загнали.

Мишенька вздохнул, почесал затылок, чмокнул губами и вышел из боковушки. В коридорчике его нагнала мать, худенькая и тоненькая старушка в темном платье, Пелагея Степановна.

— Мишенька, — подошла она к сыну, — тебя сам зовет, только ты, голубочек, поласковее будь. А? Будь, родненький, поласковее!

Мишенька сокрушенно махнул рукой.

— Ах, маменька, точно я виноват в чем; тятенька сам не знай чего наделает, а потом мне же достается. Препоручил мне хозяйство, а сам во все вмешивается и шпионит за мной!

Пелагея Степановна замахала руками.

— Тише, родненький, иди с Богом, а я тебе пойду, лепешек со сметанкой поджарю; може, с чайком покушаешь, как от самого вернешься? Покушаешь, родненький?

Мишенька махнул рукою.

— Какой тут чай!

Он вошел в кабинет к отцу. Отец-Разуваев сидел за столом и щелкал на счетах.

— 152 головы в округе, ну, хоть по рублю двадцати, итого 182 рубля 40 копеек, — говорил он, сводя итог.

При входе сына отец приподнял голову. Это был крепкий старик в длиннополом сюртуке и сапогах бутылками, с строгим лицом и длинною бородой. Он насмешливо кивнул седою головой.

— Покорно вас благодарим, сыночек; ловко вы наши антиресы блюдете. Мерси вам большое!

Глаза старика язвительно сверкнули.

— Еду я полем, — продолжал он, — и вижу: весь безотрадининский табун на наших озимях нагуливается. Ловко вы, сыночек, дела обделываете! С этаким сыночком и по миру как раз пойдешь! По миру с сумою под ручку с нуждою! — воскликнул он насмешливо.

Старик глядел на сына пристально и сурово, и сыну казались глаза отца похожими на костяшки счет.

Мишенька, потупив глаза, молча стоял у притолоки, но при последних словах отца он вспыхнул.

— Не говорите, тятенька, зрятины, — выговорил он, — со мной вы по миру не пойдете. Вон Гриша Колотилов с цыганками в один присест по тысячи монет прохвачивает, а я даже не знаю, каким настоящие цыганки и мылом-то умываются! А вы, вы не с того конца на дело глядите.

Старик шевельнулся, но Мишенька продолжал, бледнея.

— Я, тятенька, на себя гроша медного не трачу, и если не загнал безотраднинских лошадей, так только потому, что мужиков пожалел! Да-с, пожалел! И я думал, что хозяйничать, тятенька, тоже с крестом на шее надо. Деньгу, тятенька, не из мужика, а из земли вышибать надо, а из мужика по нонешним временам много не вышибешь. Да-с, не вышибешь! 180 целковых нас, тятенька, не обогатят, а с мужиков последнюю шкуру драть довольно совестно! И даже стыдно, если хотите!

Старик хотел что-то возразить, но Мишенька, продолжал с дрожью в голосе и огоньком в глазах.

— Шкуру снимать с мужика, тятенька, не стыдно, но даже невыгодно. Нищий — не работник! Примите в расчет! Невыгодно, тятенька, что хотите, говорите! И вы, тятенька, кулаком по стулу стучите не стучите, а правды из него не выстучите! Мужика, тятенька, попусту злить не следует. Да-с, не следует! Или мы у себя в усадьбе давно красного петуха не видали? Чего-с? Мерзавцем ругаетесь? Что же, ругайтесь! Это мы от вас, тятенька, давно слышали, но только сами ругаться не привышны. Наше дело за землей ухаживать да скотину растить, но только-с в хлевах, а не у себя в сердце-с! Чего-с? Сволочь паршивая! Это в презент сыну-с? Единокровному? Ругаетесь! На здоровье! В ответ от нас вы слова не услышите; ругаться мы губернским извозчикам и вам, тятенька, предоставляем! По всем лексиконам, как всероссийским, так и заграничным!

Старик выпрямился во весь рост и побагровел.

— Вон, негодяй, вон с глаз моих! — будто выпалил он.

Мишенька бомбой вылетел из комнаты.

В коридорчике его встретила Варюша. Она была бледна и взволнована.

— Ну, что, как? — спросила она брата, вся полная участия.

Тот махнул рукой.

— Отчитал я его как следует, и вся недолга! Как вы хотите, а я к Обносковым поеду, хоть там душу отведу! Нет моей мочи большее!

Мишенька махнул рукой и прошел к себе в комнату. Он сменил поддевку на кургузый пиджак, надел тяжелые, как кистень, золотые часы с такой же цепью, картуз и селиверстовского сукна чуйку. Затем он вспомнил, что от его рук пахнет овечьей шерстью. Перед приездом в усадьбу Мишенька отбирал старых и захудалых овец — "калич" и собственноручно выщупывал их. Этих овец будут пасти отдельным гуртом, на лучших пастбищах, а затем поставлять мяснику под нож. Мишенька вымыл руки и затем вышел на крыльцо. На дворе становилось темнее; солнце близилось к закату; тучи целыми стадами бежали по небу; ветер дул сильнее. Мишенька увидел конюха и подозвал его к себе.

— Запряги мне в бегунцы " Красавчика", я к Обносковым поеду, а тятенька спросит — по собственному своему делу, скажи. Так и скажи: по собственному своему делу уехали! — почти крикнул он тому с запальчивостью.

Конюх побежал к каретному сараю с счастливой улыбкой; в дворне почему-то все радовались, когда Мишенька был в ссоре с "самим". Да в дворне вообще слово "скандал" встречали такой же широкой улыбкой, как и слово "праздник". А Мишенька прислушивался к печальному шуму ветра и думал:

"Кажется, тятенька должен бы видеть, что я по хозяйской части далеко вперед его ушел, а все не сдается! Кто молотилку водяную завел? Кто плуга на поле вывез? Кто маркеры для подсолнух домашним манером состряпал? Слава тебе, Господи!

Восемь годов около земли нахожуся, а от тятеньки, кроме ругательств, ничего!"

Он вздохнул и опять подумал, почти нашёптывая:

— Никакой любви у тятеньки к делу нет. У него дело в деньгах, а у нас дело в деле!

Конюх подал к крыльцу лошадь. Мишенька, хотел было садиться на дрожки, но на крыльцо вышла Пелагея Степановна. Она беспокойно заглянула в глаза сына.

— Мишенька! Ты никак уезжаешь, а я тебе лепешек со сметанкой приготовила, — протянула она заискивающе до унижения. — Не езди, родненький, идем вместе с Варюшей чайку попить, у меня сегодня лепешки больно удалися! А?

Мишенька сел на дрожки и подобрал вожжи.

— Не хочу я, маменька, лепешек.

Старушка вздохнула.

— А то бы биточков откушал с лучком и хренком? Мясо нарублено, а поджарить недолго: плита все равно топится. Право? А? Биточков?

Сын тронул лошадь.

— Не хочу я и битков, маменька, — точно огрызнулся он.

И он уехал. Старушка уныло поплелась в комнаты, вздыхая и думая про мужа и сына.

"Обижает "сам" мальчишку а мальчишка не ест, не пьет от неприятностев. Плох он у нас, в хозяйстве несмышленыш совсем, копейку свою беречи не умеет, а все-таки мальчишку обижать не след, бесперечь не след! Мальчишку выпори, а потом сейчас же и приласкай! В одной руке розга, а в другой — лепешка! Вот как воспитывают, которые если понимающие!" Старушка так и скрылась с унылым ворчаньем.

Между тем Мишенька подъехал к маленькому домику Обносковых, передал лошадь подвернувшемуся работнику и вошел на крыльцо.

"Сейчас я увижу Настасью Егоровну", подумал он и ему сразу стало веселее как будто.

К Обносковым Мишенька ездит довольно часто: они — ближайшие соседи; их маленькое имедьице всего в трех верстах от Безотрадного. Все семейство состоит из матери Ксении Дмитриевны и дочери Настеньки. Впрочем, где-то, кажется, в Москве, служит в какому-то банке сын Ксении Дмитриевны, но Мишенька ни разу еще не видел его. К дочери же, Настеньке, он относился вот как: ему было приятно глядеть на нее и слушать ее, как приятно пить чистую воду и дышать свежим воздухом.

Мишенька вошел в прихожую, снял чуйку, оправил костюм

и пошел в приемную. Мать и дочь сидели рядом на диванчике. Ксения Дмитриевна, полная и пожилая дама, сматывала на клубок нитки, пользуясь руками дочери; Настенька увидела молодого человека и вспыхнула.

— А, это хорошо, что вы нас не забываете, — сказала она ему весело и непринужденно, как старому знакомому, — а то мы сидим и скучаем; на дворе осень, гулять холодно, просто тоска!

Девушка повернулась к гостю и легким движением сбросила с рук нитки.

Они поздоровались.

Ксения Дмитриевна манерно улыбнулась и сделала наивные глаза, как это было принято некогда у них в институте.

— А вы, Михаил Семенович, все хорошеете, — сказала она, приторно улыбаясь.

Мишенька покраснел:

— Ах, что вы!

Настенька захлопала в ладоши:

— Мама, посмотри, он покраснел! Ах, как это весело! Он покраснел! А к нам братец Ксенофонт третьего дня из Москвы приехал, — добавила она и внезапно стала скучной, — говорит, целый месяц прогостит у нас. Меня сразу в ежовые рукавицы взял, хохотать много не позволяет, кухаркины сказки слушать не велит, вообще много кой-чего не позволяет; просто скучища! Тоска!

Она еще что-то хотела добавить, но мать сделала ей какие-то знаки и Настенька замолчала.

Ксения Дмитриевна встала.

— Я пойду к чаю распорядиться. Настя, займи юношу!

Она вышла из комнаты, шурша юбками. Мишенька остался с девушкой с глазу на глаз и закурил папиросу.

— Я об вас ужасти как соскучился, — вдруг выговорил он, робея.

Настенька вспыхнула.

— Я тоже, но только мне о вас скучать не велят.

— Кто не велит?

— Братец Ксенофонт; узнал, что вы у нас почти каждый день бываете, и не велит скучать.

Девушка улыбнулась.

— Впрочем, я проговорилась, мне не велели говорить вам об этом.

Мишенька покраснел.

— Кто не велел?

— Братец Ксенофонт. Знаете что? К нам скоро приедет погостить товарищ Ксенофонта, молодой человек с птичьей фамилией: его зовут Колибри; говорят, он пишет стихи. Ксенофонт показывал мне его карточку и говорит, что это мой жених: но я его не люблю. Он лысый, и мне это не нравится, хотя Ксенофонт говорит, что ему двадцать восемь лет. Ксенофонт, впрочем, говорит, что все культурные люди должны быть лысыми и волосы признак недоразвития.

Настенька засмеялась. Мишенька улыбнулся тоже.

— А знаете, у Ксенофонта тоже начинается лысина, хотя ему всего двадцать шесть лет. Просто срамота, а он гордится! — снова заговорила было Настенька и вдруг сконфуженно примолкла.

За стеной послышался говор, кто-то проговорил:

— Ах, maman я же тебе говорил о Колибри!

— Но, право же, Ксенофонт, он очень милый.

— Все равно, он не пара; ты сама прекрасно знаешь, maman...

Мишеньку точно ударили молотком в лоб. Он откинулся к спинке кресла и побледнел, а девушка густо покраснела, запела что-то вполголоса и затем встала.

— Извините, я сейчас возвращусь.

Настенька исчезла, и за стеною послышалось уже три голоса, но, однако, вскоре все смолкло. К Мишеньке вышел молодой человек с длинным лошадиным лицом и маленькими баками. Он был в клетчатой паре и на ходу шмыгал ногами. Мишенька встал, сконфузился и сказал:

— Вы, вероятно, братец Настасьи Егоровны будете? А я Михаил Разуваев.

Он неуклюже сунул свою руку. Братец Ксенофонт улыбнулся, показал невероятно длинные зубы, посмотрел на высокие сапоги Мишеньки и подумал:

"Однако же индивид! А maman прочила его в женихи!". Он сел в кресло, положил ногу на ногу, почесал гладко выстриженную голову и спросила.

— Так вы Колупаев?

Мишенька покраснел.

— Разуваев-с!

— Pardon, я ошибся, но это почти одно и то же. Так вы хозяйничаете в имении?

Мишеньку снова будто ударили в лоб. "Да что это они со мной делают?" подумал он с тоскою и сказал:

— Да, мы хозяйствуем.

— Какое же у вас хозяйство? Интенсивное?

— Чего-с? — переспросил Мишенька.

Обносков снова показал долговязые зубы.

— Может быть, вы не понимаете слово "интенсивный?" — спросил он Мишеньку и сейчас же добавил: — А сколько вы получаете с вашего именья?

— Да тысяч восемь-девять чистых, — отвечал Мишенька, чувствуя на сердце сверлящую боль.

Обносков завистливо посмотрел на него и с раздражением подумал: "Девять тысяч годового дохода, а одевается, как сапожник!"

— Впрочем, это меня не касается, — проговорил он вслух, — я хотел поговорить с вами совершенно о другом. Извините, я прямо приступлю к делу. Maman мне говорила, что вы бывали у нас чуть ли не ежедневно. Между тем это отчасти неудобно, у нас в доме молодая девушка-невеста, и Бог знает, какие могут возникнуть толки? Вы понимаете?

— И я попросил бы вас прекратить ваши к нам посещения, — вдруг услышал Мишенька как лязг пощечины. — Вы для Настеньки совсем не пара, не нашего, так сказать, круга и так далее. Кроме того, у Настеньки уже есть жених — мой друг поэт Колибри, которого она никогда не видела, но, тем не менее, уже любит!

Обносков досказал все и глядел на Мишеньку глазами замороженной рыбы, в то время как тот сидел пред ним с совершенно окаменевшим видом.

— Ах, в таком случае извините за беспокойство, — прошептал, наконец, он, неловко привстал с кресла и на цыпочках вышел из комнаты.

Когда Мишенька уехал, Настенька сказала брату:

— За что ты отказал Разуваеву от дому? Он милый и добрый, кроме того, я дружна с ею сестрою, а тебя и твоего Колибри я ненавижу!

"Вот тебе раз", подумал Обносков, услышав о сестре Разуваева, и добавил:

— Как? Разве у Разуваева есть сестра?

— А как же, — сестра Варюша. Разве ты о ней забыл?

— И мною за ней дают?

Настенька пожала плечами и отошла к окну.

— Сорок тысяч, — отозвалась за нее Ксения Дмитриевна.

Обносков ударил себя по коленке.

— Вот как! А недурно бы, maman, подловить ее для меня?

— Скажите, пожалуйста, — отозвалась Настенька, — мне выйти замуж за Мишеньку нельзя, а тебе жениться на Варюше можно? Это на каком основании?

Обносков пожал плечами.

— Я и ты — совсем другое дело. Я и после женитьбы останусь Обносковым, а не буду Разуваевым. Кроме того, род Обносковых очень древний и для оздоровления потомства не мешало бы ввести в его кровь простонародные элементы.

Ксения Дмитриевна покачала головой.

— Ксенофонт, как тебе не стыдно! Ты знаешь, что сестра ничего не должна знать о таких вещах!

Ксенофонт сделал брезгливую гримасу.

— Однако же она знает!

— Идиот! — отозвалась у окна Настенька и, круто повернувшись, вышла из комнаты.

Обносков вздохнул.

— Кроме шуток, maman, недурно было бы мне жениться на этой Варюшеньке Razouvaeff. Это было бы полезно для оздоровления нашего состояния. Как ты думаешь?

Он замолчал. Из соседней комнаты послышались тихие всхлипывания Настеньки.

Между тем Мишенька ехал Безотрадным.

В селе было тихо. В окнах избенок мерцали огоньки. Крестьяне укладывались спать, и в окна хорошо было видно, как они размашисто крестили перед образами грудь и живот, позёвывали и почесывались.

Мишенька вспомнил свое посещение Обносковых и вздохнул. "Везде я чужой", подумал он, и ему стало горько, хотелось плакать.

Вокруг было темно и безотрадно. Холодный и сырой ветер дул с востока, неприветливо шурша соломенными кровлями избенок. Вечер глядел пасмурно, безнадежно и угрюмо. Звезды горели тускло, точно им совершенно не хотелось глядеть на землю, и они делали это только по принуждению. Серые косматые тучи стадами ползли по небу. Казалось они отчаялись увидеть когда-либо более приветливые страны и тихо ползли вперед без цели и желаний, застыв в тупом равнодушии.

Мишенька проезжал уже мимо крайней избенки села Безотрадного и вдруг остановил лошадь. Он увидел, что какая-то тень отделилась от завалинки и заковыляла к нему навстречу. Очевидно, его кто-то поджидал.

— Михайло Семеныч! — услышал он и тут же увидел прямо пред собою худосочное и покрытое струпьями лицо мирского пастуха Хрисанки.

Хрисанка, ковыляя, подошел к дрожкам.

— Пожалейте, Михал Семеныч, наше убожество! — заговорил он хныкающим голосом. — Ваш тятенька наших лошадей загнал и штраф требует. А мир у меня 30 рублей удержать из жалованья хочет. А я чем виноват, Михал Семеныч? Я за жеребеночком ходил. Пожалейте, Михал Семеныч, наше убожество!

Хрисанка дрожал от волнения, хватался руками за свой веревочный пояс и прятал вниз глаза, в которых беспокойно металось что-то робкое и вместе с тем неодолимо гневное.

Мишенька виновато потупился.

— Право же, я ничем не могу тебе помочь. Ты сам знаешь, тятенька всем сам управляет, а я только на манер приказчика, — сказал он, желая быть хладнокровным.

— Сделайте божескую милость, Михал Семеныч!

Хрисанка внезапно упал на колени.

— Ну, чего просишь? Сам знаешь, я ничем помочь не могу! Разве я хозяин в доме? Я пес приблудный в доме, а не хозяин! — вдруг выкрикнул он раздраженно.

Хрисанка потянулся к ногам Мишеньки.

— Пожалейте наше убожество!

Он захныкал и так жалобно, что это окончательно рассердило Мишеньку.

— Отстань! — сердито крикнул он. — Сам знаешь, я в доме хуже последнего пса!

Он сердито ударил вожжою. Лошадь рванулась вперед.

— Ужо попомните меня, людорезы! — услышал Мишенька за своею спиною вопль Хрисанки, и этот крик ударил его точно кнутом. Мишенька покраснел, как от пощечины.

"А я-то тут при чем, а я-то тут при чем!" думал он и в припадке злобы настегивал лошадь. Лошадь помчалась стрелою. Через несколько минут Мишенька был уже в усадьбе. Он пошел к себе в комнату, расстроенный и рассерженный, и в коридорчике встретил дяденьку Геронтия. Тот был пьян и слегка покачивался на ногах; Геронтий Иваныч вместе с ним прошел в его комнату.

— А я, — сообщил он племяннику, — самого за тебя во как разнес! И поощрение за это кулаком по шее получил! Орден! Орден с синяками и ссадинами для ношения на затылке!

Геронтий Иваныч неистово засмеялся, тряся головою. Затем он заходил, шлепая туфлями, по комнате и задекламировал вполголоса, совсем как безумный:

— О, Ирод Идумеянин, доколе ты будешь нас терзать и драть с народа шкуру! Опомнися, и суток, быть может, не пройдет, как Вельзевул копьем тебя пронзит, над головой своею помотает и в ад забросит, в пекло, на уголья!

Геронтий Иваныч засмеялся беззвучным смехом, поперхнулся, забрызгал слюнями и закашлялся.

— Ох, Мишенька, — говорил он в промежутках между удушливым кашлем, — все мы в аду будем, все туда пойдем! Много на нас крови лежит! Ох, как много!

— У-у-у! — вдруг заухало у него в груди, будто там заплакал ребенок.

Мишенька молча разделся, лёг в постель и, уткнувшись головой в подушки, расплакался.

— Дяденька, оставьте вы меня одного, ради Господа, — простонал он. — Тяжко мне до того, что хошь в петлю лезь, а тут еще вы пугаете! Ох, дядя, дядя!

Геронтий Иваныч не слышал его и вновь заходил по комнате, нашёптывая:

— Страданий не пугайся, человече, страданьями очистишь сердце от греха, страданьями себе блаженство купишь. На адовом огне...

Мишенька опять простонал:

— Дяденька! Ради Господа!

Тот покачал головой, погрозил пальцем и вышел, нашёптывая:

— Отныне разум смерти миром правит, но будет день и разум смерти заменит разум жизни...

Мишенька остался один. Но скоро в его дверь постучали. Он приподнял голову. Его лицо выражало страдание.

— Кто там?

— Это я, Мишенька, — услышал он голос Прасковьи Степановны. — Не хочешь ли, Мишенька, биточков с крутыми яичками или варенцов?

— Не хочу, маменька.

— Покушай, родненький, а то силки в тельце не будет! Покушай хоть грибков соленых со сметанкой! А?

— Не хочу я, маменька, не хочу. Господи, оставьте вы меня одного! Маменька, не мучайте вы меня своей пищей!

Мишенька слышал, как старушка вздохнула около его двери, постояла, пошептала какую-то молитву, вероятно, ему на сон грядущий, и ушла, тихохонько ступая.

Вот всегда так, — думал, между тем, Мишенька, — тятенька меня обижает, а я — маменьку. Круговой порукой. А за что? Ведь она одна только и любит меня, да разве вот еще сестра Варюша. Господа надо мной смеются, мужики людорезом зовут, а тятенька пилит за все про все!" Он вздохнул и вспомнил, что не помолился на ночь Богу. Тогда он встал с постели, опустился на колени и зашептал было молитву. Но вдруг улыбнулся. "А ведь я могу выгородить безотраднинских мужиков, — внезапно пришло ему в голову. — Скажу тятеньке, что я потихоньку от него сдал им наши озими для пастбища. Сдал, дескать, а деньги прогулял. Профершпилил! С девочкою, с бабочкою, с водочкой, с приправочкой! Вот и вся недолга! Завтра непременно так сделаю!" Он беззвучно засмеялся, наскоро прочитал "Отче" и лег в постель. Но снова и так же внезапно вскочил и сел на постели. Неожиданно ему вспомнился вопль Хрисанки: "Ужо попомните меня, людорезы", и ему пришло в голову: "А что, если Хрисанка подожжёт наше гумно? Красный петух — в селе первая месть!" Он стал торопливо одеваться, намереваясь пройти на гумно. Теперь там наставлен из разных кладей целый городок, и он ни за что не позволит пустить Божий дар дымом. Каждое зернышко было при нем брошено в землю и имело в его глазах особую ценность. Ценность человеческого труда. Он оделся и вышел на двор. На дворе было темно и неприветливо. Косматые тучи все так же шли по небу, безнадежно и хмуро. Ветер уныло шелестел опадающей листвой сада и шептался в щетинившемся у изгороди бурьяне, точно произносил какие-то заклинания. Мишенька двинулся в полутьме к гумну. Трещотка ночного караульщика слышалась в противоположном от гумна конце усадьбы, и Мишенька с раздражением подумал о караульщике: "А наше чучело огородное колодезь с водою сторожит! Смотрите, около него вышагивает!"

Мишенька двинулся было в путь, но на полдороге к гумну внезапно остановился, побледнел, как полотно, и побежал к гумну, что было духу, позабыв даже крикнуть о помощи. Дело в том, что он увидел, как вспыхнул верх маленькой скирды, приставленной к громадной клади. Какая-то тень метнулась в то же время от скирды к канаве, за которой щетинились поросли лозняка. "Это Хрисанка подлец, это беспременно Хрисанка! — думал Мишенька, еле переводя дух. — Это он Божий дар дымом хотел пустить, людской пот пеплом сделать!" Мишенька прибежал на гумно вовремя. Накануне упал дождик и солома разгоралась плохо. Мишенька в несколько минут прекратил пожар, только опалив кое-где руки. Он сбросил со скирды загоревшиеся снопы, затоптал их ногами и замял руками. Потом он огляделся. И тогда его внимание при-влекли поросли лозняка, топорщившиеся за канавой. В одном месте ветки лозняка качались сильнее, точно кто-то проходил там, раздвигая кусты. "Это Хрисанка, — подумал Мишенька, — это беспременно Хрисанка" и бегом пустился к кустикам, не отдавая себе отчета, точно подчиняясь кому-то, толкнувшему его в эту дикую погоню. Ветки закачались впереди сильнее; очевидно, Хрисанка услышал погоню и наддал ходу. Мишенька тоже поспешнее устремился вперёд, не чувствуя боли от ожогов и весь полный желанием нагнать, непременно нагнать того убегающего, будто в этом были сосредоточены цели всей его жизни. Его сердце колотилось. Наконец он увидел Хрисанку и закричал:

— Стой! Не уйдешь!

Хрисанка заковылял, как заяц. Ветки лозняка захлестали лицо Мишеньки. Он уже слышал тяжелое дыхание Хрисанки.

— Стой! Не ушел! — выкрикнул он дико, испытывая почти блаженство от этого слова. — Не ушел!

Он ухватил Хрисанку за шиворот и потянул его к себе.

Хрисанка повернул к нему вполоборота покрытое струпьями лицо. Он был бледен; его тонкие с белым налетом губы дрожали, а его с расширенными зрачками глаза выражали безумный ужас. Мишенька еще раз рванул его к себе и внезапно почувствовал удовольствие, как охотник, затравивший зверя.

Хрисанка забился под его сильной рукой, как заяц, а в Мишеньке внезапно будто все порвалось. От прикосновения ли к телу человеческому, или от чего другого, но в нем словно кто-то воскрес новый и властный. И все его существо в негодовании к себе вскрикнуло: "Какая гадость! Зачем это я его!" Быстрым движением он разжал руки. В то же самое время Хрисанка весь изогнулся ужом и, выхватив что-то из кармана, ударил Мишеньку в живот. Мишенька развел руки и, точно споткнувшись, сел па траву. Хрисанка исчез в темных кустах, но Мишенька долго слышал еще его тяжелое, как у загнанного волка, дыхание и сидел на траве, ничего не понимая. Наконец он почувствовал в животе нестерпимую резь, увидел на своей рубахе темные, тёплые пятна и догадался, что Хрисанка ударил его ножом. Он собрал все свои силы, приподнялся с земли и пустился к усадьбе бегом, придерживая руками живот, весь полный тоски и смятения. На него напал ужас. В его ушах стоял шум, точно где-то недалеко прорвало плотину. У самых ворот усадьбы он упал, точно по его ногам ударили дубинкой. Он пробовал встать и не мог. Его обдало холодом и он крикнул:

— Братцы! Смертушка моя!

Но его никто не слышал. Усадьба, казалось, спала; даже трещотка ночного караульщика не трещала больше у колодца. Мишеньке стало страшно. Режущая боль в животе точно палила огнем ею внутренности, а спине было холодно. Подогнув колени под самый живот, он крикнул снова:

— Ох, смертушка моя!

На этот раз караулщик услышал крик и побежал на зов. Он увидел валявшегося в корчах у ворот Мишеньку, услышал его стоны, пощупал его окровавленный живот и побежал на двор.

Через минуту он поднял на ноги всех рабочих.

— Мишеньку безотраднинские мужики из-за лошадей порешили!

Караульщик побежал к дому. В доме было темно, все спали; только из окна боковушки выбивал еще свет. Караульщик подбежал к окну. Геронтий Иваныч ходил из угла в угол, пил водку, шептал и жестикулировал. Видимо, он был ПЬЯН совершенно. Караульщик постучал ему в окошко.

— Геронтий Иваныч, Мишеньку безотраднинские мужики из-за лошадей порешили.

Но Геронтий Иваныч ничего не слышал, ничего не видел и дико нашёптывал:

— Настанет час, и дети Вельзевула пойдут на снедь червям. И черви съедят тщеславие и сребролюбие, и пьянство, и обжорство, и все, чем люди ныне живы!..

БРЕД

Я сказал ей: "Тсс! не стучи посудой и сними башмаки: Настенька больна и ей нужен покой, а твои подбитые гвоздями башмаки стучат как подковы!"

Должно быть, лицо мое было очень несчастно, потому что кухарка Анна, которая с трудом пролазит в дверь и едва ли подозревает о существовании у человека нервов, взглянув на меня, слегка побледнела, а когда я выходил из кухни, соболезнующе вздохнула. — Да, Настенька больна! Она сильно страдает, и доктор прописал ей опий. Когда он объяснял мне его употребление, он то и дело повторял: "только, пожалуйста, осторожнее!"

"Господи! Точно я могу быть неосторожным, когда дело идет о жизни Настеньки!"

Теперь она забылась; дыхание её стало ровнее, и её длинные ресницы сомкнулись. Я не спал несколько ночей и теперь могу отдохнуть у себя в кабинете. Мне необходимо подкрепиться, чтобы быть готовым с свежими силами оспаривать Настеньку у смерти. Я ни за что не отдам ей Настеньки, ни за что, ни за что!.. Отдохнуть! Но разве я могу отдыхать, когда она лежит там, за стеною, больная и, может быть, близкая к смерти?

В голове у меня стучат молотки, и я ворочаюсь с боку на бок на своей кушетке, тщетно силясь заснуть.

Три года тому назад я стал счастливейшим из смертных: я женился па Настеньке. Судьба сделала мне очень хороший подарок и, вероятно, только за мое долгое терпение. Право, я не заслужил подобного счастья. Мне было тогда уже 42 года; я совсем не богат, ибо весь мой заработок (я служу бухгалтером в одной конторе) равняется 160 рублям в месяц; я некрасив, и когда я подхожу к зеркалу, оно отражает невысокую, коренастую и сутулую фигуру, с кривыми ногами и большой головой на короткой шее; мое скуластое лицо серо-зелёного цвета, а мои узенькие, широко, как у киргиза, расставленные глаза глядят зло, недоверчиво и беспокойно. Судьба всю жизнь давала мне одни подзатыльники, и от этой операции небо, которое, как и у всех, отражалось некогда в моих глазах, заволокло тучами. Но когда я женился на Настеньке, глаза мои несколько прояснились, и я почувствовал в моем сердце присутствие доброго ангела. И мне стало хорошо и легко, как человеку, долго плутавшему по темному лесу и внезапно вышедшему на смеющуюся поляну. И я уверовал в Настеньку; она сама истина целомудренная и прекрасная, сама не сознающая своей красоты; когда она говорит со мной, её голос звучит мне, как райское пение. Она сказала мне: "Я люблю вас и не разлюблю во всю мою жизнь!" При этом её голубые, как небо, глаза сияли такой святостью, что мое растроганное сердце смеялось и плакало, как ребёнок. И я верю ей.

Когда я женился на ней, это была скромная восемнадцатилетняя девушка. Она жила у старой тетки и

зарабатывала хлеб свой грошовыми уроками. Она одевалась бедно и жила в конуре, и я одел ее, как картинку, и, как бонбоньерку, отделал её комнатку. На это я убухал все мои сбережения, добытые горбом, и ни на минуту не пожалел об этом. Боже мой, как мило радовалась эта грациозная девочка, примеривая перед зеркалом нарядное платье, а я радовался, глядя на её сияющее личико.

Да, я не заслужил подобного счастья!..

Через год я стал отцом ребенка хорошенького, как херувим, и кудрявого, как амур. Я узнал в нем своего сына; я узнал в нем того ангела, который вошел вместе с Настенькой в мое злое сердце и победил его. И я стал еще добрее. Теперь мне надо было учиться любить втрое больше, мне надо было любить мать, сына и жену.

Недавно мы его причащали; мы были в церкви все трое, и мне казалось, что все присутствующее, оглядывая нас, ласково улыбались и мне, и сыну, и матери.

Я взял в одной конторе еще работу на дом; надо делать сбережения. Мой сын уже хорошо говорит "папа" и "мама", и надо серьезно подумать об его образовании. Я буду сам учить его и приготовлю прямо к пятому классу, а потом он будет у меня известным медиком. Облегчать страдания людей. — Что может быть благороднее этого? И лет через тридцать при встрече со мной будут говорить: "это отец Павла Кораблева!"

И я буду гордиться этим.

Настенька спит; я слышу за стеною её ровное дыхание; пока она не пробудилась, я могу полежать у себя на кушетке.

"Я люблю вас и не разлюблю во всю мою жизнь!" — я хорошо помню тот счастливый день, когда я услышал от Настеньки эту фразу.

Мы были знакомы уже полгода. Я приехал к ней и предложил прокатиться за город на лихаче. Она с восторгом согласилась, её хорошенькие непорочные глазки весело вспыхнули. Бедненькая, она никогда не каталась на хороших лошадях! Мы выехали в поле; был май, и зеленый бархат долин пестрел голубыми, лиловыми и желтыми цветами. Вечер был тихий и ясный, — ясный, как сон ребенка, как глаза сидевшей возле меня девушки. Она весело щебетала и радостно вдыхала ароматный воздух полей и спрашивала меня, как называется пролетевшая мимо птичка, распустившийся на меже цветок. Сердце мое переполнилось. Внезапно я взял её руку и сказал:

— Я люблю вас; будьте моей женою.

Она выдернула руку, побелела, как полотно, и долго-долго сидела молча, повернув от меня хорошенькое личико. О чем она думала в ту минуту? Какие чувства волновали её девичье сердце? Этого я никогда не узнаю, никогда, и это сознание раздражает меня. Я хотел бы знать все её мысли, все её чувства, все, что заключается в ней.

Только на обратном пути она прошептала:

— Я согласна. Я люблю вас и не разлюблю во всю мою жизнь! — прошептала и не подняла на меня глаз. Почему она не подняла их? Неужели она сама сомневалась в искренности своих слов и боялась, что глаза выдадут ее головою? Господи, какая пытка никогда не разгадать этого!

Я взял её руки и слышал, как трепетали её хрупкие пальчики в моей сильной руке. Чего она боялась? Чего она боялась?..

Я начинаю волноваться; но надо успокоиться; я слышу за стеною слабый шёпот Настеньки и иду к ней.

"Боже мой! подкрепи меня, пожалей меня, помоги мне отвоевать Настеньку у смерти!.."

Когда я вошел в её комнату, сердце мое упало. Настенька в беспамятстве металась по кровати, глаза её лихорадочно сверкали, щеки ярко горели, а все её тело дрожало в ознобе. Она хватает меня за руки, жмет их до боли и хочет говорить. Я пытаюсь успокоить ее и уложить в постель, но она сопротивляется! Разве дать ей опия? Но доктор сказал: осторожнее!

Настенька жмет мои руки и приближает свое лицо к моему; от него пышет полымем. Бедная, как она страдает! Она задыхается, торопится и дрожит всем телом, и говорит, засматривая в мое лицо безумными глазами:

— Я вас не люблю, Сергей Павлыч, не люблю и никогда не любила! Еще до замужества я уже любила другого. И я вышла за вас, чтобы отдаться ему. Он беден, я тоже бедна, а вы обеспечены! Это не преступление, Сергей Павлыч. Это месть неимущей имущему... О, как я люблю его! Я гляжу его глазами, думаю его головой и живу его сердцем. И этот милый ребенок, похожий на ангела, не ваш сын, а его, и поэтому-то я так люблю его! И когда, помните, — лихорадочно шепчет она, будто барахтаясь среди бурного потока, — и когда помните, я говорила вам, что ночую у тетки, я была у него, и когда я одна в сумерки ухожу гулять по пассажу я тоже бываю у него... О, вы не знаете, какое это блаженство быть у милого и целовать его губы! Кто испытал это хоть раз, тому не страшен никакой грех, никакое наказание за него! А вы мне гадки, да, гадки! И когда вы смотрите на меня, когда я перед сном расстёгиваю платье, мне делается противно и страшно, точно ко мне подползла змея!..

— "Точно ко мне подползла змея!.." но тсс!.. больше ни слова!

Я кое-как насильно уложил Настеньку в постель. Но она еще бредит и улыбается мне, и лукаво грозит мне своим бледным пальчиком, и говорит:

— Мы будем видеться с тобой каждый день, и муж не узнает об этом, и муж никогда не узнает даже твоего имени, потому что я не выдам его ни за какие муки!..

— "Ни за какие муки!.." Однако надо дать ей опия, а то она уж очень возбуждена. Но эта логика слишком мала: в нее не вольется и сотая доля моих слез!

Я обнял пылающий стан Настеньки и ласково шепнул ей на ухо:

— Милая, ты не знаешь, какое блаженство сидеть возле милой и целовать её губы! Но ты больна, и тебе надо выпить лекарства.

Я откупорил пузырек и поднес горлышко к запекшимся губкам Настеньки; она стала пить, покорная, как овечка, не сознавая опасности; а я нежно целовал её растрепавшиеся кудри и шептал:

— Пей, моя желанная, и не возмущайся людской жестокостью; да, люди жестоки и вероломны, они служат только двум богам: злу и золоту, и их сердца, не знают жалости!

Настенька выпила половину пузырька, но пусть она пьет еще.

— Их сердца не знают жалости, — шепчу я: — и часто они вонзают нож, с улыбкой выбирая самое больное место... Не сердись на меня, моя ласточка, и пей покорно. Это не преступление, это месть несчастного счастливой... Пузырёк весь!..

Настенька покорно улеглась в постель. Я укрыл её ноги одеялом, поправил подушки и сел к её, изголовью. В моей голове стучат молотки, точно там торопятся наковать, побольше горьких мыслей.

Я гляжу в окно. Отсюда мне видна вся улица. Там веселое утро; панели щедро залиты солнцем, и мое зрение от этого замечательно зорко. Я вижу отсюда, как на той стороне улицы ползают по забору букашки красные, с черными пятнами; в детстве я любил наблюдать их медленные движения и звал их почему-то "поповыми собаками". На ветке ветлы чирикает нарядная птичка. Давно ли так же весело щебетала Настенька? А теперь она спит; она уснула, потому что в её глазах светилось небо; а в её сердце жил демон. И этот демон задушил ангела, который согревал мое сердце... Я смотрю на улицу. Вон пробежал грязный мальчишка, сапожный подмастерье; его послал за водкой старший и задал ему перед этим здоровую трепку; вихры его волос убедительно говорят об этом. Мне его жалко. За что его бьют? Кому он сделал зло? Грешно обижать слабых!.. Я начинаю плакать...

Когда я рассказал доктору о смерти Настеньки, он глубоко вздохнул, посмотрел в потолок и пропустил сквозь зубы:

— Крепитесь. На все Божья воля!

Он взял деньги и не догадался посмотреть на пузырёк с опием. Впрочем, я мог бы сказать, что Настенька опорожнила его в беспамятстве.

Но при прощанье он вдруг пристально заглянул мне в глаза и стал торопливо слушать мой пульс. Затем он сосредоточенно произнес: "Эге!" и даже тихонько свистнул. Неужто он что-нибудь подозревает? Впрочем, я и сам начинаю кое о чем догадываться: все это происки кабинета!..

ХАМ

По скату оврага сбежала молодая белокурая девушка; скат был зеленый, шелковистый, издававший сильный запах богородской травы и мяты. Девушка на минуту остановилась, огляделась и пошла руслом оврага. Ранней весною, в ростепель, этим оврагом бежит лесная вода, и русло его затащило песком, а берега изрыло. Ноги девушки вязли в песке; она слегка щурила от солнышка карие глаза и играла нарядным зонтиком. Было утро, и солнце щедро заливало крутой скат оврага, нагревало золотистый песок и назойливо целовало щеки и шею молодой девушки; в её светло-русых волосах сверкали золотые блестки; серое холстинковое платье плотно обтягивало её высокую и сильную фигуру. Овраг делал крутой поворот; группа старых, развесистых ветел стояла, кидая тень, по берегу оврага; цепкие кусты бобовника сбегали по скату. Здесь было прохладнее, и девушке не приходилось щуриться от солнца. Она остановилась под одной из ветел и, уронив зонтик, села на траву. Она была спокойна; здесь ее не увидят ни с поля, ни с проезжей дороги, огибавшей овраг, ни из усадьбы. Девушка вздохнула; её свежее красивого овала лицо слегка покраснело от ходьбы. Она осмотрелась, нет ли поблизости муравейника, свистнула, плохо подражая крику перепела, и улыбнулась. В ответ ей из кустов бобовника чирикнула какая-то птица; зеленая ящерица, гревшаяся на обнаженном корне старой ветлы, испуганно юркнула в трещину; тихий ветерок шевельнул листьями ветел, зашуршал низкорослыми кустами бобовника и тронул золотистые волосы девушки. Это вышло так смешно, что девушка улыбнулась снова.

"Чего это они все откликаются мне, — подумала, она: — и птица, и ветер, и бобовник!"

Девушка встрепенулась: ей послышались чьи-то шаги, она поправила слегка взбудораженные ветерком волосы и, прищурив карие глаза, смотрела туда, где овраг делал крутой поворот. Шаги приближались, и вскоре в русле оврага показался молодой человек; он сразу увидел девушку и просиял всем лицом.

— Здравствуйте, Наталья Николавна, — крикнул он, сверкая глазами, — простите, я опоздал, на пашне задержали; плуг один поломался, так пришлось в роли механика выступить!

Девушка поднялась и тоже вся улыбалась. Они

поздоровались, сияя улыбками и долго пожимая друг другу руки. Девушка засмеялась и сказала:

— А я думала, Андрей Сергеич, что вы не придете: вы запоздали на целых десять минут.

Девушка улыбнулась счастливой улыбкой, слегка покраснела и добавила:

— Шутка ли, на десять минут! Прежде этого с вами не случалось, как будто!

Андрей Сергеич снова пожал маленькую руку девушки. Вся его тонкая и подвижная фигура так и дышала счастьем.

— Не гневайтесь, моя несравненная, — заговорил он радостно, — к сожалению, не всегда можно располагать своим временем. Ведь теперь время-то какое рабочее! Присядемте, впрочем, — добавил он тем же счастливым голосом, — а то у меня от усталости даже в коленях ломит.

Он бросил палку и опустился на траву. Наталья Николавна последовала его примеру. Несколько минут они сидели молча, улыбаясь и любовно рассматривая друг друга, точно они не видались целые годы.

В овраге было тихо; только слышно было, как гудели пчелы над цветами мяты и богородской травы. Молодой человек придвинулся к девушке и взял её руку.

— Как наши дела? — спросил он молодую девушку и сразу стал задумчивым. — Неужели на точке замерзания?

Наталья Николавна потупила глаза.

— Хуже того, Андрей Сергеич! Я говорила с батюшкой, но он не хочет и слышать о нашей свадьбе. Я не знаю, за что он так ненавидит вас. Он даже вашего имени не может слышать без раздражения! представьте себе!

Девушка вздохнула. Андрей Сергеич возбуждённо пожал плечами.

— Я и сам не понимаю этого, Наталья Николавна, положительно и ума не приложу. Старик, очевидно, имеет против меня зуб, а за что — одному Богу известно!

Он помолчал несколько минут и продолжал:

— Кажется, Наталья Николавна, легальным путем мы никогда ничего не добьемся; надо действовать как-нибудь иначе! Я уже говорил вам, давайте, повенчаемся тайком. Мы никогда не сломим упрямство старика, он упрям, как я не знаю кто!

Андрей Сергеич как будто начинал раздражаться.

— Скажите, пожалуйста, почему мы обязаны вот именно слушаться его и страдать, когда он не может привести ни одного разумного довода? Почему? Ведь это деспотизм, это я не знаю, что такое! Затвердил, как сорока про Якова: "Вы не пара, вы не пара!" — точно нам не лучше знать, пара ли мы или нет, черт возьми, извините за выражение; я раздражен, у меня в этом году ничего не клеится, и гречиху придется второй раз пропалывать! Ах, черт возьми! — сердито вырвалось у него.

Девушка вздохнула.

— Что же делать, если я не могу решиться без благословения батюшки. Я такая несчастная!

В глазах Натальи Николавны блеснули слезы. Андрей Сергеич придвинулся к ней.

— Мало ли что не можете решиться, — сказал он, — надо заставить себя решиться! Поймите, Наталья Николавна, не можем же мы, в угоду старику, отравить свое существование! Скажите, пожалуйста, для какого, с позволения сказать, дьявола, я буду мучиться, страдать, не спать по ночам и выть на луну, как дворовый пес Шарик: "Ах, как я страдаю! ах, почто нас злые люди разлучили!" Ведь мне же нужно работать, Наталья Николавна, а не по-собачьи выть! Ведь это же смешно, черт возьми!

Девушка внезапно расплакалась.

— Господи, как мне тяжело! — проговорила она сквозь слезы.

Андрей Сергеич поймал её руки.

— Ну, вот видите, моя голубушка, вы плачете, и я тоже вас люблю, я тоже сейчас заплачу. Для чего же, скажите мне, мы будем плакать, когда мы можем петь и смеяться! Жизнь вовсе уж не так красна, и если мы будем пропускать без внимания такие радости, как взаимная любовь и тому подобное, пятое, десятое, то у нас решительно ничего не останется!

Андрей Сергеич замолчал. Девушка подняла на него глаза, в них еще стояли слезы.

— Но что же мне делать, если я не хочу огорчать батюшку; ведь он же меня любит. Кроме того, я надеюсь, что батюшка, в конце концов, пожалеет нас! А? Как вы думаете? Ведь вы же умный?

Андрей Сергеич вместо ответа до боли стиснул её руки.

— Наташа, милая — горячо вырвалось у него, — узнай, по крайней мере, что имеет твой отец против меня: может быть, я сумею разубедить его! Ведь также нельзя в самом деле мучить человека! Ведь я же страдаю, Наташа! Ах, черт возьми! С одной стороны ты, с другой — гречиха, с третьей — поломанные плуга. Ведь этак можно в гроб человека уложить. Наташа, пойми сама! — Он даже замолчал от волнения.

Девушка приподнялась и улыбнулась сквозь слезы.

— Буду биться до последнего, — сказала она. — Слушайте, сегодня в восемь часов вечера, приду сюда рассказать вам о результате. А теперь прощайте; пора домой, меня могут спохватиться!

Она проворно взбежала по скату, шурша юбками, и теперь уже шепнула:

— Прощай, милый...

Юноша улыбнулся.

— Ишь, вы какая храбрая, когда за две мили от неприятеля находитесь! Это как будто немножко по-австрийски, — проговорил он с счастливой улыбкой.

Девушка скрылась за холмом. Андрей Сергеич спустился в русло оврага и, вспомнив о старике, проворчал:

— Седая бестия упрям, как двести дьяволов!

Он вздохнул, сердито сшиб палкою подвернувшуюся на дороге колючую шапку репейника и буркнул :

— Всякая каналья норовит поперек дороги стать... чтобы вас черти разодрали!..

Он поискал глазами, нельзя ли еще что-нибудь разрушить, но не нашел и молча двинулся в путь.

Наталья Николавна — единственная дочь купца второй гильдии Тараканова, крупного землевладельца. Тараканов — седовласый старик и купец, бывший крепостной батюшки Андрея Сергеича. Он крут нравом, угрюм и малограмотен, но дочь свою воспитывал в институте, где она и кончила полный курс наук два года тому назад. Эти два года она жила в имении своего отца и где-то у знакомых встретилась с Андреем Сергеичем, их ближайшим соседом. Знакомство молодых людей скоро завершилось любовью, и однажды вечером Андрей Сергеич приехал к Тараканову формально просить руки его дочери. Тараканов принял молодого человека сухо и на предложение категорически заявил:

— Не пара она тебе. Ты — дворянин, белая кость, а она у меня мужичка, хамской природы. Не пара вы! Проваливай, значит, братец, что делать! Господский, и например, попугайчик, крестьянской курочке не товарищ!

И Тараканов, хлопнув дверью, вышел из кабинета, где происходило объяснение. Андрей Сергеич побелел, процедил сквозь зубы: "Белая кость, хамской природы... свинопас!" и отъехал, не солоно хлебав. Но молодые люди продолжали встречаться, разговаривали, обменивались книгами и пытались сломить упрямство старика; но старик стоял на своем и на просьбы нежно любимой дочери повторял, гладя ее по голове своими кривыми пальцами:

— Не пара он тебе, дочка; он — белая кость, а ты — хамской природы. Счастья не будет, потерпи... Мы и не то, бывало, терпели.

Вечером того же дня Наталья Николавна тихо вошла в кабинет отца. Старик сидел в кресле за письменным столом, постукивая на счетах. Он был в красной рубахе, синей поддевке и высоких сапогах бутылками. Его седые курчавые волосы были причесаны на прямой ряд и подстрижены в кружало. Старик обернулся к дочери, и глаза его мягко засветились. Наталья Николавна подошла к отцу, присела возле него и приласкалась. Старик провёл по её шелковистым волосам жилистой рукою.

Наталья Николавна поцеловала его в губы.

— Батюшка, будь добреньким... — сказала она, ласкаясь.

Она улыбнулась, а в её глазах сверкнули слезы.

— Будь добрым, батюшка! Я люблю Андрея Сергеича, и он тоже любит меня. Батюшка, отчего же ты не хочешь нашего счастья?..

Наталья Николавна вынула платок и смахнула слезы. Старик завозился; его седые брови зашевелились и нахмурились.

— Не пара он тебе, дочка! — буркнул он.

— Но почему же, батюшка? Разве мы не любим друг друга?

Девушка всхлипнула. Старик опустил глаза и снова стал ласкать русые кудри девушки.

— Не пара, дочка, не пара, — твердил он сурово и беспокойно.

Наталья Николавна припала на грудь старика и зарыдала.

— Да почему же, батюшка? Я люблю его, он славный и тоже любит меня... Почему же ты упорствуешь? Батюшка, мне тяжело, у меня все сердце изныло. Батюшка, я убегу от тебя и повенчаюсь тайком; не толкай же меня на грех и скажи, почему ты упорствуешь?..

Глаза девушки покраснели от слез. Старик дрогнул. Он раздвинул волосы дочери и нежно приник к ним губами. Некоторое время он молчал. Казалось, он хотел сказать ей что-то в высшей степени важное, и не решался; ему как будто было стыдно и больно. Чересчур больно. Наконец он преодолел себя и сказал, внезапно побледнев всем лицом. И дочери странно было видеть эту непривычную бледность на всегда суровом и спокойном лице отца.

— Дочка моя, нешто я враг тебе? нешто я не желаю твоего счастья? ведь ты одна у меня! — проговорил он, беспокойно и волнуясь. — Но только слушай. Я молчал, стыдно говорить было, а теперь слушай. Слушай!..

Грудь старика дрогнула: казалось, давно позабытое, задавленное чувство проснулось там, выросло, и ему стало тесно в этой груди, и вот оно рвалось на простор и металось, как зверь в клетке.

Старик продолжал изменившимся голосом:

— Слушай! Батюшка этого самого Андрея Сергеича, — слушай, дочка, — выпорол меня на конюшне, слышишь? плетьми, как собаку!

Старик поднялся и стал ходить по комнате. Наталья Николавна слушала, широко раскрыв глаза.

— Как собаку выпорол и опосля того ноги себе целовать заставил, и я целовал, губы кусал, а целовал!

Старик передохнул; его седая борода дрожала.

— Без вины меня высек он, — заговорил он снова после продолжительной паузы, видимо, пытаясь осилить охватившее его волнение, — без вины, а для-ради своей барской прихоти! Но если бы даже и за дело — смел ли он! Человек, — вырвалось у него горделиво, — есть икона Господа Бога. В писаниях сказано: "Да будет человек по образу и подобию нашему!" А и Сам Господь Бог умел негодовать, например, Содомом и Гоморрою! А я — как я себя чувствовал, доченька, с той поры до теперешней, например, минуточки, до моих седых волос? — Что скажешь, доченька? — вскрикнул он протяжно.

Плечи старика внезапно дрогнули.

— Слышишь ли ты меня, доченька? — вырвалось у него со стоном.

Наталья Николавна поднялась с кресла; лицо её было бледно до неузнаваемости; она двинулась к отцу.

— Слышу, батюшка!

Девушка обняла шею старика и, рыдая, припала к нему на грудь.

— Слышу, батюшка, — шептала она сквозь слезы, — слышу и понимаю, и теперь сама не хочу идти к палачам!..

Старик крепко приник к дочери. Наталья Николавна высвободилась из его объятий и вышла из кабинета. Ей надо было сказать Андрею Сергеичу свое последнее слово.

Ровно в восемь часов Наталья Николавна снова вошла в овраг, где она утром видела Андрея Сергеича. Солнце уже спряталось в тучи, и в овраге было темно. Кудрявые вершины ветел вырисовывались в отдалении. На небе загорались звезды. Зеленый скат оврага был увлажнен росою; мята и богородская трава благоухали сильнее; майские жуки то и дело проносились мимо с монотонным гудением. В кустарнике бобовника пел соловей.

Когда Наталья Николавна подходила к ветлам, Андрей Сергеич был уже там. Он издали увидел молодую девушку и пошел к ней навстречу, протягивая ей обе руки.

— Ну, что, как? — спросил он ее. — Сдается ли старикашка на капитуляцию?

Наталья Николавна холодно протянула ему руку.

— Не шутите, Андрей Сергеич, — сказала она сердито и холодно, — я далеко не с веселою вестью. Батюшка непреклонен, и, кроме того, я теперь вполне понимаю его. Нам надо расстаться!

Однако голос девушки дрогнул.

— Наталья Николавна! Наташа! что это значит, голубка?

Андрей Сергеич вскрикнул, бледнея, и схватил руки девушки. Наталья Николавна опустила глаза и молчала.

— Видите ли, вам, может быть, это покажется смешным, — заговорила она каким-то новым, будто надменным тоном, — но, тем не менее, это весьма важно, и я вполне соглашаюсь с батюшкой; нам нельзя любить друг друга. Я не знаю, поймете ли вы меня? Дело, видите ли, в том, что ваш отец, — девушка на минуту замялась, — это было давно... высек моего батюшку!

Девушка покраснела. Глаза её вспыхнули. Андрей Сергеич смутился тоже.

— Наталья Николавна, милая, простите, но я же тут при чем? — спросил он после некоторого молчания, видимо, тяжёлого для их обоих. — Голубушка, меня не было тогда даже на свете; я родился после освобождения. Кажется, я слышал от отца об этой истории, но, право, я не думал, что вы можете разлюбить меня именно за это!

Андрей Сергеич поднял глаза.

— Скажите, ну, разве я виноват в чем-нибудь пред вами? Ведь я люблю вас и отца вашего и всех, кого любите вы! Да, всех, кого любите вы!

Молодой человек замолчал. Наталья Николавна странно улыбнулась.

— Ну, вот, видите, я так и знала, что вы не поймете меня, вы никогда не были рабом, а я все-таки по крови рабыня, а рабы мстительны... — добавила она.

Молодой человек припал к её рукам.

— Наташа, голубушка пойми и ты меня...

Он не договорил. Наталья Николавна отняла у него руки; лицо её исказилось гневом.

— Уходите прочь, — прошептала она и добавила с иронией и ненавистью: — Белая кость!

В её глазах загорелись сердитые огоньки, она двинулась прочь.

Андрей Сергеич побледнел; он поймал руки девушки и остановил ее.

— Стыдитесь! — вскрикнул он возбужденно. — Кастовая ненависть, понимаете ли вы, голубушка, как это нехорошо! Белая кость — ведь это, кажется, из лексикона староверов. Стыдно, Наталья Николавна!

Девушка хотела высвободить руки, но Андрей Сергеич удержал ее. Он был страшно взволнован; у него даже вздрагивали губы.

— Нет, я не пущу вас, Наталья Николавна, вы взводите на меня обвинение, вы оскорбляете меня, и я требую слова. Да, требую! — неистово крикнул он ей в лицо и побледнел.

— Кастовая ненависть — как это гадко! Слушайте.

И он заговорил. Он говорил жарко, с увлечением, как человек глубоко оскорбленный и желающий смыть напрасно возводимое на него обвинение. Девушка слушала его. Он говорил...

...Были жестокие времена, и были жестокие люди. Были рабы и рабовладельцы. Рабы изнемогали в труде, рабовладельцы бражничали. Так шли года. И вот у рабовладельцев произошел раскол, начались смута и междоусобие. Иные еще продолжали бражничать, но другие уже заговорили о школе, о просвещении, об освобождении. Их было мало, но это были рабовладельцы. И они пошли в тундры. Наталья Николавна, вероятно, читала "Русских женщин" Некрасова. Это были первые пионеры. С тех пор прошло немало времени, и люди изменились. Разве Наталья Николавна ничего не слышала о судьбе его брата, родного брата, Кости? Как тот окончил свои дни? Замученный трехлетним скитанием по казематам, тот перепилил себе горло осколком стакана! А во имя чего ратовал он? Это был уже не протест рабовладельца, а протест человека, увидавшего воочию в другом человеке своего полноправного брата. Ах, как это стыдно, что Наталья Николавна сейчас уже забыла о нем! Да и он сам Андрей Сергеич? Почему и за что ему не дали окончить в университете курс? Или он никогда не рвался к науке всем своим сердцем? Или Наталья Николавна уже забыла их речи и мечты и по этому поводу? Да. Теперь Андрей Сергеич ни в чем не считает себя виноватым перед девушкой. Рабовладельцы искупили свой грех. — Андрей Сергеич замолчал.

В овраге светлело. Месяц стоял над его жерлом и заливал зеленые скаты бледным светом, только самое русло его темнело черною лентою. Соловей громче пел в бобовнике. Кудрявые вершины деревьев не шевелились. А Наталья Николавна стояла и вся залитая лунным светом, бледная и взволнованная; она, казалось, все еще слушала Андрея Сергеича и не сводила с него влюбленных, восторженных глаз. Она понимала его. О, как она хочет любить его, жить и работать с ним! Андрей Сергеич прочел светившиеся в её глазах мысли и привлёк ее к себе. Девушка не сопротивлялась более. Они поняли друг друга и теперь могли разговаривать уже без слов; они прижались плечом к плечу, будто скованные цепью. Им было и больно, и грустно, и хорошо. Пусть отцы их были врагами, дети простили друг друга и жаждут одного и того же. Они будут любить и совместно трудиться и сумеют завоевать себе то небольшое счастье, какое возможно на земле. Препятствия им не страшны; они сумеют преодолеть их.

— Да? — спросил Андрей Сергеич девушку.

Девушка вздохнула.

— Да! — ответила она тихо и вдумчиво.

Наталья Николавна решилась, во что бы то ни стало, добиться согласия отца; в противному случае, она решится на все.

Месяц поднимался выше. Серебристая тучки со всех сторон окружали его, поминутно меняя очертания, как мечты молодой девушки. В овраге светлело. Даже русло его уже не темнело, как черная лента. Там можно было разглядеть теперь и желтый налет песку, устилавший все дно, и в щебень размытые камни, и мягкий лист репейника, висевший как собачье ухо. Соловей пел громче. Он пел о бледном месяце и о высоком небе, об аромате цветов и теплом вечере, о любви и о тех сердцах, которые знают любовь, наслаждаются жизнью и чувствуют правду.

Наталья Николавна вернулась в усадьбу поздно, и прямо прошла к себе в комнату. Не раздеваясь, она легла на кровать; голова её пылала. Ей предстояло много кой о чем подумать. Нужно было что-нибудь предпринять, чтобы сломить упрямство старика... Наталья Николавна лежала и прислушивалась, к грузным шагам, раздававшимся в кабинете. Это ходил её отец; старику, очевидно, не спалось тоже. Наталья Николавна хотела было зажечь свечку, но в эту минуту в её комнату вошел отец. Он был бледен и как будто перепал с лица. Старик сел на кровать к дочери, обнял ее, поцеловал и спросил:

— Ты его сильно любишь, дочка? Да?

Голос его звучал ласково и утомленно. Девушку тронула ласка отца. Она внезапно припала к нему на грудь и прошептала, вздыхая:

— Да, батюшка.

— Ох, дочка, — старик вздохнул, — не могу я решиться на это! сил моих нету! А ты сохнешь, вянешь, доченька... Прости меня, окаянного; гордость меня обуяла; старого забыть не могу!

Голос старика задрожал; он как будто не смел заглянуть в глаза дочери. Дочь нежно прижалась к отцу и жадно слушала его. Её сердце громко стучало. Старик услышал это биение.

— Ишь, у тебя сердечко бьется, словно птичка взаперти! Любишь ты его, дочурка, и жалко мне тебя, жалко!..

Старик на минуту замолчал. Бледный месяц смотрел в открытое окошко спальни и заливал белую постель девушки и самую девушку и седого, как лунь, старика. Тихий ветерок шевелил гардинами. Старик продолжал:

— Так я вот что надумал: напиши ты этому самому Андрей Сергеичу письмо: так и так, мол, согласна с вами, дескать, тайком повенчаться. Да пусть он ночью приедет за тобой, а я в тот вечер тебя благословляю и караульщика на побывку домой отпущу. Живите с Богом. Так-то. Только ты самому Андрей Сергеичу не сказывай об этом, попу на исповеди скажи. А въявь благословить тебя я не могу. Гордость меня обуяла!..

Старик заплакал, вздрагивая плечами и тряся седой бородою.

— Прости ты меня, старика, а я их... их простить не могу!..

ПЕРСОНА

Становой пристав Фунтиков, совсем молодой человек, с прыщавым лбом и едва заметными русыми усиками, ходит по своему кабинету и хандрит. Его руки беспомощно болтаются около бедер; выражение лица пристава такое, точно он выпил рюмку полыновой и до сих пор ничем не закусил. Лампа горит тускло. Около стола на полу лежит легавая собака; она спит, похрапывает и порою колотит по полу хвостом. Фунтиков ходит по комнате; иногда он останавливается около окошка и глядит в сад. Но в саду тоже безнадежно грустно и тоскливо. Ветер шумит между деревьями, стонет, точно у него простужены все кости, и хнычет. Деревья машут ветками, как руками; они как будто толкают друг друга, чтобы согреться и развлечься хоть чем-нибудь, как извозчики за обозом.

"Если бы Трезор умел служить, — думает с тоской Фунтиков, — но это дуролобина, кажется, ни на что на способна. Я его пристрелю, непременно пристрелю!"

— Завтра же застрелю! — решает он твердо.

Пристав вздыхает.

Ему положительно нечего делать. Он холост и служит в этом медвежьем углу недавно.

"Кажется, придется от скуки учиться вязать чулки", думает Фунтиков и внезапно морщит нос и фыркает. Он устремляется к собаке, топает ногами и кричит:

— Вон, невежа! Ты только это и умеешь, дуролобина! Вон, сию же минуту!

Однако собака относится к этой вспышке своего владыки достаточно равнодушно. Она лениво поднимается, зевает, загибая кончик красного языка кверху, и, сконфуженно виляя хвостом, удаляется.

"С этой собакой всю квартиру выстудишь: только и знай открывай форточку", думает Фунтиков, падает в изнеможении в кресло и вздыхает:

— Тоска!

И вдруг его осеняет счастливая мысль: он вспоминает, что в холодной при волостном правлении содержится беспаспортный бродяга. Нужно позвать его сюда и допросить. Все-таки это может развлечь. Фунтиков зовет сотского в мундире, насквозь пропахнувшем казармами, и отдает ему приказание привести бродягу. Бродяга вскоре является, и пристав приглашает его в кабинет. Тот переступает порог. На станового глядит опухшее лицо с воспаленными веками и толстым красным носом. Бродяге, вероятно, лет сорок. Он одет в женскую кацавейку; его горло обмотано лиловым гарусным шарфом, на ногах валенки. Пристав приглашает его сесть около стола на стул, возле которого лежала собака. Бродяга опускается довольно непринужденно; затем он нюхает воздух и вопросительно смотрит па станового. Тот конфузится.

— Я держу у себя собаку, — говорит он, — Трезора. Скажите ваше звание? Почему при вас нет бумаг?

Бродяга смотрит на Фунтикова надменно.

— Потому, что я уничтожил свои бумаги, как неприличные и пасквильные, — отвечает он и глядит на станового, как начальник департамента на своего сторожа.

Становой конфузится под его упорным взором.

— По бумагам, — продолжает бродяга, — я выходил мещанином, смердом, а на самом деле, то есть по происхождению, я — персона. И я уничтожил все бумаги. Пусть меня таскают по этапам, как непомпящего родства и беспаспортного!

Бродяга скрещивает на груди руки. По его отекшему лицу с красными пятнами под глазами медленно, как черепаха, ползет чувство самоуважения и почти надменного презрения ко всему окружающему.

— Экуте, — говорит он, — я — граф Пугач-Выкрутасов! Слыхали вы о таком? Я его сын! Вы понимаете: его сын! Не правда ли, это не то, что вы!

Бродяга вытягивает ноги с таким достоинством, точно на них обуты не пожелкнувшие избитые валенки, а щегольские ботинки. Становой присаживается на кончик стула и во все глаза глядит на бродягу.

— Это того самого, у которого пятьдесят тысяч десятин? — спрашивает он, застенчиво хлопает глазами и прячет свои ноги под стул.

Бродяга шевелится на стуле.

— Того самого. Моя маменька служили у них в экономках и согрешили. Впрочем, я по гроб жизни благодарен им за этот их грех. Хорошо сделали маменька! Да! Царство им небесное за это!

Бродяга косится в правый угол и кладет крест между двух пуговиц кацавейки.

— Я рос у папеньки в загоне, на заднем дворе, но я сам занялся своим образованием. Я знал, что я — граф. Я прочел много романов в детстве. Манеры я изучал, подсматривая в окошко за графами и князьями, бывавшими в гостях у папеньки. Когда папенька давал бал, я простаивал целые часы у окошка, следя за танцующими парами. А потом я старался подражать им на дорожках сада, расхаживая в кадрили или вертясь в вальсе.

Бродяга кашляет, отплевывается и продолжает:

— Я благодарен моей маменьке. Я не желал бы происходить от смерда. Лучше влачить самую жалкую жизнь и быть графом. Наш род известен с Ивана Третьего. Пусть меня заморят в острогах, но я ничем не хочу быть иначе. — Я Пугач-Выкрутасов и никто больше. Я достаточно хорошо изучил нашу родословную. Один из Выкрутасовых, Пахом, по прозванию Крутой, был повешен в Орде. Другой задушен в опочивальне при Годунове. Что же, может быть, и меня ждет такая же трагическая участь! Я готов на все. Я полжизни провел в острогах. Я — Пугач-Выкрутасов! Пугач-Выкрутасов и никто больше!

Воспаленные глаза бродяги горят почти вдохновением. Его жёлтые с жесткой кожею руки трясутся .

Проходит минута молчания. Бродяга сопит носом.

— Почему вы зовете свою собаку Трезором? — внезапно обращается он к становому. — Я знаю одного кузнеца, у которого собаку тоже звали Трезором. Свою вы назвали бы лучше Нитуш, мамзель Нитуш. Не правда ли, это звучит красивей?

Становой конфузится.

— Но моя собака кобель.

Бродяга слегка шаркает валенками.

— Ах, в таком случае, пардон!.. А как ваша фамилия? — добавляет он через минуту.

Совсем сконфуженный пристав долго ежится и наконец говорит:

— Моя фамилия самая простая — Фунтиков, — шепчет становой, почтительно шевеля губами. — Я из канцелярских служителей и назначен становым всего месяц тому назад-с.

Это "слово-ер", внезапно и помимо его воли добавленное им, как бы слегка пугает его своим неожиданным появлением. Он глядит на бродягу уже с рыбьим выражением на всем своем лице, а бродяга на него с сожалением.

— Вот то-то и есть, что Фунтиков; а моя — Пугач-Выкрутасов. Пугач-Выкрутасов, не правда ли, у вас от одного этого звука начинает кружиться голова? — говорит он, но уже как ласковое начальство.

Становой что-то хочет сказать, но чувствует, что его язык

слегка парализован. Его ноги обдает холодом. Он моргает глазами.

— Моя фамилия — мой крест, — говорит, между тем, бродяга, — я несу его терпеливо и с гордостью. Предки не будут конфузиться за меня в их гробницах. Мой отец ел устрицы, и я ел их. Воровал, но ел. Графа нельзя представить без устрицы в желудке. Это все равно, что собака без хвоста, не правда ли? Мой дед ударил капитана-исправника, а я хлопнул в Тотьме тюремного смотрителя, когда тот позволил сказать мне маленькую дерзость. Деду сошло это с рук, а меня жестоко били. Что же, я не ропщу! Да, я с гордостью несу свой крест. Я — Пугач-Выкрутасов, и не хочу быть никем больше. Напрасно вы хотите подкупить меня разными житейскими удобствами. Я не возьму от вас бумаг, позорящих мое имя. Я не хочу быть мещанином!

Бродяга глядит на станового теперь, уже сверкая глазами; его губы надменно выпячиваются, обнаруживая желтые и гнилые зубы.

— Я — граф Пугач-Выкрутасов, потомок страстотерпца, казненного в Орде! Вы бьете меня палками, и я терплю. Знаете ли вы, что значит ночевать на мокрой земле осенью, под дождем, в женской кацавейке? Это тяжело. Это без сравнения тяжело. Мое тело простужено, все кости болят, ноют и стонут, и все-таки я не возьму ваших бумаг. Я презираю вас всех, смердов! Я умру в луже, как собака, и все-таки останусь графом. Пусть меня таскают по этапам и морят в тюрьмах, все же я несравненно благороднее многих из вас. И я не продам своего титула за похлебку. Впрочем, мне недолго мыкаться по белу свету. Я постоянно хвораю. В Уржуме в прошлом году меня долго били пьяные мужики. Я взял потихоньку трехкопеечный калач. Вы понимаете, я был голоден, как собака! Они поймали меня, отбили мне все внутренности, и я целый месяц пролежал после этого в тюремном лазарете. Да, я протяну недолго. По утрам на меня нападают припадки кашля, и каждый раз после припадка я отхаркиваю частицы своих внутренностей. Что же, я умру без ропота! Вы преследовали меня всю жизнь, но я простил бы вам все, понимаете ли, все, если бы... если бы... вы... когда я умру, поставили на моей могиле крест, простой деревянный крест, и сделали бы на нем надпись: здесь... здесь похоронен граф... граф Михайло Пугач... Пугач-Выкру... Выкрутасов!..

Все лицо бродяги морщится. Он внезапно рыдает, глотая слезы и припадая головой к письменному столу станового.

ЕВТИШКИНО ДЕЛО

Было поздно. Рабочие уже давно вернулись с поля, управили все по дому и ушли в людскую избу, чтобы покурить перед ужином цигарку расправить вспотевшие спины и для развлечения снисходительно поругаться со стряпухою; скотина была уже загнана, а птица расселась по насестам, когда владелец хутора, Артамонов, вышел из своего маленького домика, чтобы лично перед ужином обойти и осмотреть всю усадьбу. Хутор Ксенофонта Артамонова стоит среди поля, возле суглинистого, с крутыми берегами оврага, в полуверсте от маленькой деревушки Безымянки. Узкая речонка, неглубокая и с отлогими берегами, огибает артамоновский сад, разросшийся на свободе, без призора и наполовину заросший бурьянником. Речонка блестит, как стеклышко, и делает у сада никому ненужные городочки и загогулинки. Она точно наслаждается красотою могучих дубов и не спешит покинуть приветливые берега сада, но потом, как бы вспомнив о своих прямых обязанностях, круто повертывает в сторону и бежит прямая, как стрелка, поить зелёные поля, перепоясывая их, как серебряный пояс.

Ксенофонт Ильич отворил полотно ворот и долго простоял там на одном месте, внимательно оглядываясь по сторонам и как бы не решаясь двинуться вперед. Ночь была темная и непогодная, с тревожным шелестом трав и деревьев, с беспокойными порывами упорного северо-восточного ветра, хмурая и неприветливая, точно кого-то подстерегающая, против кого-то злоумышляющая и только выжидающая благоприятного случая. Её странные трепетания, неожиданные, как подергивания нервного человека, казалось, не предвещали ничего хорошего, и Артамонов как-то весь съёжился и заволновался. Он даже слегка оробел.

Это был человек лет сорока пяти, с желтоватым, несколько обрюзгшим лицом, невысокий, сутуловатый и коротконогий, с большой несуразной головою и беспокойными, недружелюбными глазами. Бороду и усы он брил, волосы стриг под гребенку, а на голове носил фуражку с черным бархатным околышем и кокардой, прицепленной по-граждански, выше околыша.

Артамонов постоял, пощупал в кармане широкого люстринового пиджака холодное дуло револьвера и двинулся в путь, в обход, к скотным сараям. "Уж не Евтишкино ли это дело?" внезапно прошептал он, беспокойно хмурясь и медленно подвигаясь вперед. Дело в том, что он вспомнил о пожаре, случившемся на его хуторе вчера ночью. У него сгорела баня, которая в этот день хотя и топилась, но, тем не менее, Ксенофонт Ильич особенной причины к её пожару не усматривал и подозревал поджог... "Уж не Евтишкино ли это дело, — думал он, беспокойно озираясь по сторонам, — уж не придрал ли он из Сибири и не поджог ли для острастки мою баню? Знай, дескать, наших! Мы, дескать, восвояси вернулись! Держись, дескать, Ксенофонт Ильич!" Артамонов пошевелил губами. "Баня-то, Бог с ней, — продолжал он свои размышления, — баня-то недорого стоит, но что ежели Евтишка скотный двор подпалить задумал, ежели он всю усадьбу хочет, как метлой, смести, что ежели он до головы моей добирается? Тогда-то что предпринять?" Ксенофонт Ильич даже остановился. Он простоял несколько минут, почесывая бритый подбородок и, наконец подумал: впрочем, если Евтишка пришёл, мы еще поспорим, кто кого проглотить скорее!" Он улыбнулся одними губами и снова двинулся к скотным сараям.

Между тем ветер усиливался, шелестя в овраге густыми порослями лозняка и переворачивая наизнанку их узкие листья. Косматые тучи ходили целыми стадами, а звезды совсем не показывались на небе.

Артамонов внезапно метнулся в сторону. Его сердце испуганно затокало; ему показалось, что кто-то швырнул ему под ноги какой-то лоскут. Но дело объяснилось просто: порывистый ветер кинул ему под ноги скомканным листком бумаги, Бог весть откуда занесённым. Ксенофонт Ильич нагнулся, машинально поднял этот листок, сунул его в карман своего пиджака и подумал: "Чего это я так робею? Когда служил, мало ли, бывало, какие истории случались, и все-таки я, благодаря Бога, преуспевал, злоумышленников своих в ложке воды топил и капиталы умножал. Бог не выдаст, свинья не съест! Если Евтишка действительно думает тягаться со мною, я его превращу в комок грязи и вполне на законном основании". Артамонов таким образом успокоил себя, выпрямился и пошел вперед, как будто с презрительной улыбкой на губах, и не без удовольствия нащупывая в кармане дуло револьвера. Он решился бороться и защищать свое имущество в случае надобности с оружием в руках, до последней капли крови.

Маленькое, в 150 десятин земли, именьице досталось

Артамонову далеко не даром. Он приобрел его семь лет тому назад после двадцатилетней службы в канцелярии полицейского управления, — службы каторжной, с подвохами, каверзами и закорючками. Во все время этой службы Ксенофонт Ильич берег каждую копейку пуще глаза, отказывал себе решительно во всем, обедал частенько хлебом и двухкопеечной воблой, а платье носил, переворачивая его и так и сяк по нескольку раз. Кроме того, он потихоньку отдавал в рост каждую убережённую копейку. Таким образом, в продолжение двадцати лет ему удалось скопить около 3,5 тысяч, из которых две он дал взаймы мещанину Коперникову под залог его хутора при деревне Безымянке. Имение это вскоре перешло за долг Артамонову, и таким образом Ксенофонт Ильич сделался землевладельцем-собственником.

Артамонов был уже около скотных сараев, и тут ему внезапно пришло в голову: "А что это собак сторожевых не видно? Неужели их еще не выпускали из ямы? или это тоже Евтишкиных рук дело?" Ксенофонт Ильич снова заволновался и забеспокоился и круто повернул от скотных сараев к рабочей избе. "Где это собаки?" подумал он, почесывая бритый подбородок. Артамонов держал двух сторожевых собак, злых и крупных. Они выпускались только на ночь, а днем их запирали в темную яму для того, чтобы они были злее и нелюдимее. Такой способ воспитания собак Артамонов ввел у себя ровно 5 лет тому назад, с того времени, как Евтишка ушёл в Сибирь. Рабочие уже встали из-за ужина, когда Ксенофонт Ильич вошел к ним в избу.

— А где сторожевые собаки? — спросил он старшего рабочего. — Почему ты не выпускаешь их из ямы?

Работник вытер усы и попутно оправил нос.

— Как не выпускал, Ксенофонт Ильич? Я их давно выпустил; как солнышко закатилось, так и выпустил. Уж не ушли ли они на деревню? Нет ли там, Ксенофонт Ильич, свадьбы собачьей?

Ксенофонт Ильич впал в раздражение.

— Свадьбы, свадьбы, — передразнил он рабочего, подозрительно заглядывая в его глаза, — то-то у вас одни пакости на уме!

Ксенофонт Ильич нахмурился еще более и вышел из избы. Он прошёл за ворота и стал легонько посвистывать, прислушиваясь в перерывах. Но собаки не шли на свист хозяина. Они точно сквозь землю провалились, и на печальный зов Артамонова откликались только поросли лозняка, тревожно трепетавшие и шелестящие в темном русле оврага. Ксенофонту Ильичу казалось порою, что там возилось и щетинилось какое-то неуклюжее и беспокойное животное, и страх все более и более овладевал его сердцем. Он понял, что Евтишка пришел из Сибири, обрек его, Ксенофонта Ильича, на погибель и предусмотрительно удалил собак. "Прибрал собак в надлежащее место", прошептал Ксенофонт Ильич и, однако, нашел в себе силы выпрямиться во весь рост, притворно, как бы ломаясь перед кем-то зевнуть и произнести вслух:

— Если ты, братец ты мой, добираешься до моей головы, то я раскрою твою собственную!

Артамонов снова хотел было двинуться в обход, но внезапно присел с громко бьющимся сердцем, чувствуя, что его спину обдало холодным потом. Ему показалось, что какая-то тень метнулась из канавы к скотным сараям, скользнула вдоль стены и как бы слилась с одним из столбов, поддерживающих крышу. Ксенофонт Ильич, пригнувшись и стараясь мягче ступать, побежал к канаве, потом для чего-то возвратился назад, как заметавшийся с перепугу заяц и, наконец, снова повернул к сараю, внезапно исполняясь непоколебимой решимости. Однако у самых сараев он остановился и тихонько кашлянул. На него внезапно напал страх, и столкновение с Евтишкой сейчас и лицом к лицу показалось ему донельзя опасными. Ксенофонт Ильич снова кашлянул. Он надеялся, что Евтишка, прячась за столбами сарая, испугается, услышав его кашель. Он поймет, что о его прибытии знают и за ним наблюдают. После этого Ксенофонт Ильич тихонько поуськал, как бы натравливая на кого-то собак, и только после таких предосторожностей он, наконец, решился двинуться вперед. Он внимательно оглядел каждую ямку и каждый столбик, но, однако, не нашел ничего подозрительного. Тем не менее это его нисколько не успокоило, так как и в прибытии из Сибири Евтишки Ксенофонт Ильич уже верил безусловно, а отсутствие явных на то улик объяснял замечательной осторожностью злоумышленника. Он понял, что бороться с Евтишкою не так-то легко, как он думал. Все это повергло его в такое уныние что Ксенофонт Ильич немедленно пошел домой, беспокойно сверкая глазами и нашептывая:

— Возрос, окруженный злоумышленниками и, видно, умру среди злоумышленников! Подкапываются разбойники, выслеживают, нажитое горбом, собаки, из рук рвут!

Артамонов вошел в комнаты сильно взволнованный и озабоченный. Агафья Даниловна встретила его со свечой в руках. Она нахмурила свои тёмные брови.

— Чего вы ужинать-то до сих пор не приходили, я щи два раза из печки вынимала, все вас ждала.

Она поставила на стол свечку, сердито стукнув подсвечником.

Агафья Даниловна — служанка Ксенофонта Ильича, и все знают, что он живёт с нею, как с женою, вот уже 5 лет, с того самого времени, как Евтишка ушел в Сибирь. Агафья Даниловна совсем молодая женщина, красивая, белотелая и высокая, с полной грудью и красиво выведенными бровями, по-мещански, но не без кокетства одетая. В настоящую минуту она, казалось, была недовольна Артамоновыми и её красивые глаза, темные и продолговатые, как миндалины, глядели на него как будто с презрением. Она с недовольным видом пошла к печке.

— Чего вы забегались? или воров к себе в гости ожидаете? — сказала она, как показалось Ксенофонту Ильичу, с оттенком злорадства.

— Каждую весну вас точно лихоманка трясет. Совесть-то у вас нечиста, видно!

Ксенофонт Ильич увидел, как сверкнули в полумраке её глаза, и сконфуженно опустил голову. Его глаза беспокойно забегали. Он встал, почему-то на цыпочках прошелся по комнате и, внезапно остановившись и понизив голос, сказал:

— А ведь Евтишка-то пришел из Сибири! Вчера он баню поджёг, а нынче собак в надлежащее место прибрал. Да-с!

Агафья Даниловна засмеялась. Её глаза засветились неподдельным весельем.

— Он по-вашему, каждую весну приходит, — сказала она, ставя на стол горшок со щами. — Садитесь-ка вот лучше ужинать!

Ксенофонт Ильич почувствовал отвращение и к пище и к этой угощавшей его женщине. Ему показалось, что она прекрасно знает о том, что собаки прибраны Евтишкой в надлежащее место, и именно это обстоятельство наполняет ее весельем. Ксенофонт Ильич внезапно впал в раздражение.

— Я ужинать, Агафья Даниловна, не хочу, а все ваши каверзы и подвохи вижу насквозь и приму свои меры. Будьте, Агафья Даниловна, благонадежны!

Агафья Даниловна с недоумением оглянулась, а Ксенофонт Ильич, хлопнув дверью, вышел из комнаты. Он пошел по дому запирать окна и думал: "Сам себя злоумышленниками окружил. Отомстят они мне за доброту мою!"

— Надо быть хладнокровным, — шептал он, — но, однако, быть хладнокровным ему не удавалось, и, когда он лег в постель, предварительно сунув под полушку револьвер, его ноги были холодны, как лед, от охватившего его волнения. Впрочем, он все-таки скоро заснул, так как набегался за день, как гончая собака; но сон не принес ему облегчения, а, напротив, поверг его в неописуемый ужас. Во сне Ксенофонт Ильич видел каких-то диковинных зверей, которые гнались за ним по холодной пустыне с дикой злобой и удивительной настойчивостью. От них он забежал в ветхую лачугу, внезапно, как из-под земли выросшую перед ним. В избенке было темно, но Ксенофонт Ильич сразу догадался, что здесь сидит Евтишка. Он понял это по дикому ужасу, который внезапно вошел в него. Ксенофонт Ильич повел затуманенными глазами, и, действительно, увидел Евтишку. Он сидел бледный, но улыбающийся, с ножом в правой руке, и Ксенофонт Ильич сам подошел к нему.

— Покоряешься ли мне? — спросил его Евтишка со странной улыбкой.

— Покоряюсь, — прошептал Ксенофонт Ильич, стуча зубами.

Евтишка сделал многозначительное лицо. Улыбка внезапно исчезла с его губ, точно ее сдуло ветром.

— Желаешь ли через кровь получить искупление? — спросил он.

— Желаю, — прошептал Ксенофонт Ильич.

Евтишка, выставив вперед локоть, замахнулся, и Ксенофонт Ильич почувствовал боль в горле, точно туда погрузили нож. Он забился в судорогах и в то же время, к ужасу своему, заметил, что на лавке перед ним сидит не Евтишка, а он сам — Ксенофонт Ильич Артамонов. Артамонов проснулся и сел на постели в безотчетном ужасе. Его жёлтые, обрюзгшие щеки вздрагивали, а ногам было холодно. Оп прислушался. За окном дул ветер, сильный и порывистый; весь сад точно вздрагивал и шептался, а под самым окном в бирьяннике он услышал положительно человеческий голос. Ксенофонт Ильич напряг слух и понял, что это говорит Евтишка, как бы обращаясь к неизвестному сообщнику. Он расслышал его рассказ весь от слова до слова, несмотря на шум сада, точно это говорил ему человек, сидевший тут же рядом на его постели.

РАССКАЗ ЕВТИШКИ

— И жили мы, братец ты мой, на этом самом хуторе вместе с покойным тятенькой, жили и, можно сказать, блаженствовали. Земли у нас было вволю: паши не хочу, и нанимали мы каждый год трех работников. Так-то. Выедем это мы, бывало, в вешний сев на загон все до единого, не много, не мало — 5 сох, что твоя барщина. Идешь за сохой, сердце радуется, и солнышко в небе радуется, и травка каждая радуется. Хорошо было. И был я в то время, нужно тебе сказать, парень тихий и работящий, а чтоб о водке думать, то есть даже ни-ни! В те поры тятенька поженили меня на мещанской дочери Агафье Данильевне, писаной красавице. Да. Так-то мы, братец ты мой, жили и Бога благодарили и были счастьем своим сыты, можно сказать, по горло. Только тут повернулась к нам судьба иначе, словно на нас ветром другим подуло. В единую ночь сгорела усадьба наша вся начисто, словно ее метлой смели. Не поверишь ли, милый ты человек, ни единого перышка не спасли. От всего хутора одни угли для самовара остались. А через две недели туча градовая полем нашим прошла и весь хлеб — и озимое и яровое — чище серпа прибрала то есть ни единого колоса не оставила. Вот оно что. Да. Тут строиться надо, а в доме всего на все пятьдесят пять целковых и продать нечего. Заметались мы с тятенькой и туда и сюда, и сказали нам добрые люди, что есть такой в нашем городе чиновник Артамонов, Ксенофонт Ильич, деньги, дескать, за процент в долг дает. Поехал к нему тятенька, поклонился, и дал ему Артамонов две тысячи на два года, процентов четыреста целковых за год, да неустойки тысячу монет, ежели, стало быть, всю сполна сумму тятенька ему в срок не представит. Обстроились мы, скотинку кое-какую купили и за дело взялись. Только ничего-то, братец ты мой, с этих пор нам не удавалось, словно мы не с чиновником Артамоновым, а с сатаной договор заключили. Так не повезло нам, что просто у тятеньки руки опустились. Что хочешь, братец ты мой, то и делай! Задумаешь лен посеять, весна сухая, льна нет; овес посеешь, дожди зальют, упадет овес на клетку, пустой на солому скосишь. А тут весной простудился тятенька и Богу душеньку отдал; остался я один с Агафьей Данильевной, и пошел хутор наш за долг к Артамонову. Приехал он и хозяином сел, а я на манерн ищего вышел. Куда пойдешь, что станешь делать? Подумал я и нанялся вместе с Агафьей Данильевной к Артамонову — я в старшие работники, а она в кухарки, оба за девяносто шесть рублей в год. Вот оно на что вышло-то. Да. Тяжко мне было, однако, вот тебе Бог свидетель, работал я на Артамонова верой и правдой, как самому себе. Начал было я деньжонки кое-какие откладывать, в голове мысли держал: лет через десять небольшой клочок землицы под городом в собственность купить, огородом заниматься. Только все мои мысли прахом разлетелись. Толкнул меня, братец ты мой, Ксенофонт Ильич в яму. Узнал я, милый ты человек, что хозяйка моя Агафья Данильевна с Ксенофонтом Ильичом спуталась-спозналась. Разумеется, сердце бабье слабое, и польстилась она на жизнь привольную, на кушанья сладкие, на наряды и деньги позарилась. Узнал я это, братец ты мой, и в голове моей словно все вверх дном встало. Словно я второй раз в мир родился и на мир новыми глазами взглянула И понял я, милый ты человек, что божественное в книжках для неба писано, а на земле люди сами уставы устанавливают. И запылало у меня сердце на Артамонова. Захотелось мне новой жизни узнать, проведать, да так захотелось, что в голове все ходуном заходило. И думалось мне в мыслях, весь хутор Артамоновский дымом под небо пустить, а самого его в темную ночку с глазу на глаз на допрос позвать, ножом-булатом по горлу его чиликнуть! Думалось мне, что воспарю я после этого выше орла над миром, душеньку утолю-порадую, дали необъятные увижу. Да.

Так-то, братец ты мой, думал я и гадал и каждый день пьяным напивался, новые гармоньи о колеса бил — бахвалился, последние денежки по трактирам мотал. И каждый день Агафью Данильевну бил. Изобью ее, надругаюсь и пьяный под лавкой, как пёс, сосну. А утречком проснусь и опять за черные мысли, а потом опять за водку. И так-то я, братец ты мой, от черных мыслей к белой водочке променаж делал; делал, делал и доделался. Пошли у нас с Ксенофонтом Ильичом раздоры, что ни день хуже. Стало мне тошнее на белом свете мыкаться, и я решился. И поймали меня милый ты человек, темной ночкой в то время, как я у скотного сарая крышу подпалил. Ксенофонт Ильич, оказывается, давно за мной дозором ходил, по пятам выслеживал. Связали мне белые руки, в острог за решетку посадили. И стал я, братец ты мой, не Евтихий Дементьич Коперников, а затычка кабацкая, острожная душа. Да. И пошел я, милый ты мой человек, по большой дороге по Владимирке макаровых телят искать Окончательно погибший человек стал. Так-то. Так вот он каков есть человек Ксенофонт Ильич. С виду святоша, курицы не обидит, а сам живого человека съел со всем его хутором, землей и женою.

Артамонов очнулся. Он сидел на постели, свесив желтые с красноватыми коленями ноги и слегка подрыгивая ими. Ксенофонт Ильич сосредоточенно заглянул в окошко и поймал себя за странным занятием. Он шевелил губами, шептал и повторял за Евтишкой последние слова его рассказа буква в букву. "Так вот он каков есть человек Ксенофонт Ильич. С виду святоша, курицы не обидит, а сам живого человека съел со всем его хутором, землей и женою!"

Ксенофонт Ильич даже заподозрил, уж не повторил ли он за Евтишкой весь рассказ, но тотчас же разубедил себя в этом и прошептал:

— Я только кончик скопировал, кончик только.

Он зашевелился. К нему вошла Агафья Даниловна, заспанная, в одной юбке.

— Чего вы кричите, — сказала она, — точно вас резать собрались? Только людей пугаете!

Ксенофонт Ильич захныкал.

— Спросонок, я должно быть. Сны меня, Агашенька, нехорошие замучили!

Агафья Даниловна пошла, почесываясь, назад.

— Вот то-то сны, — обронила она по дороге, — не упекали бы людей в Сибирь, так и спалось бы лучше.

Она исчезла в дверях. Ксенофонт Ильич посидел на постели, припоминая рассказ Евтишки. Теперь он уже не сомневался, что Евтишка пришел из Сибири. "Хочет со мной покончить, — думал Ксенофонт Ильич, — меня ограбить и вместе с Агафьей Данильевной в Сибирь бежать. Да. С деньгами и в Сибири хорошо". Ксенофонт Ильич поспешно оделся, сунул в карман пиджака револьвер и вышел на двор. Ему нужно было, во-первых, обойти сад и выследить логовище Евтишки, а во-вторых, пойти и разбудить кого-нибудь из рабочих, чтобы вместе с ними накрыть выслеженного Евтишку. Однако Ксенофонт Ильич надумал разбудить раньше рабочего и посоветоваться с ним, что делать. Для этой цели он пошел к конюшне, где спал Федосей. Этот рабочий любил говорить о божественном и поэтому пользовался его доверием. Ксенофонт Ильич шел осторожно, крадучись и постоянно оглядываясь, как бы боясь, что сзади схватят его чьи-нибудь цепкие руки. Ночь была темная. Порывистый ветер гнал по небу косматый тучи. Они шли на юго-запад, достигали горизонта и там останавливались, как вода у плотины. Ксенофонт Ильич вошел в конюшню.

Федосей лежал на сене прикрытый зипуном, но не спал. Увидев Артамонова, он приподнял голову и облокотился на локоть. Это был худой и долгий, как жердь, мужик лет сорока, с рыжеватой козлиной бородой и узкими серыми глазами.

— Это вы, Ксенофонт Ильич? — спросил он Артамонова, щуря глаза.

Ксенофонт Ильич опустился рядом с ним на сено.

— Я, Федосеюшка. Не спится мне, Федосеюшка. Томлюсь я, как перед часом смертным.

Федосей вздохнул.

— От греха это, Ксенофонт Ильич, от греха. Все-то мы грешны. Все о копейке печёмся, о земном думаем, ангела своего распинаем . Ангелу-то больно, душенька-то мучается, вот мы и не спим. Охо-хо, Ксенофонт Ильич!

Федосей зевнул.

Ксенофонт Ильич смотрел на него, беспокойно сверкая глазами.

— Все мы во грехе — повторил он. — Вот и я всю-то жизнь копеечку чеканил, братец ты мой. До озверения, милый ты человек, дошел. Живого человека совсем с его хутором сел! Вот он каков есть человек, Ксенофонт Ильич! — неожиданно для самого себя добавил Артамонов.

Федосей привстал.

— Верно, Ксенофонт Ильич, верно, — прошептал он с восторгом, — ибо в писании сказано: "воззритесь на птицы небесные..."

Федосей не договорил, его перебил Ксенофонт Ильич.

— Вот он каков есть человек Ксенофонт Ильич, — торжественно произнёс он и, внезапно припав к коленям Федосея, захныкал:

— Тошно мне, Евтишенька.

Ксенофонт Ильич вздрогнул, потому что Федосей отстранил его голову с своих колен и сказал:

— Да какой же я Евтишенька, если меня Федосеем зовут.

В то же время Ксенофонту Ильичу показалось, что в глазах Федосея зажглись и мгновенно погасли лукавые предательские огоньки.

— Разбойник! — крикнул Артамонов, чувствуя, что его подвели, и приходя в сильное раздражение, — Живорез, предатель! Все вы заодно, мерзавцы и злоумышленники!

Он порывисто встал и вышел из конюшни, чувствуя в сердце приступ бешеной злобы.

— Все вы подлецы, — шептал он, еле удерживаясь, чтобы не заплеваться от охватившего его презрения к людям.

— Все вы подлецы из одного теста сделаны. Евтишенька теперь с сотоварищем каторжным в саду, в бурьяне, сидит, нож на меня точит, Агафья Данильевна сладко спит, разметалась, Евтишеньку, острожную душу, в объятия к себе ждет, а Федосеюшка, блаженный разбойничек, взялся у них страх на меня нагонять, словами-наговорами разум мой затемнять.

Только врёте, злоумышленники, голыми руками меня не возьмете, скользок я и увертлив! Смотрите, свои головы на плечах берегите, крепко ли они у вас к плечам приставлены, поглядывайте. Палка-то, родимые, о двух концах! В револьвере-то, милые, шесть пуль!

Ксенофонт Ильич, нашептывая все это, уже ходил из угла в угол по кабинету на цыпочках, с презрительной усмешкой па бледных губах и скрестив за спиною руки. Его глаза беспокойно перебегали с предмета на предмет. Ксенофонт Ильич почесал бритый подбородок и внезапно остановился у окна. В саду, в бурьяннике, он увидел вспыхнувший огонек. Огонек вспыхнул, затрепетал, как бабочка крыльями, затем сделал дугообразное движение и превратился в светящуюся точку. Ксенофонт Ильич в минуту сообразил в чем дело. "В бурьяннике, — подумал он, — сидит Евтишка и закуривает папироску". Он злобно улыбнулся и прошептал:

— Палка-то, миленький, о двух концах.

Он хотел было двинуться с места. Ему пришло в голову прокрасться в сад, открыть логовище Евтишки и пристрелить его как бешеную собаку . Он оправил на себе пиджак и опустил в карман руку, чтобы освидетельствовать, хорошо ли заряжен его револьвер, но револьвера в его кармане не оказалось. Ксенофонт Ильич засуетился, заметался по комнате, беспокойно сверкая глазами и ища утерянный револьвер. "Куда бы он запропастился?" думал он и, наконец, сообразив, в испуге остановился посреди комнаты.

— Да ведь револьвер-то, — прошептал он, — Федосеюшка у меня из кармана вытащил, когда я с ним в конюшне сидел. Ловко же они, братец ты мой, дело это обстряпали! Безоружного, как барана какого-нибудь, меня зарезать хотят. А все Евтишенька, все он! Это он обещаньями преступными Федосея купил!

Ксенофонт Ильич лег на постель, не раздеваясь, и заплакал. Ему стало жаль себя. Он был окружен злоумышленниками, и даже Агафья Даниловна строила ему козни.

— Отогрел у груди своей змею лютую, — прошептал Ксенофонт Ильич и встал с постели.

Внезапно ему пришло в голову победить злоумышленника великодушием. Для этой цели он настежь отворил окошко в своей спальне, отпер ящик письменного стола, порывшись там, достал пачку кредитных билетов ровно в 500 рублей, все, что у него было, и положил деньги на стол, на самом видном месте. После этого он разделся и лег в постель и, притворившись уснувшим, стал ждать к себе в гости Евтишку. Он пролежал таким образом около часа и вдруг услышал в саду чьи-то осторожные шаги. Артамонов прилип к постели и, холодея от ужаса, глядел в открытое окно прищуренным глазом. Вскоре он увидел в окне чью-то курчавую голову. Но это был не Евтишка. "Евтишкин сообщник", решил Артамонов, чувствуя, что его ноги начинают подрыгивать. Курчавая голова, между тем, пристально глядела в окно на тот угол, где стояла постель Артамонова и, казалось, вынюхивала самый воздух комнаты. Ксенофонт Ильич хотел молиться, но, несмотря на все усилия, не мог припомнить ни одной молитвы. В его голове мелькали только лишенные смысла обрывки.

— Свете тихий, Жизнедавче, аллилуйя, — прошептал он, стараясь не шевелить губами.

В это время па подоконнике показались две руки с кривыми, цепкими пальцами, и шершавый мужичонка, ловко, как резиновый мяч, впрыгнул в комнату. Он был в ситцевой рубахе, рыжих нанковых штанах и шерстяных чулках. Это, без сомнения, был не Евтишка, но, тем не менее, сердце Артамонова забилось с такою силою, что он почувствовал головокружение.

— Аллилуйя, Жизнедавче, — прошептал Ксенофонт Ильич.

И тут его мысли понеслись с такою быстротой и в таком хаотическом беспорядке, что Ксенофонт Ильич на время как бы лишился сознания.

Он пристукивал зубами и бессмысленно прищуренным глазом смотрел на странный действия косматого мужичонки. А маленький и юркий, как обезьянка, воришка все так же пристально смотрел на Артамонова и вынюхивал воздуха Потом мужичонка прибрал со стола деньги и сунул их в карман нанковых панталон. Затем он неслышно шагнул к стене, где висели серебряные часы, и тихо потянулся к ним рукою, точно желая поймать муху, а не снять часы. Спрятав в карман и часы, он снова осмотрел комнату и затем уже шагнул к окну. Его рука коснулась подоконника, и он ловко, как резиновый мяч, выпрыгнул обратно в сад. За окном вскоре зашуршала трава, а затем уже на дворе раздались какие-то звуки, как бы сдержанный топот лошадиных копыт.

— Так-так-так, — прошептал Артамонов, — это они Агашеньку увозят.

Ксенофонт Ильич внезапно сморщил лицо и заплакал, всхлипывая как ребенок. Ему было жалко себя, бедного, обворованного и всеми покинутого. Он плакал, утирал кулаком слезы и припоминал свою жизнь. В единую минуту она прошла перед ним вся, холодная и темная, как полярная зима, с детством без привязанности, с молодостью без любви, вся наполненная каверзами, подвохами и утягиванием копеечек.

Ксенофонт Ильич заплакал еще горше, но внезапно мысли его приняли совершенно иное направление, до того неожиданное и странное, что Ксенофонт Ильич беззвучно рассмеялся, укрылся с головою одеялом и крепко заснул.

Проснулся он поздно. Солнышко было уже высоко и весело смотрело в открытое окно его спальни. Ксенофонт Ильич вспомнил происшествия минувшей ночи и улыбнулся. Затем он встал с постели, старательно вымылся, прополоскал рот и, одевшись в свой праздничный костюм, пошел в комнату к Агафье Даниловне. Он был убежден, что ее похитили и увезли, но, тем не менее, он нисколько не удивился, когда увидел ее в столовой. Агафья Даниловна сидела за чайным столом свежая, хорошо вымытая, и, так сказать, благоухающая красотой и свежестью, а рядом с нею прихлебывал из стакана чай местный становой пристав Ардальон Сергеич, знакомый Артамонова. Пристав увидел Ксенофонта Ильича и улыбнулся.

— Батенька, — сказал он, привставая, — вы тут почиваете и благодушествуете, а у вас несчастье, спасибо, полиция за вас бдит! — Он протянул Артамонову мягкую руку.

— Знаете ли вы, голубчик, что у вас нынче ночью двух самых лучших лошадей увели: Бесценного и Касатку? — Ардальон Сергеич прищелкнул шпорами и с недоумением заглянул в самые глаза Артамонова. Ксенофонт Ильич, казалось, нисколько не удивился, услышав сообщение пристава, и смотрел на него с странной улыбкой, как бы говорившей:

"Знаю-с, знаю-с! все лучше вас самих знаю-с!"

— И знаете, кто увел? — продолжал Ардальон Сергеич несколько смущенный улыбкой Артамонова: — крестьянин из Гаврюшина, Тарас Копчиков, и сюлявский татарин Ахметка. Они сегодня на заре моему уряднику попались, влетели, то есть, как ворона в суп! Урядник-то на некие розыски ехал и вдруг ваших лошадей опознал. Я вам их самолично представил, вот Агафье Даниловне на руки сдал.

Становой пристав снова щёлкнул шпорами. Ксенофонт Ильич сидел, молча улыбаясь, и Почесывал обрюзгшие щеки. Его лицо как будто отекло за ночь.

— Представьте себе, — продолжал становой, — воры с вечера еще ваших собак убили, сами сознались; иначе, говорят, они бы нас не допустили!

Агафья Даниловна улыбнулась.

— А Ксенофонт Ильич думал, что их Евтишка убил.

— Какой Евтишка? — спросил становой.

Агафья Даниловна потупилась.

— Да Евтихий Дементьич, — сказала она.

Ардальон Сергеич повернулся всем корпусом к Артамонову.

— Ах, да разве вы не слыхали? Ведь он умер еще по дороге в Сибирь: думал бежать и застрелен конвойными.

Агафья Даниловна слегка побледнела и перекрестилась.

— Упокой, Господи, его душеньку.

Она вздохнула. А Ксенофонт Ильич даже и бровью не сморгнул.

Он сидел с многозначительной улыбкой на губах. "Все, дескать, я это знаю лучше вас". Молодая женщина снова предложила было ему чаю, но он отказался. Даже мысль о еде вызывала у него тошноту. Ардальон Сергеич допил стакан, откланялся и уехал; он торопился куда-то по делу, а Агафья Даниловна собралась идти кормить птицу и по дороге сообщила Ксенофонту Ильичу:

— А Федосей ваш пистолет, Ксенофонт Ильич, принёс, вы его ночью в конюшне, слышь, обронили.

— Все это я знаю лучше вас, — отвечал Ксенофонт Ильич и пришел к себе в комнату. Он долго ходил из угла в угол по комнате как бы вспоминая о чем-то в высшей степени важном. Наконец он вспомнил, радостно улыбнулся, отыскал свой старый пиджак, который был на нем вчера ночью, и извлек из его кармана поднятую у скотного сарая бумажку. Он бережно разгладил ее. Ксенофонт Нльич не ошибся; это было письмо от Евтишки. Он улыбнулся и торжественно прочитал вслух нижеследующее, между тем как на листке этом не было выведено нп буквы.

...Милостивый государь Ксенофонт Ильич! — читал он. — Как вам уже известно от г.станового пристава, я волею Божию помре и предстал перед грозными очами Вездесущего. Сначала я умолял Господа отпустить вам той же монетою, какою рассчитывались при жизни со мною вы, но узнав, что вы в нынешнюю ночь приобщились к истинным, молюся вместе с вами. Евтихий Дементьев Коперников, бывший мещанин, а ныне покойник XIV класса".

Ксенофонт Ильич прочитал все это вслух с радостной улыбкой и прошептал:

— Теперь надо молебствовать.

Он вышел из комнаты, достал связку ключей и полез зачем-то в гардероб Агафьи Даниловны.

Когда Агафья Даниловна вошла в спальню Ксенофонта Ильича, он стоял в углу перед образами в странном одеянии: поверх его праздничной пары на нем была надета шелковая ярких цветов юбка Агафьи Даниловны. Юбка была подвязана под самым его горлом, а в руке Ксенофонт Ильич держал связку тяжелых амбарных ключей, которыми он побрякивал, как кадилом, и нашептывал:

— Приобщишася еси к истинным!

Агафья Даниловна простояла несколько минут в оцепенении и потом опустилась на стул. Её красивое лицо сморщилось и стало некрасивым. Над её выпуклыми бровями выступили два красных пятнышка. Она горько заплакала. Агафья Даниловна поняла, что Ксенофонт Ильич свихнулся разумом, что скоро его куда-нибудь запрячут, что потом приедут наследники, имение приберут к рукам, а ее выгонят с тёплого местечка, от привольного житья, как никому ненужную собаку.

ВОРОН

(Святочный рассказ)

Вукол Фадеев шел лесом, поминутно останавливаясь, прислушиваясь к воровскому стуку топора и злорадно улыбаясь: "Постой, — думал он про себя, — погоди, я тебе покажу, как чужие елки рубить! я тебя накрою! руки на кушак и в волостное! Ишь расположился, как у себя на печке!"

— Народец!

Фадеев проговорил это вслух и усмехнулся. Фадеев — громадного роста и широкий в плечах детина, лет сорока, с мрачным лицом и сердитыми глазами, чернобородый и курчавый, родом мещанин. Пять лет назад он пришёл неизвестно откуда в этот лес, купил участок в 175 десятин, поставил избу и сел в ней с молодой женою. Окрестные крестьяне сразу невзлюбили пришельца и прозвали его "Вороном".

Фадеев перепрыгнул через канаву; висевшее за его плечами ружье — долговязая, как и он, одностволка — стукнула его по загривку. Рядом из-за снежного сувоя, взметнув целое облако снежной пыли, столбом взмахнул белячишка и заковылял между деревьями, печатая на снегу следы. Вукол посмотрел ему вслед, поправил кушак на новом дубленом полушубке, еще сильно попахивавшем овчиной, прислушался к воровскому стуку топора и подумал, сверкая глазами:

"У Волчьего оврага орудует. Хоть бы пилой, дурья голова, срезывал, пилу не так далеко слышно. Вор, а разума нет на это!"

Вукол брезгливо шевельнул губами.

"Распоряжается! так и садит! Небось думает, завтра праздник, так хозяин дрыхнуть ни свет ни заря завалился. Не таковские! Мы своего не упустим!"

Фадеев тихонько двинулся в путь, осторожно, как кошка, ступая по снегу обутыми в валеные сапоги ногами.

"Это беспременно Лепифорка, — решал про себя Вукол, — гол как сокол, жрать хочется, а работать лень. Вот и думает: нарублю потихоньку елок и в понедельник в Бузовлево на базар вывезу. Господа об эту пору много этих самых елок покупают. А хозяин, думает, под праздник на печке нежится. Русскому человеку печка, что жена — первое дело!"

Фадеев усмехнулся. — Хитёр человек!

Между тем стук топора затих. Вукол даже вздрогнул от неожиданности. Его испугала мысль, что воришка успеет удрать с елками до его прихода. Он ускорил шаги и свернул на боковую дорогу.

Лес становился гуще, старые сосны и ели стояли не шевелясь, точно заколдованный; снег белел внизу на корягах буграми с черными отверстиями, напоминавшими звериные норы. Месяц еще не вставал, и мутные сумерки наполняли весь лес сизой мглою.

Было тихо; слышно было порою, как где-то на елке шевелилась полусонная птица, а внизу, под снегом, шуршал старыми листьями маленький зверок-горностай или ласка.

Скоро Фадеев вышел на поляну и увидел лохматую лошадёнку, сани, а в санях мужика в дырявой шапке; мужик уже почуял приближение Вукола и неистово нахлестывал кнутом заиндевевшие бока лошадёнки, чмокал губами и потрясал лыковыми вожжами. Зелёные елочки трепетали позади него в санях и махали ветками, точно прощаясь с лесом, как дети, увозимые от родителей. Фадеев пустился за санями, снимая на бегу долговязое ружье.

— Стой! — кричал он, помахивая ружьем. — Стой, дурья голова; ишь каку моду взял, в чужом лесу елки рубить, сна на тебя нет, треклятый!

Вукол задыхался от быстрого бега и крика, и это раздражало его еще более. Но мужичишка неистовей заработал кнутом; срубленный елочки усиленней замахали ветками. Вукол пришел в дикое бешенство и закричал, потрясая ружьем:

— Стой, анафемская душа! стой, или я из ружья пальну!

У него захватило дыхание; ему стало невмочь бежать за санями. Сани скрипели полозьями, ныряли по ухабам и уходили от Вукола, как от стоячего. Лошаденка, настегиваемая кнутом, бойко перебирала ногами, как меха раздувая впалые бока.

— Стой! — крикнул Вукол бешено.

Он остановился, вскинул ружье и нажал спуск. Грохнул выстрел. Мужичишка вскрикнул. Заряд был на излете, и дробь, как кнутом, стегнула мужика по полушубку. Он обернулся лицом к Вуколу и, продолжая настегивать лошадь, крикнул, взвизгивая по-бабьи:

— Отцы мои где это видано? В живого человека из ружья пальнул! Ворон, кровопийца, душегуб! В эдакую ночь душеньку человеческую погубить хотел! Мало тебе, живорез окаянный, что жену загубил? Ворон, Ворон, Ворон...

Мужичонка нахлестывал лошадь, кричал, виз жал и грозил

Вуколу кнутом. Сани нырнули в ухаб, мужичонка ткнулся лицом в елки; дорога сделала поворот, и сани скрылись. Фадеев остался один. Он стоял, улыбаясь побелевшими губами, и глядел на то место, где скрылись сани. Если бы в его ружье был заряд, он выпустил бы и его наугад, сквозь кусты. Вукол огляделся. Лес, казалось, проснулся, разбуженный исступлённым криком мужичишки.

С деревьев медленно, как вата, сыпался иней.

Дальние кусты, сбегавшие по скату оврага, еще повторяли:

— Вор-он! Вор-он!

Вукол усмехнулся.

— Ну, Ворон, ну, что ж вам? Я сам знаю, что Ворон, весь уезд Вороном зовет!

Он снова усмехнулся, перекинул за плечи ружье и, медленно шагая, направился обратно к себе в караулку. Его мысли как-то странно сосредоточились на одном; он боялся, чтобы темные кусты не повторяли исступленного вопля мужичишки: "Мало тебе, живорез окаянный, что жену загубил!" Это было бы слишком. Но кусты молчали. Вукол понуро шел, исподлобья бросая на кусты злобные взгляды. В лесу было тихо и темно; месяц еще не выходил из-за туч, но звезды разгорались ярче; мороз крепчал. Лес, казалось, притаился и ждал чего-то. Деревья не шевелились. Фадеев шел дорогой и думал:

"Ну, и убил жену, и судился, и по суду оправдан, — и никому до этого дела нет! Убил не из корысти, а из ревности; об этом даже на суде адвокат говорил. Убил, потому что жену с полюбовником накрыл, здесь же, в этом самом лесу, на поляне промеж трех сосен. В ту пору обход делал и с топором был; увидал и задрожал весь, как дуб под бурею, а в голове кровавый туман пошел. Ну, и что же? Парень лататы задал, а жена под топором упала!

Вукол остановился и, внезапно вспушив слова мужичишки, вслух передразнил его.

— Святая ночь! Какая такая святая, почему святая, в каких смыслах святая?

— Христос родился!

Вуколу показалось, что это шепнула за его спиною березка, росшая одиноко, несколько на отшибе, стройная и гибкая, как молодая девушка. Она даже шевельнулась от взгляда Вукола, и с её коричневых прутьев посыпался иней. "Ишь ты, — подумал Фадеев, видно, у меня в ушах звенит!" Он снова двинулся в путь. Странная тревога наполняла его сердце. Он чего-то ждал с минуты на минуту и беспокойно сверкал глазами.

С Вуколом давно уже творится что-то неладное: с того момента, как жена упала под его топором. Ночью в избе ему часто грезятся странные сны: какие-то черные птицы клюют его тело или над ним издеваются диковинные существа с головами женщин и с туловищами хитрых лисиц. И тогда Вукол бежит из избы искать утешения у леса. И лес утешал его. Лес пел ему, что и он дик, и бурен нравом и не любит, когда над ним издеваются осенние бури. А нынче Вуколу казалось, что и лес настроен против него враждебно. Если же и лес станет против него, к кому пойдет тогда Вукол?

Вукол вскрикнул и шарахнулся в сторону. Сильная ветка старой березы больно ударила его по голове; должно быть, он зацепил за нее ружьем, но Вукол не сообразил этого и смерил старую березу с макушки до корня. Его глаза загорелись:

— Драться? за что, про что? — прошептал он злобно.

Вукол вспомнил и побледнел. Под этой самой березой три года тому назад он плакал и валялся в ногах жены. Он уже тогда подозревал жену в кое-чем и вымаливал у неё любви. Вукол говорил ей.

Он с малых лет не видел ласки и всю жизнь только и делал, что чеканил деньги. Из двух тысяч, доставшихся ему после отца, он начеканил двадцать. Он не брезговал никакими средствами, и люди презирали его. И он презирал людей. Купцы не пускали его дальше передней, и он допускал мужика только к себе на крыльцо. Но ему стало холодно, его сердце запросило ласки, и тогда он встретился с девушкой, у ног которой сложил свою буйную головушку.

Вукол снова смерил глазами березу. Если бы с ним был топор, он срубил бы ее под корень и нащепал бы из неё лучин.

Он двинулся в путь, беспокойно озираясь и думая о жене: "Я убил ее, потому что она клятвопреступница. Убил и люди простили меня".

— А Бог?

Вукол ясно услышал, что это шепнул орешник, росший сбоку, около дороги, дигилястый и чахоточный, как приезжавший на лето к о. Серию семинарист. Вукол круто повернул от орешника в сторону, но старая растопыренная ветками сосна преградила ему дорогу. В то же время молодая березка, вся осыпанная снегом, как снегурочка, беспокойно затрепетала и стала ласкаться к веткам сосны, как испуганный ребенок. Казалось, ее испугал вид Вукола, и она просила у старой сосны защиты.

Вукол прошептал:

— Заговор! — и дикая злоба наполнила его сердце. Он, как

кошка, прыгнул на середину дороги, поближе к орешнику и, злорадно сверкая глазами, переспросил побелевшими губами:

— А Бог?

Орешник шевельнулся, посыпал инеем, и Вукол снова услышал:

— А Бог?

— Бог! — Вукол подпёр кулаками бока. — Бог!

Вукол чувствовал, что злоба владеет всем его сердцем, и он еще силен. Это его обрадовало, и он вызывающе бросил взор к небу.

— Бог! — крикнул он, сияя всем лицом: — Бог... — И он выпустил из своих уст нечто ужасное, богохульное, сверхъестественное.

И тогда туча, закрывавшая месяц, прорвалась, как истлевшая бумага. Серебристая тени метнулись с неба на землю, лес весь просиял, и вместе с тем отдаленные кусты повторили исступленный вопль мужичонки: "Мало тебе, живорез окаянный, что жену загубил!"

Вукол задрожал; серебристые тени ослепили его глаза, и ужас вошел в его сердце. Он почувствовали, что весь лес стал на него. Вукол пустился бежать. Он бежал долго с искаженным от ужаса лицом и трясущимися губами; но злоба еще не покидала его сердца и только пряталась в самый темный угол. Он бежал долго, широко размахивая руками и тяжело дыша, и очутился внезапно около трех сосен, где упала под топором жена Вукола.

Вукол опустился около одной из сосен, обнял её корявый ствол рукою и завопил, вздрагивая плечами. Он обнимал старую сосну, прижимался к ней мокрым лицом и жаловался ей на жену.

— Ока-янная! Я с малых лет без ласки жил; встретил ее, и сердце словно оттаяло и полетело на ласку, как на огонь птица! Окаянная!..

Вукол всхлипывал и утирал мокрое лицо о ствол дерева. Старая сосна безучастно стояла над ним и слушала его вопли. Вуколу хотелось, чтобы она ниже склонилась над ним и пожалела его. Но сосна не шевелилась и стояла посеребренная инеем, как старая, седая старуха, уже безучастная к жизни.

Между тем в лесу совсем просветлело. Месяц стоял над лесом грустный и бледный и заливал его фосфорическим светом сверху донизу. На старой сосне можно было рассмотреть даже вырытые временем морщины. Кругом было тихо. Сосны и ели стояли, не шевелясь, точно оцепенелые, не то в благоговейном созерцании, не то в молитве; звезды разгорались ярче; в небесах разливалось и слабо трепетало зеленоватое сияние. А Вукол лежал на снегу, плакал под сосною и, обняв её корявый ствол, жаловался на жену.

— Окаянная; не буду я молиться за нее; ни за нее ни за себя... Ока-янная...

Время перешло за полночь. В чаще вильнула пушистым хвостом хитрая лисица и, потягивая узенькой мордой морозный воздух, побежала на село испытать бдительность песьей породы. Косоглазые белячишки беспокойно прислушивались к человеческим воплям, поводили длинными ушами и тревожно раздували ноздри.

А Вукол по-прежнему лежал на снегу, обнимал сосну, плакал и ругался. Наконец ему стало холодно; силы покидали его. Вукол подумал, что он умираете и прошептал:

— Господи!

Он прошептал это неожиданно для самого себя, и потому что в его сердце еще была злоба. И тогда Вуколу показалось, что серебристая тень прошла по лесу и стала над ним в изголовье, как столб лунного света. Вукол понял, однако, что это не лунный свет, а что-то другое. И ему захотелось встать и преклонить колена. Но он не мог сделать этого, потому что у него отнялись ноги. Он нашел в себе силы только улыбнуться и прошептал:

— Холодно.

И тогда Вукол услышал:

— Отогрей сердце.

В то же время Вукол почувствовал, что чья-то благостная рука коснулась его сердца, и злоба вышла оттуда, как демон. И Вуколу стало тепло и хорошо. Благостная рука снова коснулась его головы и сердца, и Вукол заплакал теплыми и радостными слезами, как ребенок, потерявший мать и снова нашедший ее.

Он понял, кто стоит над ним, но в его сердце не было ни страха ни робости. Вукол всхлипнул и прошептал:

— А я не думал, что Ты придешь ко мне...

И Вукол услышал:

— Разве ты не слышал, что Я иду ко всем, кто зовет меня?

Вукол шевельнулся и заплакал еще горше.

— Я боялся Тебя. Я любил мир, а Ты повёл бы меня в скиты и надел бы на мое тело власяницу.

Вукол хотел протянуть руки к серебряной ризе гостя, но у него отнялись руки. Он хотел говорить, но у него отнялся язык. И тогда он подумал: "Все равно, Ему говорит мое сердце".

Вукол чувствовал, что оно еще бьется груди. Он слабо шевельнулся и закрыл глаза. Ему было хорошо и тепло.

Лес стоял в благоговейном созерцании, залитый

серебряным сиянием. Звездчатые блестки его серебряного инея сверкали, как алмазы. Ветер не дышал. Нарядные птицы, зеленогрудые и красногрудые, молчаливо сидели на ветках, боясь пошевельнуться. Порою они глядели на Вукола, точно хотели сказать:

— Ведь мы же тебе говорили весною, что надо больше любить.

Вуколу послышалось, что медные звуки колокольного звона понеслись под самым небом, радостные и торжественные, как благостные духи. Они летели и кружились над лесом целыми станицами, как серебряные лебеди.

И Вукол услышал пение:

"Ныне отпущаеши раба твоего".

Он шевельнулся и подумал с счастливой улыбкой:

"Нынче Сретение, а я думал Рождество". Вукол вздохнул. Ему показалось, что благостные духи, как торжественные звуки, летавшие под небом, стали засыпать его от мира чем-то теплым и благовонным.

МАЛИНОВКА

Тучи, стоявшие на востоке, вспыхнули; по их малиновому фону прошли огненные жилки. Старый, угрюмый лес, высокой стеной окружавший небольшую поляну, стоял не шевелясь точно погруженный в глубокие думы. Над соломенной крышей лесной хатки перелетывали белые с коричневыми крапинами голуби, и их окрашенные горевшими тучами крылья казались сделанными из розоватого фарфора. Поднимался туман. Скоро должно было показаться солнце.

На крыльцо лесной хатки выбежала молоденькая смуглая девушка. На ней была синяя юбка и белый с розовыми крапинками лиф. Девушка резво сбежала с крыльца и направилась к хлеву; в ту же минуту окно хатки отворилось, и оттуда высунулась черная с сильной проседью голова.

— Малиновка! — услышала девушка голос и обернулась.

Ее звал отец. У неё странное имя: Малина, и отец переделал его в Малиновку. Девушка подошла к окну; отец подал ей одностволку.

— Поставишь на корм корову, пройди к опушке, не дерут ли пастухи лыка, погляди. Да дачей в обход пройдешь. Слышишь? — повторил отец деловито.

— Слышу.

Девушка приняла ружье, перекинула его за плечи и снова отправилась к хлеву. Оттуда она вывела корову, привязала к её загнутым калачом рогам длинную веревку и, миновав колодец и обнесенный тыном огород, прошла на соседнюю поляну, где и привязала корову к дереву. Корова меланхолично принялась за траву. Девушка быстро направилась к опушке.

Солнце, между тем, встало и брызнуло по лесу золотыми лучами. Лес просиял; ветви затрепетали: по зеленым вершинам пошел веселый говор. Жизнерадостное птичье царство запело, засвистало, зазвонило и зачирикало. Девушка быстро шла лесом, прислушивалась к его веселому говору и ловко перепрыгивала через коряги. От всей её тонкой фигурки веяло силой и смелостью. Недаром она лесникова дочка. Отец её в некотором роде "вольтерианец" из бывших дворовых. Он берет дочку с собой на охоту, и Малиновка недурно стреляет. Она ловит порубщиков, осенью охотится с чучелом по тетеревам, а зимой стреляет зайцев и бьет в капканах волков.

Малиновка прошла опушкой, но молодые липки стояли веселые и неприкосновенный. Пастуший нож не касался их сочной кожицы. Девушка повернула к проезжей дороге, дугой перерезывавшей лесную опушку, но вдруг остановилась как вкопанная. Её смуглые щеки, на которых частые поцелуи солнца оставили золотистый налет, слегка побледнели, в карих глазах засветилась радость Из-за поворота выбежали дрожки. Молодой человек, белокурый и тонкий, правил лошадью и курил папироску. Он почти поравнялся с девушкой и только тогда увидел ее. Он остановил лошадь, выплюнул папироску и как будто обрадовался и вместе с тем, сконфузился. Молодой человек приподнял шляпу.

— Здравствуй, Малиновка! — сказал он.

Это был учитель из соседнего села. Он подошел к девушке. Он был одет в люстриновый черный пиджак, шитую разноцветными шерстями рубашку и высокие сапоги. Девушка стояла перед ним, ласково сияя глазами.

— Здравствуйте, Геннадий Иваныч. Давно вас, Геннадий Иваныч, не видела. За всю зиму только однова, — проговорила она с кокетливым лукавством.

Учитель перебил ее с кислым видом:

— Ах, Малиновка, опять ты говоришь "однова"? Нужно сказать: один раз! Ах, Малиновка, Малиновка, какая ты, право, бестолковая! Сколько раз я поправлял тебе вот именно это слово! Ох, Малиновка! — Он снова кисло поморщился.

— Ну, один раз, — поправилась девушка и покраснела.

Они помолчали.

— Видишь ли, Малиновка, — начал учитель и сконфузился: — видишь ли, мне было тяжело видеть тебя, и я избегал встречи. Дело в том, что нам надо расстаться. Как бы тебе сказать, мы не пара! Пойми сама, ей Богу! Видишь, я женюсь на дочери Аряпинского батюшки, то есть мы еще не помолвлены, я даже никому ничего еще об этом не говорил, но, вижу, батюшка не прочь. Я вот и теперь к нему еду; просижу часов до десяти и обратно; но ты встречать меня не выходи, поздно будет, да и не к чему. Нам надо расстаться. Я люблю тебя, Малиновка, мне тяжко, но прости меня, ты ужасно безграмотна; читаешь плохо, а пишешь Боже упаси как! Возможна ли будет совместная жизнь при таком разладе с орфографией.

Щеки девушки залил малиновый румянец, её темные брови задрожали.

— Орфография у меня ничего себе, Геннадий Иваныч, — процедила она, — я не рябая, не косая, не суглобая... И потом, и потом подучилась бы я, може, Геннадий Иваныч. То лето вы заниматься со мной было стали...

Девушка не договорила и потупилась.

Учитель окончательно растерялся.

— Вот то-то тебя не подучишь! Прости меня, Малиновка, но ты ужасно бестолкова! Вспомни прошлое лето. Помнишь, я диктовал тебе у Косого оврага? Два раза в неделю ходил туда и диктовал. И помнишь, как ты раз написала? Во-первых, аршинными буквами; ну, это оставим! Во-вторых, "Птицка Божiя ни знайстъ", ай и ять! Вместо а и е! Малиновка, ведь это ужас, что такое!

Учитель укоризненно покачал головой. Девушка стояла перед ним, виновато потупив глаза. Она хотела что-то сказать, но молодой человек перебил ее.

— Видишь, тебе и самой стыдно. Ай и ять! Как же я возьму тебя после этого замуж? Нет, Малиновка, жена учителя должна быть грамотной!

В глазах девушки блеснули слезы.

— Подучилась бы я, може, Геннадий Иваныч! — повторила она, теребя кофточку.

Учитель досадливо махнул рукою.

— Ну, чего подучилась, ну, чего подучилась! Малиновка, что ты мне говоришь! Ну, как ты напишешь "схалъ"? Ну, говори! Какое е?

Девушка посмотрела в бок, на ствол молодой липки, а потом себе под ноготь.

— Е приворотное, — с трудом вытянула она.

Учитель чуть не подскочил.

— Ай-ай, Малиновка, как тебе не стыдно, голубка! Какое это е приворотное? Что это за буква? Из какого алфавита?

Девушка всхлипнула. Учитель взял ее за руку.

— Ну, не плачь, полно! Ты, может быть, хотела сказать э оборотное?

— Да.

— Ну, вот, то-то и есть, и закатила бы рюху!

Геннадий Иваныч минуту помолчал.

— А табличку умножения, — добавил он вздыхая, — мы учили, учили да так и бросили. Головка у нас не так устроена, чтобы что-нибудь запомнить! Нет, Малиновка, придется мне — хочешь, не хочешь — на батюшкиной дочери жениться! Она в епархиальном училище, Малиновка, полный курс прошла!

Девушка испуганно взглянула на молодого человека.

— Я теперь, Геннадий Иваныч, "знает", как следует пишу, — з-н-а-е-т, — торопливо назвала она все буквы.

— Я зимой, Геннадий Иваныч, — добавила она с той же торопливостью, — по целым дням над книжкой коптела.

Сидишь, сидишь, бывало, пока в сон не бросит. Читать бойко стала, тятенька хвалит; умница, говорит!

Малиновка понурила смуглую головку и тронула рукою лифчик.

— Я табличку умножения даже, Геннадий Иваныч, знаю.

Молодой человек повеселел.

— Разве?

Девушка перекрестилась:

— Как перед Истинным.

— Божиться все-таки не надо!

Геннадий Иваныч опустился на пенек и пригласил девушку. Малиновка опустилась на траву ног.

Учитель сделал серьезное лицо.

— Пятью пять? — спросил он строго.

Малиновка посмотрела на небо.

— Двадцать шесть, — сказала она

Геннадий Иваныч порывисто встал с пенька.

— Так и знал, так и знал! Ах, Малиновка, Малиновка!

В глазах девушки блеснули слезы.

— Ну, двадцать четыре, — прошептала она.

— Так и есть так и есть — шептал учитель, вздыхая, и взволнованно ходил по луговине.

У Малиновки задрожали веки; на её лбу выступил пот.

— Да как же, Геннадий Иваныч, — плаксиво сказала она, — может, это... А вот трижды четыре, — добавила она уже радостно, — я знаю! Трижды четыре будет тридцать четыре!

— А пятью пять — пятьдесят пять? — сердито буркнул учитель издали и подошел к девушке.

— Нет, Малиновка, я не могу жениться на тебе; ведь ты даже пятью-пять не знаешь!

Девушка заплакала, встряхивая круглыми плечами. Геннадий Иваныч минуту подумал.

— Ну, а Закон Божий ты проходила?

Малиновка всхлипнула.

— Проходила, Геннадий Иваныч, да не больно шибко.

— До каких пор?

— До потопа, Геннадий Иваныч.

На лице молодого человека отразилась мука.

— Ну, вот, то-то и есть, только до потопа. До потопа у меня в школе вот такие ребятки знают!

Учитель показал рукою на аршин от земли.

— Нет, Малиновка, прощай. Как мне ни тяжело, а мы должны расстаться!

Молодой человек пошел к дорожкам. Девушка зарыдала. Геннадий Иваныч возвратился к ней.

— Ну, хорошо. Сколько у Ноя было сыновей?

Малиновка сразу перестала плакать.

— Пятеро, Геннадий Иваныч.

— Пятеро, пятеро, — прошептал учитель, укоризненно качая головой.

Девушка робко смотрела в его глаза.

— Как же, Геннадий Иваныч: Сим, Хам, Каин, Авель и Афет!

— Афет, Афет! — передразнил ее учитель. — Ах, Малиновка! Малиновка! А. Фет был поэт, а не сын Ноя. Афанасий Фет. Глупая, что мне с тобой делать?

Молодой человек взял девушку за руку. В его глазах стояли слезы. Он обнял девушку.

— Нет, Малиновка, мы не пара! Прощай, голубка!

Девушка прижалась к нему, вздрагивая и плача.

"Какая она хорошенькая, — думал Геннадий Иваныч, — а я должен покинуть ее. Иначе меня все засмеют! Да и самому как-то неловко, ничего-то она не знает!"

— Прощай, голубка!

Учитель вздохнул, побледнел и потихоньку высвободился из сильных объятий девушки. Он сел на дрожки и тронул лошадь. Колеса запрыгали по колеистой дороге. Девушка, рыдая, смотрела, как расстояние, отделявшее ее от учителя, постепенно увеличивалось.

Сейчас дрожки скроются за поворотом, и она никогда, никогда больше не увидит Геннадия Иваныча. Сердце Малиновки заколотилось, как пойманный заяц, на нее напал ужас. Она не выдержала и побежала за удалявшимися дрожками, дрожа всем телом, рыдая и повторяя:

— Вернитесь, Геннадий Иваныч, миленький, вернитесь! — Но учитель не останавливал лошади. Крики девушки волновали его до слез, он готов быль разрыдаться и напрягал всю свою волю, чтобы сдержаться и не вернуться назад.

Дрожки скрылись за поворотом.

— Вернитесь, Геннадий Иваныч, миленький!..

Девушка упала ничком на влажную от росы траву, теребила свои черные волосы и билась о землю.

В лесу стоял веселый день, солнце ласково пригревало землю, жизнерадостные птички свистели, звенели, чирикали по кустам, а Малиновке казалось, что ее опускают в темную, холодную могилу.

— Миленький, — рыдала она, колотясь всем телом, — ведь

я же выучила до потопа, за что же ты меня бросил? Сим, Хам, Афет! Ужели же он бросил меня через вас проклятущих! Зачем же я над вами всю зимоньку билась?

В лесной хате было темно. Малиновка лежала на кровати, но не спала; она много плакала за день, и её глаза опухли. Девушка никак не могла примириться с мыслью, что никогда больше не увидит учителя, что он уйдет от неё к какой-то поповой дочери, которая любит его наверно меньше Малиновки. Девушка ворочалась с боку на бок. "Господи Боже мой, — думала она, вздыхая и ежеминутно готовая заплакать. — Почему я не знаю таблички умножения? И что я такая за несчастная уродилась!" А отец Малиновки лежал за перегородкой; он тоже еще не спал и по своему обыкновению рассказывал на сон грядущий эпизоды из своего прошлого.

— Была у нашего барина, Малиновка, борзая сука Сударка, белая в черных крапинках, красивая, резвая, а щипец, что твои ножницы! Эту самую Сударку выменяли мы с барином на две девки. И действительно, стоила она того! Сама подумай, ну, могут ли хоть бы даже и две девки под самой опушкой без единой угоночки зайца царапнуть? До разу? Могут? Даже хоть бы и две?

Старик замолчал, потому что скверные часы, висевшие в хатке, принялись кряхтеть, как собирающаяся закашлять старуха. Часы, наконец, понатужились и отзвонили. Малиновка вскочила с постели. "Десять часов, — подумала она, — сейчас Геннадий Иваныч возвращается от поповой дочери". Девушке захотелось, во что бы то ни стало, идти к проезжей дороге и встретить учителя Может быть, она еще сумеет разжалобить его сердце. Малиновка взяла ружье, тихонько отворила окошко и осторожно, боясь дышать, выставила одну ногу за подоконник.

— И у этой у самой Сударки, — продолжал старик, — родился сын Зверобой. Кроме материнского молока я его, Малиновка, коровьим из рожка поил. И вырос, Малиновка, этот Зверобой, прямо сказать, не борзой пес, а гений...

Но Малиновка уже не слышала последних слов отца. Закинув ружье за плечи, она быстро шла лесом прямиком, к проезжей дороге, по которой должен был возвращаться учитель. Сердце девушки громко стучало. Она ловко перепрыгивала через пеньки и коряги и думала об учителе: "Легче мне тебя в гроб своими руками положить, чем поповне отдать. Миленький, за что ты меня бросил? Я бы тебя холила; я бы выучила и о потопе, и все, что хочешь. Нет больше моей моченьки! Легче мне тебя мертвым видеть, чем поповне уступить!" Малиновка поспешно продолжала путь. Её тонкая фигурка проворно мелькала между деревьями.

В лесу было темно. С востока бежала похожая на корабль туча, сверкая порою молнией и изредка громыхая. Она летела к лесу, как воздушный корабль Лесом побежал ветер с вершины на вершину, от кустика к кустику, точно оповещая лес о приближении неприятеля. Деревья закачали зелеными вершинами и тревожно загудели, точно совещаясь, что делать и как лучше встретить врага.

Могучие дубы гудели негодующе, березы шептались, как бы вздыхая, а молодые осинки робко дрожали сверху донизу. Мрак усиливался. Ветер дул порывистей. Малиновка прибавила шагу. Ветер хлопал подолом её юбки, она постоянно натыкалась в темноте на коряги, но неустрашимо подвигалась вперед. Между тем туча уже поравнялась с лесом. Лес продолжал беспокойно гудеть; ветер летал от дерева к дереву, как гонец. Туча внезапно повернулась бортом и громыхнула, как бы дала залп изо всех орудий. Первые тяжелые капли упали на лес, как свинцовый горох. Лес притих. Ветер испуганно упал в траву. Он не поднимался более вверх, а боязливо ползал по земле, шевеля травою, встряхивая молодыми побегами липок и зарываясь в старые листья. Пахнуло холодком, что-то зашумело вверху, и вдруг звонкий, веселый и обильный дождь упал на землю. Однако дождь вскоре перестал. Туча, казалось, ошиблась и случайно в темноте приняла своих за неприятеля. Увидав ошибку, она быстро, под углом, перерезала лес и побежала на северо-запад, посылая порою бесцельные выстрелы. По лесу прошел успокоительный говор; деревья, казалось, передавали друг другу, что произошла ошибка и беспокоиться больше не следует.

Малиновка пришла к опушке мокрая до последней нитки и опустилась за кустами неподалеку от проезжей дороги. Она дрожала всем телом. Холодные капли стекали с её волос ей под лиф, и мокрая юбка липла к ногам и знобила их. Малиновка даже побледнела. Она сидела на мокрой траве, поджав под себя ноги, дрожала всем телом и думала: "Только бы не проглядеть Геннадия Иваныча. Я бы сумела сказать, как я люблю его. Я бы сказала ему, что целый день ходила по лесу с книжкой, учила табличку умножения и три раза прочитала о потопе".

Малиновка погрузилась в думы.

Учитель подъезжал к лесу шагом. Было темно и скользко; лошадь поминутно спотыкалась. Геннадий Иваныч щурил глаза, внимательно вглядывался вперед и думал о поповне.

"Лицом не хороша, нечего сказать, не хороша, рябовата и в веснушках, но в науках тверда на удивление. О Фемистокле пошла чесать так, что я только глаза затаращил. Даже наружность его описала так, как будто детей с ним у одной купели крестила! Ловка девка!"

Геннадий Иваныч чмокнул губами; лошадь точно чего-то испугалась, поводила ушами и, кося глазами осторожно обходила придорожный пенек.

"А личиком не хороша!" мысленно повторил Геннадий Иваныч и вздохнул. Он вспомнил о Малиновке. — Если бы она так же хорошо знала о Фемистокле, — Боже мой, как бы он был счастлив!

Геннадий Иваныч тронул лошадь и запел вполголоса:

"Гляжу я безмолвно на черную шаль..."

Он уже въезжал в лес.

Между тем Малиновка услышала знакомый голос и поднялась из-за кустов. Её сердце беспокойно затокало. Внезапно мысли девушки приняли другое направление.

"Поет, — подумала она, — едет от поповны и поет! Рад, что бросил меня. Он поет, а я целый день выла, ровно волчица раненая!"

Глаза девушки загорелись, как у молодого волчонка. "Не уступлю я тебя поповне! — хотелось крикнуть ей. Она дрожала от гнева и холода. — Поиграл и бросил, — думала она, — не уступлю я тебя поповне!" Малиновка сняла с плеча ружье.

Стук колес приближался. "Прелестная дева ласкала меня", слышался голос учителя.

"Поет, радуется!" подумала Малиновка и похолодела. Её сердце наполнилось злобой Она пристально вглядывалась во мрак, туда, где дорога делала поворот, и снимала ствол ружья похолодевшими пальцами. Из-за поворота выехали дрожки. Малиновка прыгнула через низкорослые кустики на дорогу. Она вся дрожала, как листок в бурю... Не бывать поповне за тобою! — думала она. — Не бывать, не бывать!" Её сердце билось бешенством, злобой, ревностью. Учитель приближался к ней.

В её глазах прошел туман. Она вскинула ружье и надавила спуск. В стволе что-то зашипело и захрипело. Подмокший в капсюле порох не воспламенялся. Малиновка отвела от плеча ружье, и тогда ударил выстрел слабый, с оттяжкой.

Учитель остановил лошадь и широкими глазами смотрел на стоявшую на самой дороге девушку.

— Малиновка, глупая, за что? — крикнул он.

Девушка бросила ружье на землю и разрыдалась.

Внезапно и злоба и ревность быстро выскочили из её сердца, как зверек из переполненной водою норы.

Геннадий Иваныч подошел к ней. Он был бледен. Девушка стояла перед ним мокрая, бледная и заплаканная; она дрожала всем телом, рыдала и повторяла:

— Геннадий Иваныч, миленький, за что ты меня бросил?.. Моченьки моей нет, родимый...

Учитель взял ее за локоть.

— Малиновка, ох, какая ты глупая! Зачем же стрелять? Ведь если бы ружье было заряжено пулей, и если бы порох не подмок, да если бы ты не промахнулась, ведь ты бы меня убила, и я был бы мертвый! Наверное, и по всем правилам науки!

Малиновка услышала последние слова учителя и зарыдала еще горше.

— Не уступлю я тебя поповне, не уступлю! — повторяла она, вся сотрясаясь от холода.

Геннадию Иванычу стало жаль девушку. Он взял ее за оба локтя. Она вырисовывалась такая хорошенькая и грациозная на фоне летней ночи, на фоне леса, мрака и туч.

— Малиновка, да неужели же ты так любишь меня? — спросил он.

Девушка подняла мокрое от слез лицо.

— Ох, Геннадий Иваныч, не поверишь ли, я сегодня цельный день с книжкой ходила, цельный день! Табличку учила и о потопе три раза прочла. Миленький, тяжко мне! Родимый, знаю я, что у Ноя было три сына Сим, Хам и Иафет, и никогда не забуду. Ох, голубь мой!..

Учитель заглянул в хорошенькое личико девушки и подумал: "Разве жениться, в самом деле, на Малиновке, ведь поповна-то уж больно лицом не подходяща, а с Малиновкой, может быть, мы и без Фемистокла счастливы будем?"

Геннадий Иваныч колебался минуту и вдруг, просветлев лицом, обнял девушку и шепнул ей на ухо:

— Ну, Малиновка, я не прочь жениться на тебе, но только тебе надо подучиться. Придется начинать сначала. Приходи завтра в десять часов, к Косому оврагу.

Малиновка замерла от счастья. Вокруг было тихо. Лес не шевелился. Только с мокрого листка падала порой, как сорвавшийся жук, тяжелая дождевая капля.

ДИКАРЬ

Темнело; читать без свечей становилось затруднительным, а зажигать огни не хотелось. Самбурову стало скучно. Он надел черную войлочную шляпу, взял ружье и вышел из избы. Он прошел селом, обогнул гумна и направился было к озеру, где часто садились, возвращаясь с просов, утки; ему хотелось развлечься охотой, но на дороге он передумал и свернул по направленно к усадьбе Кастрицыной.

Дмитрий Сергеевич (Самбурова зовут Дмитрием Сергеевичем) совсем молодой человек, невысокий, но кряжистый; у него бледное худощавое лицо; его темные глаза глядят недружелюбно, и в минуты гнева в них загораются волчьи огоньки; его рыжеватые волосы коротко подстрижены, а темные брови порою как-то перекашиваются, что придает лицу тоскующее выражение, какое бывает у человека, одержимого мучительным и неизлечимым недугом. Самбуров два года тому назад ушел со второго курса естественного факультета и отправился сельским учителем в глубокую провинцию, удивив этим всех своих товарищей и знакомых, хотя там и считали его человеком диким, решительным и необузданным.

Самбуров шел полем. Был вечер; солнце уже скрылось за холмом, и поле наполнялось прохладою; высокая рожь шуршала созревающими колосьями; розовые облака бежали по небу, легкие и прозрачные, прорываясь, как папиросная бумага; над синей рекой, потемневшей уже около берегов, вставал туман, но звезды еще не загорались. Самбуров шел к усадьбе Кастрицыной и думал: "Увижу ли я Анну Николаевну? Выйдет ли она ко мне?" Его томило сомнение; он нервно пощипывал маленькие усики и сшибал прикладом ружья придорожные лопухи.

Дмитрий Сергеевич знаком с Анной Николаевной всего три месяца, но, тем не менее, она завладела всем его существом, и он не в силах стряхнуть её иго.

Да, не в силах. Это своего рода болезнь; образ молодой женщины преследует его всюду. Он закроет глаза и видит её лицо; он прислушается к шуму полей и слышит её шепот; он спит и ласкает ее, во сне. Эта пытка ужасная и нестерпимая; так больше продолжаться не может.

"Надо выяснить наши отношения", подумал Самбуров, и его брови точно судорога перекосила. "Чего выяснять, —

ответил он сам себе мысленно, — ясно, что она меня больше не любит. Теперь она всюду ездит с Тумановым".

Самбуров вздохнул; он уже приближался к усадьбе Кастрицыной. В поле темнело; рожь шумела тише; ярко окрашенные зарею тучки темнели, как увядающие цветы; трава искрилась росою; в небе загорались звезды. Усадьбы еще не было видно: она пряталась за невысоким холмиком, но уже давала о себе знать: со стороны холма тянуло дымком, и раздавалось мычанье теленка; там гоготали гуси, и пронзительно вскрикивал павлин. Бабий голос, сердитый и скрипучий, как немазаное колесо, настойчиво звал, очевидно, купавшегося Митьку, называл его паршивцем и сулил спустить с него три шкуры.

Сердце Самбурова мучительно заныло. Хорошенькое личико Анны Николаевны преследовало его воображение, и он думал: "Она меня не примет, опять скажет, что нездорова. Поиграла и будет!"

Самбуров поспешно метнулся во ржи. Он увидел Анну Николаевну и Туманова: они ехали в шарабане навстречу Самбурову. Анна Николаевна, полная и эффектная брюнетка с выпуклыми бровями и яркими губами, правила, натянув пунцовые вожжи.

Туманов, белокурый и изящный мужчина, в серой паре и серо-стальном цилиндре, обнимал молодую женщину, улыбался и что-то говорил. Самбуров видел, как сверкали из-под усов его белые зубы. Караковая лошадь семенила задом и бойко выбивала ногами. Шарабан пронесся мимо Самбурова; на него пахнуло запахом сильных духов.

— Чувству приказывать нельзя, — услышал он голос Туманова, — чувство — это молния...

Самбуров больше ничего не мог расслышать; шарабан летел как птица, и лошадь сильно била ногами. Он выглянул изо ржи. Шарабан был уже далеко; металлическая пряжка на шляпке Анны Николаевны мерцала как огонек. Самбуров посмотрел ей вслед, побледнел, улыбнулся и пошел по направленно к усадьбе. Он решился где-нибудь дождаться её возвращения и переговорить с нею. "Интересно знать, — подумал Самбуров, — как она объяснит свое поведение?"

Самбуров смотрел вдаль. Богатая усадьба Кастрицыной выглянула из-за высокого холмика многочисленными постройками. Зеленый сад, густой и обширный, курчавился за хорошеньким домиком в русском стиле. Круглый пруд, как зеркало, сверкал среди сада. За садом темнели заросли густого бурьяна; там прячутся ужи, и вьют свои гнезда малиновки;

порою там, крадучись, несут свои яйца и глупые индейки. За бурьяном вилась лента пыльной дороги. А дальше голубая река несла тихие волны. Навстречу Самбурову шла баба, худая и жилистая, с сердитыми глазами и коричневыми руками; она вела за ухо пузатого мальчонку с льняными волосами, рвала порою его мокрые вихры и шлепала по посконным штанишкам, мальчонка сопел носом, поправлял штанишки и невозмутимо рассказывал, как Ванька стряпухин нашел в стрижином гнезде рака.

— Вот какой лак, — картавил тот, показывая руками величину рака.

Самбуров спустился в овраг и сел на камень под старой дуплистой ветлою; на ветле ворковала горлинка и чирикал воробей. Самбурову была видна отсюда узкая дорожка, выбегавшая из поля, и он мог наблюдать, когда Анна Николаевна возвратится с прогулки. Но ждать ему пришлось недолго; скоро металлическая пряжка на шляпке Анны Николаевны замерцала над зеленою рожью, как светящая бабочка. Туманов все также обнимал молодую женщину и что-то рассказывал ей; серебристая пена покрывала бока караковой лошадки. Шарабан скрылся в воротах. Самбуров переждал еще несколько минут и затем направился к усадьбе.

Анна Николаевна Кастрицына — молоденькая вдовушка, она постоянно живет в Петербурге и приезжает в деревнею только месяца на три, на четыре ранней весною. Так было и в этот год. Случайно Анна Николаевна познакомилась с Самбуровым в лесу на прогулке, познакомилась и стала заметно кокетничать с ним. Она постоянно приглашала его к себе, сама заезжала к нему, каталась с ним на лодке и верхом, училась у него петь малороссийские песни. Она говорила, что в нем есть что-то сильное и привлекательное, и называла его милым дикарем, неукротимым зулусом, упрямым пролетарием. Одним словом, через месяц Самбуров был влюблен в молодую женщину без памяти и хорошо знал, как пройти садом к окошку её спальни. Еще через месяц приехал из Петербурга адвокат Туманов, и однажды вечером Анна Николаевна не приняла Самбурова, сказавшись больной, а на днях она прислала ему записку следующего содержания: "Нам нужно видеться как можно реже, чтобы не возбуждать о себе толков. Что делать? я женщина и дорожу своей репутацией. Когда можно будет увидеться, сообщу письмом. Без письма не приходите. Ваша". Письмо было написано на пишущей машинке и подписи не было. Это письмо взорвало Самбурова. "Аристократка! — подумал он, — не подписалась; точно стыдится сознаться в своем чувстве ко мне!" Он изорвал эту записку в клочки и истоптал ногами.

После этого Анна Николаевна не писала Самбурову ни строки.

Самбуров подошел к саду и посмотрел сквозь изгородь. В одной из аллей он увидел Анну Николаевну, гуляющую с Тумановым. Тот что-то рассказывал ей и, улыбаясь, целовал ей шею.

— Чувству приказывать нельзя, — слышал Самбуров его голос; — чувство это...

У Самбурова помутилось в глазах и зашумело в ушах: он отшатнулся от изгороди и тихо пошел вдоль сада.

"Что это, — думал он про Туманова, — он твердит все одно и то же, как попугай!"

У ворот усадьбы Дмитрий Сергеевич увидел горничную Анны Николаевны и подошел к ней. Та улыбнулась ему навстречу.

— Совсем вы нас позабыли, барин!

Самбуров сердито сверкнул глазами. Ему показалось, что горничная издевается над ним. "Барином зовет, — подумал он — а сама смеется!"

— Вот что, Наташа, — сказал он, сердито хмуря брови, — вызови как-нибудь барыню, скажи, что я желаю ее видеть непременно. Я буду ждать ее за садом, у речки. — Он еще что-то хотел добавить, но махнул рукою и пошел по направленно к речке. Горничная подумала: "Ишь глазищами ровно волк сияет!" и исчезла в воротах, шурша накрахмаленными юбками.

Самбуров сидел на круче; под его ногами тихо плескалась голубая, затканная звездами, речка. А он смотрел на голубые волны тоскующими глазами и думал: "Она меня не любит; не любит и никогда не любила; я был для неё барской прихотью, капризом. Она целуется с другим, когда у меня на губах еще не остыли её поцелуи. Я избегал её, и она меня стала преследовать; теперь я преследую ее, и она меня избегает. Я не прощу ей этого ни за что: Я не прощу ей, не прощу, не прощу! — будто все кричало в нем. — Она сама позвала меня за собою и насильно вторглась в мою жизнь, так пусть же и расквитывается за это!"

— Баре! — прошептал Самбуров, — они привыкли ценить человеческую личность в грош!

Сердцем Самбурова овладело бешенство. Внезапно ему вспомнилось, как кучер Прохор бил свою любовницу, приревновав ее к какому-то парню; он бил ее сапогами и кнутом И порвал на ней все платье. Самбуров вспомнил, как

Прохор во время истязания сладострастно зажмуривал глаза, и подумал: "Может быть, это его успокоило". Самбуров представил себе Анну Николаевну избитую и в изорванном платье, но ему стало гадко и стыдно.

Самбуров вздрогнул и обернулся. Перед ним стояла Анна Николаевна, красивая и оживленная, сияя своими чудными глазами. Он подошел и взял её руки. Она увидела ружье, лежавшее у его ног на песке, и слегка побледнела. "От этого зулуса можно ожидать всего!" подумала она, и легкий озноб прошел по её телу. Но она оправилась и ласково поздоровалась с Самбуровым. Запах сильных духов отделялся от её платья и ударил тому в голову как крепкое вино. Когда-то он проводил у этой женщины дни и ночи и сам пропитывался запахом этих духов. А теперь? Самбуров стиснул её руки и заглянул ей в глаза глубоко, глубоко, точно пытаясь разгадать душу молодой женщины; но глаза не выдавали тайны, они улыбались. Самбуров и Анна Николаевна молча смотрели друг на друга. Стая диких уток со свистом пронеслась над ними и шлепнулась где-то близко, разбив речное зеркало. Из лугов донеслась унылая песня косца и точно разбудила Самбурова; он наклонился к лицу Анны Николаевны и с трудом переводя дыхание спросил:

— Скажите откровенно — любите ли вы меня? Не бойтесь ничего, не жалейте меня и говорите правду Я прощу вам все, — слышите ли? — все, кроме лжи... Он хотел говорить еще, но спазмы давили его горло. Анна Николаевна обласкала его глазами.

— Я вас люблю, но только видите ли...

— Вы лжете! — вырвалось у Самбурова. Анна Николаевна побледнела; легкий озноб снова прошел по её телу. Она увидела, что он весь дрожит, как напуганная лошадь.

— Милый, успокойся! Я люблю тебя, и мы снова увидимся дня через три, через четыре... — сказала она, стараясь придать своему голосу как можно больше спокойствия, — как-нибудь... теперь невозможно... — Она протянула руку, желая приласкать Дмитрия Сергеевича.

Самбуров поймал эту руку, кинул ее от себя прочь и бешено крикнул:

— Вы лжете! несколько минут тому назад вы целовались с Тумановым!

Анна Николаевна вспыхнула. Глаза её упрямо сверкнули.

— Нет, не лгу! (Она повысила голос.) Я никогда не лгу!

— Лжете! — крикнул Самбуров и позеленел. — Я видел это своими глазами; вы целовались с Тумановым! — Самбуров стал стискивать её руки. Ему снова припомнилась избитая любовница Прохора, и глаза его загорелись бешенством.

— Сознайтесь, пока не поздно! Я прощу вас! — кричал он, не выпуская её руки.

— Неправда! — крикнула Анна Николаевна, сердито сводя брови. — Вам это показалось! Мне не для чего лгать вам: я не боюсь вас и не признаю над собой вашей власти, я ничего не обещала вам и ничем вам не обязана! — Анну Николаевну раздражала настойчивость Самбурова, и она не хотела сдаваться! Она тряслась всем телом и кричала:

— Я ничем не обязана вам и не лгу; лгут только трусы!..

— А я, — крикнул Самбуров, — многим обязан вам! Обязан, обязан! Вы вторглись в мою жизнь; вы играли мной, как игрушкой, как рабом!.. — Он совсем задыхался; его сердцу стало тесно в груди, и это производило нестерпимую боль; в его глазах загорелись волчьи огоньки. Он все бешенее стискивал руки молодой женщины. Золотой браслет скатился с руки Анны Николаевны. Самбуров увидел его и вспомнил тот вечер, когда он до крови оцарапал себе губы этим самым браслетом. Это было так недавно. Грудь Самбурова задрожала от злобы, и он закричал, наклоняясь к лицу молодой женщины:

— Я требую от вас одного; я хочу идти с вами в сад и целовать вас при господине Туманове. Слышите? — завопил он уже совсем дико. Анна Николаевна задергала плечами, пытаясь высвободить руки.

— Этого никогда не будет, никогда, никогда!..

— Нет, будет! — кричал Самбуров, силясь увлечь ее по направлению к саду, — лгунов выводят на чистую воду...

— Не будет, — кричала молодая женщина, корчась от боли, — не будет! Вы — гадкий дикарь, вы не умеете держать себя с порядочными женщинами!

Самбуров опустил руки Анны Николаевны; перед ним стоял Туманов, прибежавший на крик. Он что-то говорил, но Самбуров не понимал его слов. Он видел только, что Туманов замахнулся тростью, и его сердце толкнулось вон из груди. Самбуров с криком нагнулся к ружью. Туманов увидел это и побелел, как полотно. Его сердцу стало холодно от наполнившего его ужаса, но он уже не мог остановить движение своей руки. Его трость опустилась и сшибла с Самбурова шляпу.

Самбуров с перекосившимся лицом вскинул ружье. Анна Николаевна с визгом метнулась в сторону. Грохнул выстрел.

Туманов без крика, как сноп, ткнулся изуродованным лицом в землю.

В НЕПРИЯТНОЙ КОМПАНИИ

Я был у Ашметьева в первый раз. Всех нас было шесть человек. Мы позавтракали бараньими котлетами и, по приглашению хозяина, направились в кабинет, так как ехать на охоту по тетеревам, для чего мы собрались у Ашметьева, было положительно невозможно. Легонький, дувший с утра северо-восточный ветер превратился внезапно в бурю и затащил все небо хмурыми тучами. К довершению всего полил дождь, холодный и неприветливый, какие бывают в августе, без грома и молний, скучный и монотонный, стегавший землю с угрюмой настойчивостью, точно эта экзекуция сама по себе не доставляла ему решительно никакого удовольствия и вызывалась лишь горькой необходимостью. Мы разместились на креслах, а хозяин дома, Ашметьев, высокий сорокалетний брюнет великолепного сложения, приютился на крошечном диванчике, рядом с своим другом Клеверцевым, известным за желчного спорщика. Мы закурили папиросы и попеняли на погоду, и вскоре завязался разговор о последних событиях в Европе, об анархистах, смертной казни и т. д.

Клеверцев, маленький и худенький блондин с помятым лицом, кипятился более всех, спорил со всеми сразу и на всех поглядывал с ненавистью. Ашметьев сидел, попыхивая сигарой, покусывая её кончик зубами, и равнодушно глядел на Клеверцева. А Клеверцев кричал:

— По-моему, смертная казнь несправедлива уже вот почему: убийца почти всегда бросается на свою жертву неожиданно и расправляется с нею быстро, а закон заставляет осужденного мучиться в ожидании смерти несколько суток. Здесь, как видите, справедливость нарушена. Да-с! Если смертная казнь необходима, так уж лучше прибегать к суду Линча; раз, два, три и готово!

Клеверцев стучал пальцами по столику. Ашметьев лениво потянулся.

— Но позволь, — сказал он, — если предложить осужденному на выбор смертную казнь сегодня или завтра, то он всегда выберет завтра, так как человек — существо в высшей степени легковерное и до последней минуты надеется на какое-то чудодейственное избавление. Я это говорю потому, что сам был в положении осужденного на смерть.

Глаза Ашметьева засветились; он передвинул сигару из левого угла рта в правый. Мы с недоумением переглянулись.

— Да, да, — повторил Ашметьев, оглядывая нас уже потухшими глазами, — я был в положении приговоренного к смертной казни и, если хотите, расскажу об этом.

— Пожалуйста, пожалуйста, — раздалось со всех сторон.

Ашметьев раскурил сигару. Клеверцев на цыпочках прошел в дальний угол кабинета и опустился в кресло.

— Лет десять тому назад, — начал Ашметьев, — я исправлял должность судебного следователя. Да-с. Так вот-с около этого же времени, т.е. в половине августа, я охотился по тетеревам в лесной даче Ильи Петровича. Ашметьев пыхнул сигарой и кивнул головой на моего соседа справа, Коноплянникова.

"Дача эта, — продолжал он, — называется "Гремихой", места там глухие, и тетеревов водится бездна. Отправился я пешком, охотой по обыкновенно увлекся, и вечер захватил меня в лесу. День с утра был ясный, но к вечеру, Бог весть откуда, набежали тучи, зашумел ветер, заморосил дождь. Вскоре дождь превратился в ливень с громом и молнией, холодный и упорный, хлеставший меня холодными каплями, как свинцовой дробью. Ветер подул сильнее. Он носился по лесу, гикая и свистя, как разбойник, ломая сухие ветки, взметая старые листья и срывая с меня фуражку. В лесу воцарилась тьма; она затопила собою весь лес, как выступившее из берегов море. К довершению всего моя собака, подняв незадолго перед дождем зайца, не шла на мой зов. Она, очевидно, потеряла мой след и теперь за воем бури не слышала моего голоса. Я шел лесом медленно, еле передвигая усталые ноги; перспектива заночевать в лесу совсем не радовала меня. И вдруг я увидел огонек, как бы от тлеющих угольев. Я остановился, пристально вглядываясь во мрак. Дождь продолжал стегать меня свинцовой дробью; ветер шумел, точно мимо моих ушей стремительно проносилось бесчисленное множество чем-то испуганных птиц. Я напрягал зрение, но ничего не видел, кроме тлеющих на земле угольев. Почему они не тухли под дождем?

Я двинулся вперед, но в эту минуту полог неба с грохотом треснул пополам, и змеевидная молния осветила окрестность. Я воспользовался этим моментом, огляделся и понял, почему угли не тухли. Передо мной была небольшая полянка, на которой в нескольких саженях от меня ютилась землянка, какие роют себе для летнего жилья угольщики или дегтяри. Угли тлели у входа под соломенной кровлей этой землянки. Я даже успел рассмотреть двух человек, сидевших на полу около угольев. На одном из них были желтые шаровары. Я двинулся на огонек, радуясь, что укроюсь от дождя и проведу ночь в обществе людей. У входа меня остановил на минуту оклик: "Кто здесь?" — "Охотник", отвечал я, нагибаясь, чтобы проникнуть в землянку.

Я очутился под крышей.

— Охотник, застигло дождем и захлестало, как собаку, — повторись я, отряхиваясь при чем дождевые капли упали на угли, и в землянке стало еще темнее.

— А мы — дровосеки, — услышал я, — садитесь, милости просим копеек за восемь; землянка славная, ее только в прошлом году угольщики вырыли.

Я поставил свою двустволку в угол Чтобы погреть над углями закоченевшие пальцы. Человек в желтых шароварах встал; он был бос, и его ноги, загрубевшие как собачьи пятки, были потресканы, исцарапаны и в болячках около щиколоток. Лица его я до сих пор не видел, так как тлевшие угли озаряли только самый низ землянки. Между тем человек в желтых шароварах сказал своему товарищу:

— Подбрось-ка, милюга, веточек, — и заходил из угла в угол.

"Милюга" бросил на угли несколько отсыревших веток. Они не загорались, а только коробились и трещали.

— А славное у вас ружьецо, — услышал я из угла, и теперь этот голос показался мне знакомым, — хорошая двустволочка и с казны заряжается.

"В голосе говорившего послышалась ирония; он снова показался мне хорошо знакомым, и мне по-чему-то стало страшно. Человек в желтых шароварах, разглядывая мое заряженное ружье, стал около углей спиною к выходу. В эту минуту сырые ветки вспыхнули. Я взглянул на человека, вертевшего мое ружье, и остолбенел на месте.

— А ведь я, ваше благородие, Помпей! — сказал тот с добродушной улыбкой.

Да, это был Помпей. На нем были жёлтые арестантские шаровары, а его ноги, были стерты около щиколоток кандалами. Я арестовал его за год до этой встречи по делу об убийстве с целью ограбления старухи Щедриковой, у которой Помпей служил лакеем. Следствие по этому делу тянулось долго, но улики были собраны веские; Помпея приговорили к ссылке на каторгу. Он бежал из тюрьмы, и вот я встретился с ним в лесной землянке. Я глядел на него, чувствуя, что мне необходимо что-нибудь сказать или сделать, но я ничего не находил подходящего. Кажется, я довольно глупо улыбался. Между тем Помпей вертел в руках мою двустволку, загораживая собою выход. Пламя угольев озаряло его худое и желтое лицо; право же, в нем ничего не было страшного, зверского, кровожадного. Только привычка как-то по-кошачьи щурить глаза и делала его лицо несколько неприятным.

А ведь я вас, ваше благородие, прикончу — сказал он, вдруг превесело улыбаясь. — А то вы на нас донести можете, — добавил он.

— Сейчас нельзя, — лениво отозвался его товарищ, сидевший рядом со мной и невозмутимо ковырявший в золе тонким сучком, — Сейчас нельзя, ишь, как Илья пророк громыхает!

— И то, — заметил Помпей, — я прикончу их благородие перед зорькой. Я бы пожалел вас, — добавил он, — да никак нельзя: обязанность!

"Помпей лукаво подмигнул мне одним глазом. Кажется, он передразнивал меня, припоминая мои слова во время следствия по его делу. Он показал мне на темный угол землянки.

— Идите, ваше благородие, туда и почивайте с Богом. А ты, милюга, сними с их благородия все лишнее.

Я сидел бледный и жалкий, улыбаясь искривленными губами.

— За что? — прошептал я. — Отпустите меня, братцы!

Помпей пожал плечами.

— Никак нельзя, обязанность.

"Милюга" подошел ко мне и тронул мое плечо.

— Пожалте, ваше благородие!

Я взглянул на него. Если Помпей не был страшен, то "милюга" был положительно жалок. Он был мал ростом, худ и одет в какое-то рванье. Его лицо, лишенное на подбородке растительности, было сморщено, как печеное яблоко. Два передних зуба были у него выбиты. Порою казалось, что он держал во рту потухший уголь.

— Пожалте, ваше благородие, — повторил он.

Я последовал за ним в самый дальний угол и опустился на земляной пол, а "милюга" снял с меня сапоги, охотничью блузу и шаровары, нежно и деликатно, как прислуживающий лакей, прикасаясь к моим рукам и ногам. Затем он ушел от меня, захватив с собою мою ягдашку и папиросницу. Помпею он отдал мою блузу и сапоги, а себе взял, шаровары, которые тотчас же и надел поверх своего рванья. Затем они оба уселись около тлеющих угольев и, доставая из ягдашки захваченную мною холодную закуску, поедали ее с жадностью, чавкая и высасывая мозг из бараньих костей. Вскоре они уписали все до последней крошки и, закурив мои папиросы, стали перебрасываться непонятными для меня фразами должно быть, на воровском наречии. На коленях Помпея сверкали стволы моей двустволки. А я лежал на сыром полу землянки в одном белье, щелкая зубами от ужаса и холода и напрягая мысль чтобы найти какой-нибудь выход из этой проклятой ловушки; но мозг мой был бессилен, и холодный пот выступал на моем лбу от напряжений и ужаса. Я прислушивался к вою бури. Она точно вопила, но не горько и жалобно, а злобно и торжествующе, как опьяненная нечистыми страстями ведьма. Частые капли падавшего дождя сверкали перед входом в землянку, как металлическая сетка. В землянке было сыро, как в могиле. Мои стражи все так же сидели у тлеющих углей, покуривая мои папиросы. Порою они подбирали с полу обглоданные бараньи кости, дробили их зубами, как собаки, и высасывали мозг.

Я встал на ноги.

— Послушайте, — сказал я, — я дам вам тысячу рублей, я сам принесу их вам сюда из дома, — отпустите меня!

Я приплясывал; мои ноги плохо стояли на холодном полу.

— Обманете, — отозвался Помпей, улыбаясь.

— Клянусь Богом! Хотите? Я дам две, три, семь тысяч!

Я хотел опуститься на колени.

— Ложитесь, ваше благородие, на свое место, — крикнул Помпей, — или я пристрелю вас сейчас!

Я ушел в свой угол, как прибитая собака, улегся на холодный пол и зарыдал.

Хотите десять тысяч? — прошептал я, рыдая.

Мне было ужасно холодно; я лежал, свернувшись в комок, засунув руки между колен, и рыдал. Я был отвратителен сам себе; я сознавал, что унижаюсь перед своими мучителями и, тем не менее, рыдал. Даже не рыдал, а как-то отрывисто тявкал, как раздавленная колесом собачонка. Сырые стены землянки пронизывали меня могильным холодом. Я коченел, но, тем не менее, если бы мне предложили умирать сейчас или подождать до завтра, я бы выбрал последнее. Я даже умолял бы об этом на коленях. Чисто-животное желание — хотя как-нибудь, да жить, держало меня в своих лапах, как отвратительное чудовище. Кроме того, я все еще на что-то надеялся. Мне представлялось, что в землянку внезапно может ударить молния, которая убьет моих мучителей. Я рассчитывал на Божеское вмешательство. Наконец я весь как-то обессилел, изнемог, почувствовал неодолимое равнодушие и пустоту, точно из меня буквально все вынули. Я впал в обморочное состояние...

Когда я проснулся, моих стражей не было в землянке. Они ушли, оставив мне мое ружье. Вероятно, они сжалились надо мною, может быть, в ту самую минуту, когда я полунагой тявкал по-собачьи, коченея в сыром углу. А может быть, Помпей и не хотел убивать меня, а только поломался надо мною, показал мне свою власть. Я бросился к ружью и довольно долго простоял на полу, преглупо улыбаясь. Потом я отправился домой в одном белье и с ружьем за плечами. В таком виде нагнал меня на дороге Клеверцев.

Ашметьев замолчал, обводя присутствующих скучающим взором.

— Я считаю себя, — продолжал он, — за порядочного человека, а между тем в ту ночь я был хуже самого гнусного животного. Должно быть, умирать пренеприятно. В тот же год я подал в от-ставку.

Клеверцев встал с кресла.

— Я встретил Ашметьева, — сказал он, — на заре, в таком именно виде, как он говорит. Кроме того, в его висках я заметил несколько серебряных волос, а его борода была ужасно как всклокочена.

— Ну, положим, моя борода не была всклокочена, — с раздражением заметил Ашметьев.

Клеверцев достал из портсигара свежую папироску.

— А может быть, мне это показалось! — добавил он с покорностью.

Разговор возобновился снова, но уже об охоте. Коноплянников стал откланиваться. Я попросил его подвезти меня домой. Он любезно согласился. Вскоре мы были в поле. Дорога была скользкая, лошади шли, брызгая грязью. С неба падал дождь, холодный и скучный. Ветер монотонно шумел в начинавшей гнить жниве и пронизывал нас затхлой сыростью. В поле было скучно, как в гостях у умирающего.

— А неприятную ночку пережил Ашметьев, — обратился я к Коноплянникову.

— Да, — вздохнул тот, — хотя есть знаете ли, слухи... Одним словом, известно наверное только, то, что Ашметьев действительно как-то вернулся из моего леса на утренней заре и почти неодетый. При этом злые языки утверждают, что он был в гостях у моего лесничего, когда того не было, видите ли, дома. Понимаете ли, у лесничего жена очень ветреная, но, впрочем, прехорошенькая. Лесничий, говорят, неожиданно вернулся домой и немножко потрепал Ашметьева, так что тот оставил на поле брани некоторые принадлежности своего туалета. А, впрочем, кто их знает!

— Но ведь он очень силен, этот Ашметьев? — сказал я.

Коноплянников пожал плечами.

— Что же, что силен? Мой лесничий еще сильнее.

Я спросил:

— А как же Клеверцев?

Коноплянников запахнулся в широкую, на зеленой подкладке, чуйку.

— Что Клеверцев? Что Клеверцев? Ашметьев сам говорит про него: "Люблю бывать в гостях вместе с Клеверцевым: я навру, а он побожится!"

ФАЛЬШИВАЯ МОНЕТА

Сергей Петрович подошел к окошку, вздрагивая и нервно позевывая, и заглянул на улицу. Маленький губернский городишко уже давно спал. Было тихо. Деревянные обильно смоченные дождем тротуары блестели, как разостланные холсты, и пропадали во мраке. Осенняя беззвездная ночь уныло глядела на землю. Луна точно скучала, томясь одиночеством, и при первой возможности спешила нырнуть в косматое облачко.

Сергей Петрович вздрогнул и подумал: "...Боже, как грустно! Что это Кремень не идет?"

Он зашагал по комнате, чистой и уютной, заключавшей в себе его кабинет и спальню. Затем он опустился, почти упал, в кресло около письменного стола и прошептал:

— Ах, Господи, да зачем же я в такую гнуснейшую историю-то впутался? Да где у меня голова-то была?

"Да ведь мне завтра драться, — продолжал он мысленно, — на дуэли драться, когда я путем и пистолета в руках держать не умею! Фу, как это с моей стороны гнусно! Да ведь я даже и права-то не имею жизнью своей рисковать! Ведь у меня мать и десятилетний братишка на руках! Ведь они пить-есть просят и, если я убит буду, нищими пойдут! Ах, как это скверно, как это подло, как это глупо!"

Сергей Петрович снова заходил по комнате, нервно пощипывая светло-русые усики. В его серых глазах стояли слезы. А на его совсем юном лице блуждало выражение невылазной тоски и скорбного, недоумения.

"Вот и Кремень тоже, — подумал он, — товарищем чего нет считается, а сам первый в секунданты вызвался, свидетелем смерти моей быть желает!"

Сергей Петрович опять подсел к столу.

"Ах, Кремень, Кремень, — продолжал он мысленно, — зачем ты меня на поединок тащишь? Ведь я не хочу этого, понимаешь ли ты, не хочу! — Ведь я пугаюсь, если при мне громко орех расколют, а тут вдруг в меня стрелять станут, в меня, в живого человека, ни за что ни про что, здорово живешь, из-за подлейшей истории, из-за глупейшего венского стула, которому и цена-то медный грош!"

— Ах, Кремень, Кремень! — вслух простонал Сергей Петрович и вздрогнул.

В комнату вошла его мать Дарья Панкратьевна, худенькая старушка с добрым лицом.

— Ты что, Сереженька, стонешь? — спросила она, участливо заглядывая в глаза сына. — Али тебе неможется?

Сергей Петрович попробовал сделать веселое лицо.

— Нет, маменька, я ничего. Дело у меня спешное есть, это правда, а здоровье ничего. Вы мне, маменька, не мешайте, а то к сроку не сделаешь распеканция будет, а я распеканций как огня боюсь. Робок я, маменька, ах, как робок! — добавил он со вздохом.

Дарья Панкратьевна опустилась рядом на стул.

— Не скрывай от меня, Сереженька — заговорила она певуче. — Не вышло ли у тебя истории какой у Загогулиных? Больно уж ты рано вернулся оттуда; там, поди, только теперь самый разгар танцев-то! Не скрывай от меня, Сереженька! Уж не Варюшенька ли Загогулина обидела тебя чем, а? Ведь я знаю, все знаю! Вижу, что у тебя по ней сердечко болит! Так ведь? Она, може, какому другому кавалеру предпочтение оказала? Да? а ты ну, конечно, человек молодой да горячий: "фырк фырк", шапку в охапку да в дверь. Так? Варюшенька-то, може, офицеру какому из новоприбывших предпочтение свое оказала; женский пол ух как до сабель-шпор падок! Ну, а ваш брат чиновничек небольшой, тоже известно с амбицией: мы, дескать перед офицерами в грязь лицом не ударим, мы, дескать и сами с усами! Футы, нуты! Да?

Дарья Панкратьевна хотела было ласково улыбнуться, но внезапно побледнела и глядела на сына как бы с недоумением и даже с испугом, так как Сергей Петрович поднялся при последних словах матери в сильнейшем волнении.

— С балу-то я, маменька, вернулся, это верно, — прошептал он, вздрагивая, — но что касается Варюшенькиного предпочтения, то я на него плюю! Да-с, плюю и даже не извиняюсь! И что касается офицеров тоже, то прошу вас маменька глаза мне ими не колоть. Нечего-с! Мы и сами не хуже их и, быть может, в скором времени им себя покажем. Покажем, маменька, покажем, покажем!

Последние слова Сергей Петрович даже выкрикивал волнуясь и притопывая ногою. Но он внезапно замолчал, увидев ошеломленное и огорченное лицо матери,

— Маменька, — прошептал он, становясь пред старушкой на колени и ловя её руки, — маменька, простите меня, самолюбца проклятого, огорчил я вас и обидел, и все потому, что у меня дела по горло, а вы ко мне с расспросами пристаете; простите меня, маменька!

Глаза Дарьи Панкратьевны сразу повеселели.

— Ох, сынок, да неужто же у тебя с офицерами ничего не

вышло? — спросила она все еще с недоумением на лице. — А я думала-думала, гадала-гадала. Вижу, ты пришел рано и все по комнате бегаешь и все стонешь, слышу! Я даже карты раскладывала, и все тебе скверно выходило: туз пиковый прямо на сердце твое упал, и в доме червонном тебя хлопоты пиковые ожидали. И все пики и все пики! Я даже расплакалась. Терпеть я не могу пиковой природы!

Сергей Петрович поцеловал руки матери. Он хотел было что-то сказать, но Дарья Панкратьевна перебила его.

— И все это оттого, Сереженька, — снова заговорила она, — оттого беспокоюсь я, потому что вижу, больно уж вы с Кремнем офицеров невзлюбили. И все из-за дам! До прихода ихнего вы и сами были первыми кавалерами, и теперь, конечно, вам обидно. Но что делать, смириться надо! Вы — люди маленькие, а офицер всегда первым танцором и первым кавалером был, есть и будет. Не перебивай, Сереженька! Да. Когда я молодая была, был у меня офицер знакомый с фамилией громкой такой. Пантюхиным его звали. Его еще убили где-то: не то в траншее, не то в трактире. Путать я теперь слова-то эти стала, которые помудреней. Так вот офицер этот самый, бывало, усищи свои закрутит, шпорой брякнет да и скажет: "У меня на каждом волоске усов по исправничихе сидит!" И что же ты думаешь? ведь сидели, убей меня Бог, сидели! Не поверишь ли, и из нашего города он тоже исправничиху увез! Да. Только, по счастию, на первой станции бросил ее. Эта исправничиха-то, по правде сказать, женщина сырая была, не так уж чтоб молодая! Видно, для офицерского призванья не стоящая!

Дарья Панкратьевна рассмеялась, любовно сияя сыну глазами. Сергей Петрович развеселился тоже.

— Ну, я тебе, Сереженька, мешать не буду, — промолвила Дарья Панкратьевна, поднимаясь со стула. — Покойной ночи, сыночек!

Сергей Петрович пошел за матерью, провожая ее до двери.

— Покойной ночи, маменька. А Вася спит? — вспомнил он на пороге о младшем брате.

— И-и, давным-давно. Поди, десятый сон видит! Покойной ночи, Сереженька!

— Покойной ночи, маменька!

Дарья Панкратьевна исчезла в темном коридорчик. Сергей Петрович остался один. Он снова заходил по комнате, но волнение его несколько стихло.

"И чего я так волновался-то? — думал он. — Дуэль наша, наверное, ничем не кончится. Я в Полозова не попаду, а Полозов умышленно мимо выстрелит. Зачем ему убивать меня? Если я сегодня ему стула не уступил, так в другой раз я ему, пожалуй, десять стульев уступлю. Сегодня я просто не в духе был и на Варюшу рассердился. Полозов, наверное, все это прекрасно понимает".

— Да, конечно же, он меня убивать не станешь! — прошептал Сергей Петрович вслух и повеселел еще более. Но, тем не менее, он подсел к столу, чтобы перебрать кое-какие бумаги. — На случай смерти", пояснил он, хотя сейчас он уже ни капельки не верил в возможность смерти. Он выдвинул ящик, начал перебирать бумаги и внезапно нашел между листами медную монету, весьма странную: на обеих сторонах её было выбито по орлу. Сергей Петрович долго рассматривал эту монету, соображая, откуда она могла попасть к нему в ящик. Наконец он вспомнил: ее принес ему Вася два года тому назад. Мальчик нашел ее на улице. Такие монеты дорого ценятся фабричными и мастеровыми, завзятыми игроками в орлянку, и изготовляются специально для этой игры. С такою монетою в руке хороший игрок-шулер нередко выигрывает изрядную сумму, но, будучи изловлен на месте преступления, жестоко побивается всеми играющими сообща, не исключая и таких же, как и он, шулеров, которые даже бьют обыкновенно ожесточеннее и возмущаются проделкой сильнее.

Сергей Петрович повертел найденную монету в руке, положил ее на стол и прошептал:

— Ах, да что же это Кремень не идет?

Затем он задвинул ящик стола и, подперев руками голову, задумался, припоминая свое столкновение с Полозовым, всю эту преподлейшую историю, разыгравшуюся с ним часа два тому назад. А все это вышло совершенно неожиданно, замечательно просто, до некоторой степени комично, а пожалуй, даже и глупо.

Сергей Петрович Ласточкин вместе со своим сослуживцем Кремневым, которого попросту он называет Кремнем, были на вечере у Загогулиных. Там же было и несколько человек офицеров: из них молоденький и почти безусый Полозов и крупный черноволосый Колпаков были особенно ненавистны Ласточкину и Кремневу, так как Полозов весьма заметно и с большим успехом ухаживал за Варюшенькой Загогулиной, а Колпаков волочился за Наденькой Томилиной, предметом нежной страсти Кремнева. Это обстоятельство и было причиной столкновения. Сергей Петрович подошел к Варюшеньке просить ее на третью кадриль, но получил отказ: девушка уже дала свое слово Полозову, и это взорвало юношу. Он решил ни с кем не танцевать третьей кадрили и поместился на стул, чтобы преследовать вероломную девушку во время танцев негоующим взглядом. И в эту минуту к нему подошел Полозов; оказывается, этот стул был поставлен им для себя, и молодой офицер вежливо просил очистить место. Сергей Петрович хотел было поспешно вскочить со стула и даже извиниться, но в этот момент он поймал на себе как бы насмешливый взгляд Варюшеньки, и его точно укусила муха. Он продолжал сидеть. Офицер, конфузясь, повторил просьбу, но Сергей Петрович молча продолжал смотреть на раскрасневшееся личико девушки, даже слегка развалясь на стуле; и тогда Полозов положил руку на плечо Сергея Петровича; и тот услышал: "Невежа!" В то же время глаза Варюшеньки загорелись как бы насмешливей. Ласточкин побелел как полотно, сбросил с своего плеча руку Полозова, и все маленькое зальце Загогулиных услышало: "Сам невежа! И от невежи слышу!"

Эти слова выкрикнул Сергей Петрович.

Полозов вспыхнула как девушка. Он, казалось, не знал, что предпринять. Но к нему подскочил Колпаков и, поймав его за локоть, увлек за собою, нашептывая ему что-то на ухо. Через минуту Полозов возвратился к Ласточкину и пригласил его на пару слов в соседнюю комнату. Сергей Петрович последовал за ним. У многих гостей были весьма вытянутые физиономии, а Варюшенька даже рассыпала на пол кедровые орешки. Сергей Петрович вышел из комнаты красный как рак.

— Ну, что? Как? — подскочил к нему Кремнев.

— Вызван на дуэль, — отвечал Сергей Петрович, растерянно улыбаясь.

— И что же, принял вызов?

— Принял!

Глаза Кремнева сверкнули восторгом.

— Молодец, от души поздравляю! — выкрикнул он радостно. — Так и надо. Надо проучить этих господ. Больно уж они прытки! Ты знаешь, Наденька тоже не пошла со мною на третью кадриль, видите ли, приглашена Колпаковым! А ты знаешь, что это значит — третья кадриль?

Ласточкин хотел сказать "отстань" и сказал "знаю".

Между тем Кремнев поймал его за пуговицу.

— Постой, ведь тебе нужен секундант? — спросил он. — Так я, голубчик, к твоим услугам. Я твой друг до гроба и все за тебя оборудую! Ты не беспокойся! Я о дуэлях много в книжках читал. Это интересно. Ты иди и ложись спать, а я их, голубчиков, на пятнадцать шагов. Знай наших! Нужно учить военщину! Так ты иди, а мы, черт возьми, в грязь лицом не ударим. Так ты иди, а я на пятнадцать шагов. Ах, да. Нет ли у тебя папирос? — У меня табак скверный. Спасибо. Так ты иди, а я на пятнадцать шагов!

Кремнев направился к Колпакову.

Сергей Петрович смотрел в окно, припоминая все это. Он вздрогнул и вскочил с кресла. Мимо окна мелькнула фигура Кремнева. Он быстро прошел в полосе бросаемого окном света, согнувшись и нагруженный какими-то свертками. Сергей Петрович на цыпочках, чтобы никого не будить, отправился отпирать ему дверь. Через минуту Кремнев был уже у него в комнате, оживленный и даже веселый.

— Поздравь — шептал он — все обставлено мною наилучшим образом: пятнадцать шагов, завтра в восемь часов утра, в осиновой роще. Нужно бы нанять извозчиков, да я поскупился. Ничего, и пешком прогуляемся. До рощи рукой подать. А это вот тебе вещи разные, — говорил Кремнев, ставя на пол свертки и скидывая пальто.

— А ты еще не спишь? — продолжал он затем, — Это не хорошо: тебе нужен сон, а то рука дрожать будет. Это я тоже в книжке вычитал. У меня вообще, брат наклонности эдакие, знаешь ли...

"На пятнадцать шагов, — думал в то же время с тоскою Сергей Петрович, — только пятнадцать! — Ну, чтобы хоть двадцать хоть восемнадцать! Ах, Господи Боже мой!"

— Так на пятнадцать? — переспросил он.

— Да, да на пятнадцать — с восторгом повторил Кремнев. — Я, брат шутить не люблю! Они было двадцать пять а я атанде-с, сказал Липранди! Да!

— Очень нужно было спорить — заметил Сергей Петрович и с тоскою смотрел на принесенные Кремневым свертки.

— А это что за вещи? — спросил он.

Кремнев снова оживился и принялся распаковывать свертки.

— А это, брат, наинужнейшие вещи, вот это пистолеты! Видишь?

"Беда, как они нужны мне, — подумал Сергей Петрович; — не прожил бы я, что ли, без дряни-то этой!"

— Ты посмотри только, — с восхищением продолжал Кремнев: — жерло-то какое? А? Что-с? Тут ведь пуля-то с кулак: шлепнет в голову, так только мокро станет! Эти пистолеты дорого стоят! Да ты что бледнеешь-то! — Я ведь их не покупал. Мне их Колпаков дал. — А это вот лаковые сапоги; ты лаковые сапоги завтра наденешь, так красивее. Сапоги я у Костерева взял; совсем новенькие! — А это фуражка, твоя-то потерта, а эта сейчас с иголочки — шик! Фуражку я у Чибисова выпросил. Всех, брат, обегал и обобрал! Зато ты, брат, не хуже офицера завтра будешь. Таким щеголем пойдешь, что ай-люли! Мы, брат, в грязь лицом не ударим. Ну, а теперь спать! — добавил он, расставив в порядке принесенный им вещи. — Да! — вдруг спохватился он, — завтра, когда ты в него целить будешь, в Полозова, так непременно с одного плеча пальто вот эдак вот спусти! Это замечательно красиво! Ну, а теперь, — спать, — повторил он.

— Да что-то не хочется, — прошептал Сергей Петрович с тоскою. Его голос упал.

— Нет, нет, спать! — А мамахен спит?

— Спит!

— Ну, и отлично. Раздевайся. А я вот здесь, на диванчике, пристроюсь. Да чего же ты столбом-то стоишь?

Сергей Петрович медленно стал раздеваться.

"Господи, на пятнадцать шагов! — думал он; — а этот, друг и товарищ, радуется, точно на свадьбу меня обряжает. Пистолеты достал такие, что взглянуть страшно! Ах, народ, народ!"

— Да-с, на пятнадцать шагов, — говорил, между тем, с дивана уже совсем раздетый Кремнев. — При этом, — продолжал он: — перед тем, как вам сходиться, я брошу монету, мы так условились, а вы, т.е. ты и Полозов, раньше скажете: орел или решетка, там кто чего хочет. И кто отгадает, чем монета вверх упадет, тому стрелять первому. — Слышишь?

Кремнев стал укрывать ноги, а Сергей Петрович думал: "Стрелять! Боже мой, в какую я вдрюпался историю! А они радуются, все радуются! Хороши товарищи! — Стрелять! в меня будут стрелять, как в какую-нибудь заразную лошадь! — Маменька, если бы ты знала это? — Кто же тебя кормить будет, если меня убьют? — Родителей кормить, ведь это заповедь Божья! — А где о дуэли написано? в каких книгах? в каких откровениях? — Сергей Петрович потихоньку заплакал, отвернувшись к стене; он уж слышал легкое похрапывание Кремнева. Ведь ты не одного меня убьешь, Полозов, а трех: меня, маменьку и Васю!" думал Сергей Петрович и горько плакал. Он так и заснул весь в слезах.

Через час Сергей Петрович проснулся в смертельном испуге. Ему снилось что-то ужасное, но неведомое, которое надвигалось на него, как косматое чудовище, как холодная лавина, и ему хотелось кричать и отбиваться руками. Он даже проснулся с этим желанием кричать и отмахиваться и должен был произвести над собой некоторое усилие, чтоб воздержаться. Он широко раскрыл глаза: его сердце громко стучало, а голова слегка кружилась. Он посмотрел на потолок, скупо озаренный полуопущенной лампой, и силился вспомнить то, что мелькнуло ему во сне, как огонек спасительного маяка, мелькнуло и внезапно погасло. И он вспомнил. Он вспомнил о найденной им монете с двумя орлами и о фразе Кремнева: "я буду бросать монету", как о чем-то тесно связанном. Но все же Сергей Петрович некоторое время не понимал их странного взаимоотношения. Не понимал и силился постичь. И наконец он понял. И тогда ему захотелось пойти разбудить Кремнева и сказать ему о своей находке, как бы посланной ему самою судьбою. Он уже поставил было ноги на пол, но снова убрал их в кровать. Он проделал то же самое несколько раз, колеблясь и борясь с собою и чувствуя головокружение от этой утомительной борьбы. Наконец он решился и, холодея и вздрагивая, подошел к дивану, на котором спал Кремнев.

— Паша! — позвал он, тормоша приятеля за плечо. — Паша!

Тот не просыпался, а только чмокал губами, точно он ехал на ленивой лошади, а не спал на диване.

— Паша! — повторил Сергей Петрович, еще усерднее тормоша приятеля и вздрагивая всем телом.

Тот проворчал нечто непонятное: "А брысь ты кчот!"

Но Сергей Петрович понял, так как и раньше неоднократно будил Кремнева. Это должно было выражать: "А убирайся ты к черту", после чего обыкновенно уже следовало и пробуждение. И на этот раз Кремнев действительно тотчас же проснулся.

— А? что? — спросил он, садясь на диване. Сергей Петрович подсел к нему и рассказал о найденной им монете. К его удивленно, Кремнев сразу понял, в чем дело.

— Прелестная вещь, — сказал он, — это велико-лепно! Я возьму эту монету с собою и брошу ее перед поединком. И ты будешь знать, что как она не вертись, а упасть ей вверх орлом. Да! И ты крикнешь "орел", да предупредишь Полозова.

— Я вовсе не то хотел сказать, — прошептал в замешательстве Сергей Петрович, опуская глаза, — я вовсе не то; я хотел сказать, что как будто сама судьба...

— Ну, да, как будто сама судьба. Я так и понял, — ответил Кремнев весело.

— То есть, вовсе не судьба, а слепой случай — прошептал Сергей Петрович.

— Ну, да, слепой случай...

— И вовсе не слепой случай — с раздражением почти

крикнул Ласточкин. — Одним словом, я на это не согласен. Это подлость!

— Не согласен? — переспросил Кремнев, зевая.

Сергей Петрович шел уже к себе на кровать.

— Не согласен, — повторил он хмуро. — Да ты не думай, — отозвался он с постели злым голосом, — что я эту монету где-либо специально для этого случая приобрел. Можешь завтра утром спросить Васю, если не веришь мне!

Кремнев снова зевнул.

— Я вовсе не сомневаюсь, но глупо, что ты ломаешься!

Сергей Петрович скрипнул кроватью. "Господи Боже мой, — думал он, — до чего я унизился. Бросить фальшивую монету, эдакая нелепость!" Он с головою завернулся в одеяло, силясь заснуть. Но сон не шел к нему. Его кровать постоянно поскрипывала. Он стал читать про себя молитвы все, какие знал. Он утомился, в его голову полезли удивительные нелепости. Он одеревенел и незаметно для самого себя забылся.

Сергей Петрович вскочил с постели. Перед ним стоял Кремнев.

— Вставай, — говорил он, — время идти. — Он уже был одет и умыт, и от его волос приятно веяло влагой "Идти", — подумал Ласточкин, и его сердце упало. Но, тем не менее, он направился к умывальнику, как бы совершенно подчиняясь воле товарища.

"Ужас, ужас", думал он, обильно смачивая голову.

— А ты посмотри только, — между тем говорил ему Кремнев, — какие я тебе сапожки-то достал — фурор! Да не забудь зубы почистить.

"Зубы почистить! — думал Сергей Петрович, — это перед смертью-то! очень надо!" но, тем не менее, он взял в руки щеточку.

Затем он медленно стал одеваться.

— Ах, да! — обратился к нему Кремнев — ты еще не надумал насчет монеты-то? Помнишь, о которой говорил мне ночью?

— Подло это, — прошептал Сергей Петрович, натягивая сапоги.

— И вовсе ничего нет подлого, — возразил Кремнев, любуясь сапогами на ногах Ласточкина.

— Ты вот стрелять не умеешь, а Полозов, говорят, в карту попадает. Так это тоже подло вызывать на дуэль не умеющего стрелять! — добавил он тотчас же.

— Подло это, — снова повторил Сергей Петрович и пошел за пиджаком, болтая руками как трудно больной.

Кремнев рассердился.

— Ну, как знаешь!

Ласточкин надел пиджак.

— Ну, чего же ты стоишь? — почти крикнул ему Кремнев. — Надевай новую фуражку!

Сергей Петрович заволновался.

— Сейчас, сейчас; я только пойду мысленно прощусь с маменькой.

— Постой, — остановил его на пороге Кремнев, — зубы вычистил? покажи!

Сергей Петрович полуоткрыл рот.

— Прекрасно. Теперь иди, а мы этому офицерью покажем!

Ласточкин вернулся обратно бледный, как полотно.

— Ну, надевай новую фуражку, — обратился к нему Кремнев снова.

Сергей Петрович вздрогнул.

— Сейчас, я набью только одну папиросочку — проговорил он, силясь хоть оттянуть минуточку. Ему хотелось плакать. Он подошел к столу, болтая руками, и увидел монету. Он оглянулся на Кремнева; тот стоял спиною к нему и надевал пальто. Сергей Петрович, чувствуя головокружение, потянулся рукою к монете, быстро схватил ее в кулак и поспешно сунул к себе в карман.

"На всякий случай", — подумал он с жалкой улыбкой. Ему как будто немного стало легче. Он быстро набил папиросу и, закурив ее, подошел к товарищу.

— Идем, — прошептал он: — я готов! Веди же меня!

Кремнев подал ему пальто.

Они вышли из дому; до осиновой рощи было не более версты. Молодые люди направились по деревянному тротуару, завернули затем направо, перешли небольшой мостик и очутились в поле. Силуэт осиновой рощи внезапно выдвинулся из-за холма, точно роща выскочила оттуда, желая удивить, а, пожалуй, даже и испугать путешественников. И Сергей Петрович действительно испугался и как-то растерялся. Его сердце опять затосковало и заныло, то мучительно замирая, то колотясь, как пойманная птица. Кремнев шел сзади него с пистолетным ящиком под мышкой и с удовольствием поглядывал на лаковые сапоги своего товарища.

— А ты совсем молодцом, — говорил он ему, слегка толкая его в спину. — Сзади да если смотреть на ноги, то тебя, пожалуй, за офицера можно принять!

"Господи, — подумал Сергей Петрович о Кремневе, — да

что он издевается, что ли, надо мною? Человек на смерть идет, а он о лаковых сапогах, будь они прокляты, разговаривает!"

— Паша, — позвал он жалобно.

— Что? — Кремнев выровнялся с его плечом.

— Ничего, — прошептал Сергей Петрович и добавил — А ведь меня убьют, Паша! чувствую я, убьют! — Он весь как-то сразу понурился, как расслабленный.

Кремнев удивленно вскинул на товарища глаза. Он, казалось, был ошеломлен словами приятеля.

— Как убьют? За что убьют? — спросил он.

— Паша, да неужели ты не понимал раньше, куда и зачем поведешь меня? Ах, Паша! что будет с маменькой? Горе, одно горе! Чувствую и сознаю, робок я и смешон, да, смешон, но сколько слез-то тут, сколько слез-то!

Сергей Петрович ткнул себя в грудь кулаком и всхлипнул.

Кремнев вспыхнул всем лицом. Он только сейчас ясно понял, куда ведет своего товарища, что там, в осиновой роще, его, быть может, уже ждут люди с пистолетами и что через каких-нибудь полчаса его друг может упасть на землю с разбитой головою, как никому ненужная собака. А раньше Кремневу казалось, что он поведет друга на какое-то развлечение, в роде танцев, красивое, воспетое в книжках и весьма одобряемое в самом приличном обществе.

— Ах, Сереженька, — сконфуженно прошептал Кремнев, — уж не вернуться ли мне за монеткой с двумя орлами?

Ласточкин молчал. Они уже вошли в рощу. Роща называлась "осиновой", вероятно, потому, что там не было ни одной осины. Стройные березы и могучие дубы, уже пожелтевшие, но еще величественные, обступили путников. Молодая рябинка, вся осыпанная огненно-красной листвой, стояла посреди полянки и точно горела и не сгорала. Веселые дрозды, перелетывая, кричали тут и там. Серое осеннее утро дышало чем-то затхлым. Лес точно оплакивал кончину лета, но плакал гордо и спокойно, как плачут могучие духом.

— Сейчас мы будем на месте и, кажется, нас уже ждут, — прошептал Кремнев. — Слышишь?

Сергей Петрович остановился и прислушался. Из лесу справа доносился как бы тихий говор. Он вздрогнул, внезапно схватил локоть Кремнева и вдруг заговорил, торопясь и сбиваясь, приближая свое бледное лицо к лицу товарища.

— Паша, голубчик, та монета со мною, понимаешь? — говорил он, как в лихорадочном бреду. — Вот возьми ее и делай то, что хотел. Понимаешь? Да... Ах, — он тронул себя за виски, ах, Паша, у меня кружится голова! Я трус, Паша, подлый трус. Но что будет с маменькой? Господи, Боже мой!

Он сунул монету в руку Кремнева; его голова тряслась.

— Да! Пусть — я подлец, Паша, но он, Полозов, взял у меня Варюшеньку, а я ее в сердце, вот здесь, выносил, — заговорил он снова с искаженным лицом, будто измятым муками. — Чувствуешь? Я ее пять лет здесь носил и о прибавке жалованья мечтал! Так каково же мне это было, когда он ее с налету взял? А ведь я вижу это: Варюшенькины глазки лгать не умеют! Да, он пришел и взял! И я уступил. Варюшеньку уступил! А стула не уступлю! Нет! Не уступлю, Паша!

Губу Ласточкина дергало. Он бледнел все больше.

— Не уступлю! Толкайся, да меру знай! Я — чиновник, а не ветошка, не судомойка! Возьми, когда так, Паша, монету! — добавил он сиплым шепотом.

Сергей Петрович стал утирать слезы. Кремнев опустил монету в карман и вздохнул:

— Ах, женщины, женщины!

В его карих глазах тоже стояли слезы.

— А ты приосанься, — шепнул он Сергею Петровичу, незаметно смахивая слезы. — Сейчас мы выйдем на ту самую поляну, знаешь, около старой березы-двойняшки? Приосанься, не ударь в грязь лицом. Слышишь? Нас ждут.

— Я его не убью, — шепотом же отвечал Ласточкин, очевидно, думая о Полозове. — Я только первым промах дам, чтобы ему было стыдно убивать меня! Понимаешь? Первым дам промах! И дуло вот так, вверх, поставлю! Чтобы он честность мою видел! И пожалел! Да! Не меня, нет... А мамашу и Васю! Понимаешь?

Он хотел двинуться вперед.

— Постой на минутку, — остановил его Кремнев, — я поправляю на тебе фуражку.

Он поставил пистолетный ящик на землю и передвинул фуражку Сергея Петровича слегка набекрень.

— Ну, вот так. Подай тебе Бог! — Он поцеловал товарища в губы.

Затем он откашлялся, точно собираясь петь, и, оправив на себе пальто, поднял с земли ящик.

Они снова двинулись в путь и через минуту вышли на большую поляну. Их уже ждали. На поляне, около старой березы, росшей двумя стволами, стояли три офицера: черноволосый Колпаков, тоненький — Полозов и рыженький, весьма подвижной, не известный ни Кремневу ни Сергею Петровичу. Рыженький что-то рассказывал, держа шашку, как зонтик, и семеня ножками, точно изображая идущую барыню, а Колпаков хохотал во все горло, слегка запрокидываясь назад. Сергей Петрович отыскал глазами Полозова. Тот стоял несколько поодаль от товарищей, слегка побледневший, и натянуто улыбался. Его взгляд встретился со взглядом Сергея Петровича, и офицер отвел глаза. Колпаков увидел Кремнева и закричал:

— А, милейший, а мы вас ждем уже десять минут!

Они поздоровались и приступили к делу. Колпаков отмерил расстояние. Вскоре Кремнев вручил Ласточкину заряженный пистолет.

— Иди сюда, стань здесь, — говорил он, бледнея, волнуясь и суетясь, как это бывает, когда выносят из дому покойника.

Между тем Полозов уже стоял на месте. Оказалось, произошло маленькое недоразумение. Позабыли бросить монету.

— Канальство! — говорил Колпаков, — жребий-то бросить и забыли! Скандал в благородном семействе!

Кремнев вынул из кармана монету. Сергей Петрович хотел схватить его за руку, но передумал. Он стоял бледный, потупив глаза.

— Орел или решка? — крикнул Кремнев, высоко подбрасывая монету.

— Орел! — прошептал Сергей Петрович, придвигаясь к Кремневу и сразу холодея всем телом.

Полозов хотел было двинуться туда же, но внезапно передумал, остался на месте и натянуто улыбнулся.

— Решка! — сказал он.

Монета, кувыркаясь, мелькала в воздухе. Рыженький, Колпаков и Кремнев смотрели на нее, подняв головы, как на невиданную птицу. Монета, слегка шлепнув, упала на влажную землю.

— Орел! — крикнул Кремнев, склоняясь над нею, и протянул руку, чтобы взять ее.

Голова Ласточкина слегка кружилась. Ему казалось, что в лесу шумел ветер.

— А па-а-звольте! — вдруг поймал руку Кремнева Колпаков.

— Монета с двумя орлами! — звонко произнес он, оглядывая монету.

Рыженький метнулся к нему. Ласточкин похолодел.

— Фальшь! — продолжал Колпаков. — То-то вы, миленький, так храбрились! даже пешечком приперли! — обратился он к Ласточкину. — А!

— Это все ваши штучки! И какая же вы др-рянь!

Кремнев пробовал протестовать и весьма энергично наскакивал на Колпакова, ловя его за пуговицы. — Эта монета попалась к нему случайно: ее дали ему сдачи, а он не доглядел. И только. Это счастье его товарища.

"И охота ему спорить!" подумал Ласточкин с отвращением.

— Вздор! — крикнул, выходя из себя, Колпаков.

— Это все ваши штучки! — обратился он к бледному, как мертвец, Ласточкину.

Внезапно офицер замахнулся и швырнул монету в лицо Сергея Петровича. Монета ударила его в губы. Он вздрогнул, жалко улыбнулся, хотел что-то сказать но вдруг круто повернулся и зашагал к старой березе. Он слышал, как все еще протестовал Кремнев, наскакивая на Колпакова. "И охота ему!" снова подумал он с отвращением. На березе весело кричали дрозды.

"Ах, дали бы ему стрелять первому — в то же время думал Полозов. — Для чего, право, Колпаков затеял всю эту историю? — Полозов чувствовал себя неловко и не знал, что ему теперь надлежит делать.

— Колпаков! — тихо позвал он.

"Опозорен, опозорен, опозорен! — думал, между тем, Сергей Петрович. — Маменька, Вася, Варюшенька, простите вы меня, подлого!" Пистолет дрожал в его руке. Ласточкин пошатывался. Он подошел к старой березе и обхватил её ствол рукою. Кремнев, все еще споря с Колпаковым, смотрел на спину товарища, ничего не понимая. Он видел, что локоть Сергея Петровича поддался вперед и вверх. Он слегка склонил голову, как бы желая что-то откусить зубами. Кремнев не успел опомниться, как грохнул выстрел, а Сергей Петрович споткнулся, точно кланяясь в ноги старой березе и прося у неё прощенья.

Когда офицеры и Кремнев подбежали к Ласточкину, он лежал ничком, уткнувшись лицом в землю. Кремнев стал тормошить товарища и с усилием перевернул его на спину. Остановившиеся глаза Сергея Петровича были полны слез. Слезы еще не высохли и на его белых, как мел, щеках. А вместо его свежих и молодых губ зияла обожженная с изорванными краями рана.

— Господи, — простонал, рыдая, Кремнев, — как я покажусь теперь на глаза Дарьи Панкратьевны?

Рыженький офицерик распоряжался, чтобы вызвать сюда оставленных неподалеку извозчиков, кричал неистово, махал шашкой:

— Сюда! Сюда! Ей вы!

Как я покажусь теперь на глаза Дарьи Панкратьевны, — рыдал Кремнев.

— Какой Дарьи Панкратьевны? — робко спросил его Полозовы

Он был бледен и взволнован.

— Матери его, — рыдал Кремнев, — как я покажусь ей? Что она с Васенькой делать теперь будет?

— С каким Васенькой? — снова спросил Полозов.

— С братом малюсеньким его. Ведь он один был у них поилец и кормилец! Единственный ведь он у них был, Господи... — Кремнев кулаком утирал слезы.

К распростертому трупу с шумом подкатили извозчичьи дрожки.

Полозов думал: "Какое несчастие, какое несчастие!" Кремнев, рыдая, пытался приподнять окоченевшего друга на дрожки, и не мог.

— Что же вы столбом-то стоите? — крикнул он Полозову. — Помогите мне положить его в дрожжи! Идите, ведь это же свинство!

Полозов бегом бросился к Кремневу. "Убежать бы куда-нибудь, — думал он, — скрыться бы куда-нибудь от всех этих ужасов! Ф-фа!"

КАПКАНЩИКИ

(Святочный рассказ)

Фалалейка лежал на печке, жмурил глаза и мечтал. На печке пахло овчиной, капустой и клопами; было тихо и темно; только в углу перед образами теплилась копеечная свечка, желтая, как тело покойника. Жена Фалалейки, здоровая рябая баба, Маланья, укладывалась спать сладко позевывала и чесала под мышками. Фалалейка следил за её движеньями и мечтал. Когда баба заснет, он наденет полушубок и валенки, захватит, конечно, ружье, лыжи и салазки и айда на озера! Фалалейка — капканщик по профессии: земледелием он не занимается; у него даже никогда не было лошади; поэтому-то его и зовут Фалалейкой, несмотря на его 45 лет. На озера он собирался идти еще с вечера, когда вернулся из барской усадьбы, куда ходил за деньгами. Он поставлял господам дичь и хотел было попросить теперь вперед пять рублей; но барина дома не было, а барышня ужасно переконфузилась, когда Фалалейка внезапно заморгал перед нею глазами и расплакался, но денег не дала: у неё их не было. Впрочем, если отец вернется сегодня, она обещала прислать их Фалалейке на дом; пусть только он оставит свой адрес; Фалалейка услыхал об адресе, заплакал еще горше и сказал барышне, что адреса у него нет; если бы у него был адрес, Фалалейка заложил бы его кабатчику Савельичу и не докучал бы добрым людям. Но у него ничего нет, ни лошади, ни сбруи, ни адреса; у него есть только горькая нужда да боль в пояснице да ломота в простуженных ногах. Барышня не поняла его, а Фалалейка ушел. Он пришел домой и собирался идти на озера, но Маланья его разговорила. Завтра такой праздник, а он будет душегубничать! Баба, известное дело, дура, и не понимает, хорошо ли мужику в такой праздник, как Рождество, не раздавить даже и сороковки. И притом какое же это душегубство, если всем известно, что волки, лисицы и прочая тварь души не имеют и дышат паром?

И Фалалейка решился идти на озера, когда Маланья заснет. В его капканы наверное попал волк, или, по крайней мере, лисица. Недаром же он возил туда на салазках падаль две ночи подряд, распаренную и с хорошим душком. Если же в его капканы попадется волк, Фалалейка завтра же продаст его шкуру, а через два часа будет пьян, как стелька.

Фалалейка улыбнулся; его губы расползлись до ушей. Он

прислушался. Маланья уже спала, похрапывала и производила губами звуки, похожие на чваканье поросенка. Фалалейка решил, что теперь можно двинуться на промысел; жена не услышит и не накостыляет ему шеи. Эта баба вдвое сильнее его, и если Фалалейка не находится у неё под башмаком, то только потому, что жена его отроду такой обуви не носила. Однако Фалалейке было так хорошо лежать на теплой печке, что он подумал малость подождать и набраться тепла. Он прикрыл ноги рваным полушубком и зажмурил глаза. В его жилах прошло что-то теплое и расслабляющее, точно Фалалейка выпил косушку водки. Он, как кулик, свистнул носом и как-то весь растомился. И все же надо было идти. Фалалейка тихонько слез с печки и надел полушубок и валенки. Лицо святого сурово глянуло на него из угла. Фалалейка смутился, но подвязался лыковым кушаком, взял салазки, лыжи и ружье и сунул в карман складной нож.

Через минуту он был уже за околицей.

Ночь была тихая и ясная. Бледная луна осторожно пробиралась между серебряных туч; в небе ясно горели звезды. Белые поля тоже сверкали звёздами, и казалось, звезды небесные таинственно переговаривались с земными о том, что должно произойти в эту ночь, а тучи благоговейно слушали и светились. И все радовалось и светилось, и только Фалалейка как темное пятно, без шума, скользил на лыжах, пробираясь к озерам.

Фалалейка уже бежал по закованным в лед озерам. Серебряные кусты осыпали его инеем, как белым цветом. Месяц с недоумением глядел на его тщедушную фигурку, пробирающуюся между густых зарослей, где любит прятаться дикий зверь и птица, к которым, очевидно, он все-таки не хотел причислять Фалалейку. Между тем Фалалейка остановился; его глаза загорелись торжеством. Впереди он услыхал внезапно сердитое ворчанье и громыханье железной цепи.

Фалалейка осклабился.

— Эге, да в моем капкане сидит волк!

Он снял ружье, осмотрел курок и двинулся вперед. Вскоре кусты перед Фалалейкой расступились, образовав небольшую полянку, и Фалалейка увидал волка. Сердце капканщика встрепенулось, как птица. Фалалейка даже шапку набекрень заломил. Волк сидел на снегу, изрытом его сильными лапами, дрожал всем телом и сверкал зелеными глазами. Его задняя нога была перехвачена капканом выше колена. Волк увидел капканщика и метнулся в сторону, но капкан был прикован цепью к толстому стволу ольхи, и волк понял, что ему не уйти. Впрочем, он все же повторил свою попытку, весь ощетинившись от дикого желания воли. Но попытка снова вышла неудачной. Железные челюсти капкана были, очевидно, жадны. И тогда волк перестал биться и беспомощно прижался к стволу ольхи. Его худые, с ясно обозначенными ребрами, бока задрожали, зубы застучали от ужаса, и Фалалейка прочел в глазах волка совсем человеческое моление о пощаде. Это взбесило капканщика; он сделал несколько шагов вперед, приподнял ружье и спустил курок. Волк упал, но тотчас же поднялся на ноги и взвыл жалобно и дико. Казалось, он хотел сказать, что грешно бить того, кто не защищается, и только просит пощады. Но Фалалейка пришел в ярость и полез было за ножом. Это, однако, оказалось лишним. Волк ткнулся в снег окровавленной мордой, приподнялся снова, но снова упал. Потом он захрапел, заскреб ногами снег и застыл. Его глаза потухли. Фалалейка, еще бледный и взволнованный, взвалил волка на салазки, вытер на лбу пот и стал высчитывать, сколько выйдет из волка хлеба, соли, водки и пороха. И вдруг Фалалейка услышал где-то жалобное тявканье. Фалалейка прислушался и просиял. Да, это скулит лисица. Она сидит в капкане на Лебяжьем озере, глядит на луну и скулит. Это ясно. Фалалейка поправил на себе кушак. Лисица — это прекрасная прибавка к волку. Фалалейка давно не охотился так успешно. Положим, на Лебяжьем озере ставит капканы не он, а его сосед, но о таких пустяках даже не стоит и разговаривать. Разве лисица не может перегрызть защемленную ногу и убежать? Это случается очень часто, и Фалалейка будет дурак, если не положит её пушистую шубку в свои салазки.

Капканщик оставил волка и пошел к Лебяжьему озеру. Он оглядел там все кусты, обнюхал все капканы, но лисицы не нашел.

"Лукавый озорует!" подумал Фалалейка, выругался и отправился к своим салазкам.

Фалалейка вышел из кустов, хотел было раскурить трубку и полез в карман, но внезапно оцепенел в этой позе. То, что увидел он, показалось ему сверхъестественным. В нескольких шагах от Фалалейки по льду озера шел человек и вез его салазки и его, Фалалейкина, волка. Сначала капканщик не мог произнести от изумления ни одного слова и стоял неподвижно, хлопая, как сова, глазами. Так прошло несколько минут. Месяц осветил везшего салазки человека, и Фалалейка узнал в нем татарина Махметку, такого же дырявого капканщика из соседней деревушки, как и он. Махметка, согнувшись, вез салазки и точно плыл на лыжах. Фалалейка вышел из оцепенения и бросился к татарину. Он схватил его за руку и изменившимся от злобы голосом закричал:

— Не трожь, это мое!

— Нет. — Татарин мотнул головою и хотел продолжать путь.

— Мое! — повторил Фалалейка, хватая Махметку за обе руки и пытаясь вырвать у него веревки от салазок.

— Нет, покачал головою татарин, — это наше.

Фалалейка пришел в бешенство.

— Врешь, это мое! — Он завизжал, как баба, и схватил Махметку за лыковый кушак. Он засопел, зарычал и пытался повалить Махметку на землю. Но татарин был вдвое сильнее Фалалейки, и вскоре Фалалейка очутился на снегу под Махметкой.

И тогда татарин встал и снова взялся за салазки. Но Фалалейка и не думал так легко уступать добычу. Он поправил штаны и снова бросился на Махметку с прежнею яростью.

— Не трожь, бритая башка, это мое! — крикнул он.

— Нет, это наше, — покачал головою татарин, — у меня дети кушать хотят!

Фалалейка озверел. Он знал, что в санях лежит не волк, а хлеб, соль, водка и порох, все то, что он привык ценить очень дорого.

— Так ты эдак? — завизжал он и уцепил татарина за кушак; но снова очутился внизу под Махметкой.

— Так ты эдак? — Фалалейка выхватил из кармана нож, быстро раскрыл его и ударил татарина в живот.

Махметка изумленно раскрыл глаза, позеленел, как-то растеряно улыбнулся и свалился с Фалалейки. Он застонал:

— Убили, — теперь кончаться будым!

Фалалейка долго ничего не понимал и смотрел на Махметку, присев тут же рядом с ним на снег. Между тем Махметка зашевелился.

— Слушь, — сказал он, видимо, с трудом, — кончаться будым, отнеси детям хлиэба. — Он приподнялся и сел. Его лицо было белее снега. Он покачал головой.

— Давно детям хлиэба нет; очень кушать хочет, — говорил он, прерывисто дыша. — Лисица капкан не бежит, волк не глядит, заяц и не нюхал. Тетерев летает — пороху нет. Кончаться будым, хлиэба детям принеси, добрий человек. — Махметка чмокнул губами и вздохнул.

— Э-их, скверно дело, кушать хочитце, хлиэба нет! —

Махметка снова растерянно улыбнулся. Сквозь его полушубок просачивалась кровь. Он застонал.

— Нутро режет, добрий человек, огнем палит, буравом вертит, помырать надо. Эхе-хе-хе!

Фалалейка долго без движения, как истукан, смотрел на татарина и будто ничего не понимал. А потом в его голове зашевелились мысли лениво и медленно, как оттаивавшие снега. И тогда он, наконец, понял все: он, Фалалейка, убил человека. Человека убил! Фалалейка весь всколыхнулся под этой мыслью будто под ударом кнута и затем снова застыл в прежней позе. Вместе с тем в его сердце, где-то в самом темном углу его, будто проснулось давно позабытое, поруганное и попранное чувство; проснулось и поползло вон, медленно, робко, как бы стыдясь самого себя и постепенно вырастая. Фалалейке стало внезапно тяжко, и он мучительно затосковал. О чем он тосковал, он и сам хорошенько не знал, но он тосковал, хотя его тоска и была неопределенной. Он тосковал о горькой долюшке, о нужде, о святых угодниках, о которых он слышал в церкви, о скитах, где спасаются божии люди, о ломоте в простуженных ногах; сидел и тосковал, припоминая всю свою жизнь. Что это была за жизнь? Его детство прошло без радостей, а молодость — в звериной охоте. Он всю жизнь бил зверя и сам озверел душою. Озверел и пырнул человека ножом, за что? За семь целковых? А разве ему легко это? на нем тоже есть крест, как и на других; он тоже крещен святою водою.

Фалалейка понял все это и вдруг заплакал тяжело и горько. А потом, выплакавшись, он сказал тому, с пропоротым животом:

— Слушай; давай, я посажу тебя в салазки и отвезу к детям. К утру довезу; волка продадим и хлеба купим! Тебе и детям!

Фалалейка боялся взглянуть на татарина, ибо теперь ему было бы больно увидеть его лицо; он услышал:

— Сажай мина, добрий человек, в салазки и купим, добрий человек, хлиэба!

Фалалейка помог татарину сесть в салазки, запрягся в них и повез Махметку и волка; но скоро ноша показалась ему слишком легкой, и он оглянулся посмотреть, не выпал ли Махметка из салазок.

Он оглянулся и остолбенел. В салазках сидел старец с серебряной до пояса бородою и в монашеском одеянии. Фалалейка узнал в нем того святого, глядевшего на него с укоризной в его избе.

— Не бойся; разве тебе стыдно, что ты пожалел меня? — сказал старец.

Старец улыбнулся. А Фалалейка затрепетал всем телом и проснулся.

Он лежал на печке у себя в избе. Перед ним стояла Маланья и говорила:

— Вставай. К тебе посол: барышня, вишь, тебе деньги прислала вперед под дичь. Вставай!

Фалалейка сидел на печи и ничего не понимал. Маланья заметила, что все его лицо было мокро от слез.

ПАСТУХ

Порфирий подбросил в костер несколько сухих веток и, выбрав из неопрятного посконного мешка с десяток крупных картошин, посадил их в золу. Затем он взял маленький закоптелый котелок и заковылял (левая нога была у него несколько короче правой) к небольшому озеру, прятавшемуся в зеленые поросли лозняка. Через минуту он вернулся оттуда.

Это был парень лет двадцати двух, тонкий и высокий, с узкими покатыми плечами. Лицо его, бледное и безбородое, с красивыми тонкими чертами, носило следы болезненности; темные глаза, большие и мечтательные, умно глядели из-под тонких, красиво выведенных бровей; целая копна темно-русых кудрей беспорядочно обрамляла его голову. Одет он был неряшливо во все посконное.

— А караси-то, Васютка, на озере так и плещутся! — выговорил он протяжно. — Другой — выскочит, ровно золотой весь! Что удочек-то не припасешь? — Порфирий улыбнулся.

Васютка, белоголовый и голубоглазый мальчик лет двенадцати, придвинулся поближе к костру; он лег на живот и, подперев руками голову, заболтал ногами.

— Неохотник я до рыбы-то! — лениво ответил он, не переставая постукивать босыми ногами.

Сумерки сгущались; становилось темнее, заря уже догорела, и только зеленая, как морская вода, полоска светилась на западе мягким и ровным сиянием; станица серо-лиловых туч неподвижно стояла там, как корабли в гавани, и их серые, косматый, как изодранные паруса, верхушки горели по краям золотой бахромой. Поймы задымились сизым туманом. Озеро потемнело и словно застыло; только плеснувшая рыбка разбивала порою его тусклое стекло, вызывая на поверхности серебристые круги. Плакучие ветки лоз ниже склонились к воде.

Лошади и волы широко разбрелись по лугам, пощипывая траву; грациозные жеребята весело резвились, позванивая бубенцами, и звонко ржали.

— Ишь они, что дети малые! — задумчиво произнес Порфирий, шевыряя в костре обгорелым сучком.

В небе загорелись звезды.

— А вон звездочка скатилась! — проговорил белоголовый Васютка, — знать помер кто!

— Нет, это посол Божий летит! — Порфирий посмотрел на восток.

— А месяц еще не скоро в дозор пойдет; ишь тучки-то какие хмурые стоят; соскучились, видно, ждамши, холодно им без него, — добавил он также задумчиво.

Порывистый ветерок прибежал с поля, дунул на костер, раздул его угли, смел легкий слой золы и полетел дальше, шаловливо кувыркая перед собой сухие стебли где-то подхваченной соломы.

Зеленые поросли лозняка, мирно дремавшие дотоле над тихим озером, тоже встрепенулись, задрожали и испуганно зашептались меж собой. Этот шалун ветер вечно постарается напугать их и помешает помечтать па досуге.

— Вот ветер тоже, — степенно произнес Васютка, встряхнув ковыльными волосами, — другой раз вихрем по полю бегает, длинный предлинный вырастет, инда до неба достанет! "Нечистые", сказывают, в те поры в нем кувыркаются! Правда? — спросил он, серьезно нахмурил белесые брови и даже перестал болтать ногами.

— "Нечистый", Васютка, в людях живет; "нечистого" нет в поле, — ответил Порфирий; — здесь все свято: и вода, и земля, и небо! Вишь оно какое ласковое да приветное! — Глаза Порфирия заискрились; он поднял голову к небу, и неопределенные тени скользнули по его болезненному лицу. Пастух задумался.

Сумрак, меж тем, сгущался; облачные тени поползли кое-где по лугам, как гигантские пауки. Лошади и волы собирались в группы. Заботливые матери беспокойным ржанием то и дело окликали жеребят.

Пастухи вынули из золы горячий, слегка обуглившийся картофель, приготовляясь к ужину. И вдруг до них долетели визгливые трели гармоники:

Милка, душка, мой секрета,
Скажи, любишь или нет?

пел высокий визгливый тенорок, делая жеманные паузы и кокетливые пассажи.

Порфирий заерзал на траве; лицо его побледнело и приняло какое-то растерянное и словно виноватое выражение. Васютка тоже встрепенулся и с любопытством вглядывался в окружающий мрак.

— Они это, Порфирь, беспременно они: Стешка с конторщиком! — сказал затем Васютка. — Эх, Порфирь, Порфирь! — добавил он, укоризненно тряхнув ковыльными волосами. — Больно добер ты, ох, как добер! — Мальчуган торопливо проглотил тормозившую его язык картошину. — Все на деревне смеются, а ты никогда и не поучишь ее! Да ежели бы я, к примеру, ейный муж был, уж и ввалил бы я ей, у меня стала бы по закону жить!

Васютка посмотрел на Порфирия и брезгливо оттопырил губы.

— Порфирь, ведь это конторщик к себе ее ведет? Тьфу, ты, проклятая, ровно на смех к мужу с полюбовником катит! — Васька даже плюнул и сердито свел брови.

— Порфирь, а Порфирь, — заговорил он через минуту, тронув за рукав старшего пастуха, — проводи ты их отселева арапником, чтоб неповадно было? А?

Порфирий улыбнулся застенчиво и робко.

— Мал ты, Васютка, не понимаешь всего!

Пастухи замолкли настороженные, и тогда послышались поспешные шаги; к костру подошли двое: мужчина и женщина. Это были конторщик и жена Порфирия, Стеша. Конторщик приподнял картуз с жирно напомаженной головы и произнес с широкой улыбкой:

— Наше вам нижайшее с кисточкой!

По виду конторщик был молодой человек, безбородый и белокурый, толстолицый и некрасивый, но сильный и франтовски одетый. Люстриновый пиджак, шитая белая сорочка и высокие бутылками сапоги, — все выглядело на нем новым и щеголеватым. Он, очевидно, был выпивши, его узенькие серые глазки маслились и поминутно подмигивали кому-то.

Стеша стояла рядом с конторщиком и пристально в упор глядела на Порфирия. Её тонкий стан, туго стянутый ременным кушаком, был строен и гибок; множество бус позвякивало на её высокой груди. Лицо её было бы красиво, если бы его не портило нахальное и вызывающее выражение больных, выпуклых глаз.

Порфирий сидел потупясь. Несколько минут длилось молчание. Вокруг было тихо. С озера тянуло холодком, жеребята более не резвились по лугам и боязливо жались к матерям; звезды разгорались ярче, но месяц все еще не показывался; темные тучи тихо передвигались на востоке; порой они собирались в тесные группы, словно совещаясь о чем-то в высшей степени важном. Долгое отсутствие месяца, очевидно, беспокоило их. Наконец Стеша придвинулась к мужу; тот поднял на нее глаза.

— Вот что, Порфирий, я к тебе деньжонок попросить, — сказала она холодно и нагловато. — Сегодня мне срок за фатеру платить, а у меня денег-то нет, и Кириллу Ивановичу до жалованья далеко! — Стеша кивнула на конторщика.

— Это правильно! — подтвердил тот и икнул.

Порфирий вскочил на ноги.

— Ах, отцы мои! — заговорил он скороговоркой и взвизгивая, — ах, отцы мои! ровно смеется она над мужем-то! — Он всплеснул руками и торопливо заковылял вокруг костра. — Слыханное ли дело? С полюбовником к мужу законному денег просить идет!

Конторщик икнул.

— Это ты правильно Порфирь; это точно! Стеша — Конторщик тронул ее за пояс.

— Не бреши! — сердито огрызнулась та, и её черные брови зашевелились, как пиявки.

— Как угодно, Порфирь Демьяныч. — Стеша жалобно потупилась. — Стало быть, вы готовы законную жену по миру пустить! — Она поднесла к лицу свой пестрый нарядный фартук, будто бы готовясь заплакать, в то время как её красивые глаза так и светились задором и дерзостью. — Что же мне не емши: сидеть, что ли? — спросила она мужа.

Порфирий подскочил к ней с сжатыми кулаками.

— Молчи! — визгливо крикнул он и задохнулся. — Молчи! пиявка ты, измучила ты меня всего, иссушила! Ведь тебя убить мало!

Он с трудом перевел дыхание.

Стеша подняла на него вспыхнувшие глаза; её румяное лицо слегка побледнело; она презрительно двинула губами.

— Не сладишь, Порфиша! Вишь, ты какой у меня быстроногий! — сказала она с презрением, пожимая полными плечами; бусы на её груди звякнули. — Послушай — Она ближе придвинулась к мужу, и её голос зазвучал вдруг ласковей. — Послушай, а зачем ты брал меня за себя? Нешто я тебе не говорила, что замуж иду не любя, что пропащая я? Нешто я лукавила?

— Вон поскудница! — вне себя закричал Порфирий, и лицо его передернула судорога; оно все позеленело. — Уйди от греха!..

— Идем! — меланхолично согласился и конторщик, трогая руку Стеши. Они молча двинулись дальше. Её гибкая фигура сквозь трепещущий дым костра показалась какой-то призрачной. Вот-вот она совсем утонет во мраке, как русалка в тусклых водах болота.

— Стеша! — робко позвал Порфирий. — Стешенька! — Он

закричал, будто ему сдавили горло, страшным криком необъятной любви и невыносимых мучений.

Она подошла к нему, красивая, с безучастными глазами.

Порфирий торопливо пошарил в кармане, достал, оттуда грязную тряпицу, из которой извлек засаленную трехрублевку. — Больше нет, — сказал он коротко и подал ей бумажку. Стеша хотела идти.

— Постой! — Порфирий опустил голову и тихо про-шептал: — Прости меня, Стеша! — Губы его задрожали. Он заморгал глазами и опустился на траву.

Стеша с минуту простояла как бы в нерешительности, а потом она задумчиво повела плечами и повернула к конторщику.

Васютка участливо глядел в глаза Порфирия.

— Прост ты, Порфирь, ох, как прост!

Он вытащил из золы картошку и стал есть ее с хлебом, запивая свой ужин водою.

— Поешь, Порфирь! — предложил Васютка и Порфирию с тем же участием на своем еще ребячьем лице.

Порфирий закусил было картошку, но снова положил ее на траву. Он порылся в посконном мешке и достал две тростниковые дудки и бычачий рог; вставив свирели в отверстие рога, он заиграл. Первые отрывистые и резкие звуки вырвались как испуганные крики. А потом в их черную тоску нежно вторгся печальный голос все примиряющей любви. — Мелодия была проста и незатейлива, но она так гармонично сочеталась с грустной музыкой летней ночи. Это не была песня; пастух импровизировал, передвигая пальцы по дыркам свирелей.

Это плакало пастушье сердце.

Месяц, как золотой щит, встал над отдаленной горою; золотистая тучки задвигались, заволновались вокруг и окружили его, как верная свита.

Поймы просветлели.

Конторщик и Стеша стояли и слушали песню пастушьей свирели.

Конторщик слушал, икая и повторяя:

— Хорошо, разбойник! Ловко вывел, мошенник!

А Стеша стояла молчаливая и встревоженная.

Мечтательная грусть засветилась в её широко раскрытых изумленных глазах; её черные выпуклые брови шевелились, как пиявки, полная грудь высоко и порывисто, вздымалась, звякая бусами. Она сама не понимала, что творилось с ней. Её сердце сладко замерло, раскрылось, как внезапно распустившийся цветок, и с мучительной тоской просило ласки нежной и тихой, как эта пастушья жалоба.

Огни недалекой барской усадьбы глядели с невысокого холмика на задумавшуюся парочку. Сейчас они пойдут туда, на квартиру конторщика, и будут там пить пиво и играть на гармонике.

Стеша очнулась, сердито дернула за рукав Кирилла Ивановича и сурово произнесла:

— Идем!

КАТАСТРОФА

I

Суздальцев ехал верхом на рыжем иноходце узкой полевой дорогой. По обеим сторонам её колыхались зеленые волны высокой, непрорезной ржи. Кругом, как только хватал глаз Суздальцева, волновалось это зеленое море, тихо плескавшее вдали о желтоватые выступы каменистых холмов, поросших невысоким сосняком. Был полдень тихий и ласковый, какие бывают в июне, когда белые, как снег, и легкие, как пена, облака, затащат все небо, умеряя жары. Жаворонки поют в такой полдень особенно весело, рожь благоухает сильнее, а ветер бежит порывами, внезапными и короткими. Порою кажется, что он не приносится издалека, а рождается здесь же, рядом; быть может, он дремлет в соседней неглубокой лощине, на зеленой меже, под ракитовым кустом, дремлет и нежится и ласкается к кудрявой раките; но вот он вспомнил о своих обязанностях, встрепенулся, побежал по вершинам ржи, пошептался на бегу с колосьями и, добежав до ближайшей межи, снова изнеможенно упал в траву, шевельнув желтыми цветами одуванчика. Суздальцев стегнул иноходца. Ему захотелось поскорее добраться до дома, чтобы выкупаться и позавтракать; он с 5 часов утра в седле, и его ноги затекли; ему хочется есть, и, кроме того, он ужасно соскучился о жене. Иноходец пошел рысью.

Игнатий Николаевич Суздальцев на вид человек лет 28-ми, не высокий, но ширококостный и несколько сутуловатый; у него темно-серые глаза, умные и выразительные; его темно-русые, слегка вьющиеся волосы и бородка коротко подстрижены; лицо загорелое, свежие губы улыбаются гордо и несколько надменно. Сразу, по одному его виду уже можно безошибочно определить, что он беззаветно любит, нежно любим, без меры счастлив и чувствуешь себя кузнецом своего счастья. Да и в самом деле, он почти всем обязан самому себе. Имение доста-лось ему после отца запущенное и обремененное долгами, и Суздальцев в шесть лет хозяйничанья сделал это имение образцовыми Женился он три года тому назад на опереточной певичке, в Петербурге, куда ездил слушать лекции по химии; тетеньки пророчили ему всевозможный бедствия за такую его неосмотрительность при выборе жены, а между тем он счастлив. И это все потому, что у него есть ум, характер и любовь к делу, и с этими качествами он сумел устроить имение и перевоспитать жену.

Суздальцев взмахнул нагайкой. Он уже подъезжал к каменистым холмам, на одном из которых раскинута его усадьба. Маленький домик с балконом, выходившим в сад, глядел на него настежь распахнутыми окнами словно говорил: "Здравствуйте!" Стаи уток и гусей полоскались за садом в перепруженной речке; ближе, под тенью развесистых ветел, стояло на стойле большое стадо тонкоруных мериносов. На дворе запачканные мужики вывозили навоз из обмазанных глиной овчарен. А у конюшни рыжебородый Селифан вытирал тряпкой только что выкупанного "Арабчика".

Суздальцев въехал в ворота, крикнул возившим навоз мужикам: "Пора обедать!", подъехал к конюшне и, бросив поводья Селифану, поиграл шелковистой гривой "Арабчика". Затем он направился к крыльцу, на ходу расправляя затекшие ноги.

Когда оп проходил столовой, кто-то подкрался к нему сзади и обнял его, крепко зажимая его глаза такими славными, нежными и душистыми ручками. Суздальцев забрал эти руки в свою и, весь полный радости и задора, быстро перегнувшись, перебросил жену через плечо, так что у его уха только успел прошуршать целый ворох легких юбок. Жена испуганно вскрикнула и сейчас же звонко рассмеялась, как расшалившаяся девочка. А он, весь полный звонкого веселья, глядел на жену и с задором проговорил:

— Что скуралесничала? А я тебя как мешок с посыпкой! Через плечо! Что? Славно?

Жена, тоже как бы вся смеясь, подошла к нему вплоть и, слегка нажимая на него грудью, принялась поправлять его усы. И вдруг поцеловала его в губы, с тою же веселой поспешностью, с которой срывают хороший цветок. И затем, заглянув в глаза мужа, она сказала:

— У-у, какой ты у меня все еще глупый!

— А что? — спросил ее на ушко муж и улыбнулся.

— Что? Еще спрашиваешь! Точно я не умею читать в твоих глазах! — сказала та и покраснела. Она выглядела такой женственной и ласковой, что сердце Суздальцева затрепетало.

"Я и люблю ее так пылко, — подумал он, — именно за эту женственность, за эту необычайную мягкость характера!" Он привлек к себе молодую женщину. Она недавно купалась, и на её золотистых волосах сверкали водяные капли. От всей её фигуры, несколько полной, но гибкой, веяло свежестью и ароматом, сладко волновавшим Игнатия Николаевича.

Он привлек ее к себе, но она, шутя, оттолкнула мужа.

— Ступай купаться, завтрак простынет, — сказала она, уже принимая вид озабоченной хозяйки.

Суздальцев с комической поспешностью побежал в спальню. Когда он шел мимо окна столовой с простынею и мылом, жена крикнула ему в окно:

— У нас сегодня битки в сметане и кофе с лепешками; чувствуешь?

Игнатий Николаевич улыбнулся, сделал реверанс и крикнул:

— Чувствительно тронут!

Битки и лепешки были его любимым кушаньем. Он шел к речке и думал: "У меня не жена, а прелесть! Жаль только, что детей нет".

— Но они будут, будут, — вслух проговорил он и, припрыгивая, побежал к речке; ему было страшно весело.

Когда Игнатий Николаевич после купанья снова вошел в столовую, завтрак уже был на столе. Он с веселой улыбкой сел за стол и принялся за битки, хватая между едой руки жены и целуя их с видом школьника, вырвавшегося на свободу. Суздальцева смеялась, протестовала и вырывалась, но он оправдывался:

— Что же мне делать, если у меня сегодня сердце хохочет!

А за кофе жена сообщила ему. Она получила утром письмо. Сегодня у них будет гость — бывший её сослуживец, певец Тирольский. Он приглашен па летний сезон в Крутогорск, поедет мимо и заедет погостить дня на два, на три. Суздальцева как будто была недовольна и взволнована этим, по крайней мере, так это казалось её мужу.

— Мне это ужасно неприятно, — говорила она, чуть бледнея и потупляя глаза, — потому что я как раз думала сегодня съездить погостить к Содомцевым, я у них давно не была, а они такие милые и радушные; не все соседи относятся ко мне так доброжелательно, и я дорожу этим знакомством. Разве поехать? — Она глядела на мужа, точно чего-то опасаясь и ища в нем поддержки.

— Пусть Тирольский приедет без меня, — говорила она мужу уже совсем озабоченно, — а ты прими его сам и посуше. Да постарайся поскорее сплавить. Что он нам? У нас нет ничего общего с опереткой! Ведь да? Мы с тобой деревенские люди, мужики. Так ведь? А эта оперетка... — Она не договорила, Игнатий Николаевич стал уговаривать ее остаться; он сам терпеть не может певцов и положительно не знает, что ему делать с Тирольским; кроме того, у него "полон рот хлопот". В конце концов жена согласилась отложить поездку к Содомцевым, а Игнатий Николаевич после обеда снова уехал в поле, не дождавшись приезда гостя. Впрочем, когда он был уже за околицей, ему ясно припомнилось лицо его жены в ту минуту, когда она прощалась с ним. И выражение лица этого вдруг напомнило ему теперь картину утра еще пока ясного, но уже почувствовавшего приближение грозы. Он побледнел и хотел было вернуться домой. Но снова поехал в поле, сказав себе с решительным видом: "Вздор!"

II

Ольга Сергеевна Суздальцева гуляла с Тирольским по саду. Закат уже догорал. Малиновые с золотыми жилками тучи, стоявшие на закате, темнели и тихий ветерок лениво шелестел листьями засыпающих деревьев.

Ольга Сергеевна опиралась на руку Тирольского и слушала его болтовню о Петербурге. Тирольский, тонкий брюнет, бритый и в модном костюме, передавал ей обо всем, что произошло за последние три года в опереточном мире. Суздальцева слушала все эти закулисные сплетни жадно, с сверкающими глазами, и будто какая-то паутина, на вид неуловимая, но властная, опутывала все её существо. Все новое, приобретенное ею в деревне, вот здесь, в совместной работе об руку с мужем, как бы отодвигалось на задний план. А на смену этому новому снова выдвигалось, как яркие декорации, старое, давно ею пережитое, полное греха, соблазна и головокружительных ощущений. Между тем Тирольский все говорил и говорил. Тенор Никольский умер от разрыва сердца, хористка Забельская выдвинулась и теперь почти знаменитость, примадонна Самарина вышла замуж за богатого фабриканта.

Тирольский говорил все это, скаля порою белые зубы, и ласкал бледные руки молодой женщины развязным жестом привычного сердцееда. А Ольга Сергеевна задумчиво смотрела вдаль и уносилась мечтою в прошлое. Не покинь сцены, она могла бы быть в настоящее время знаменитостью; её голос сильнее голоса Забельской, и, кроме того, Ольга Сергевна несравненно красивее. Это говорил и Тирольский и все.

Тирольский тихонько пожал руку Ольги Сергеевны и нагнулся к её лицу. Когда-то эта женщина была близка ему, и он имел над нею власть. Но они разошлись также случайно, как и сошлись, а затем Ольга Сергеевна познакомилась с Суздальцевым и вскоре уехала с ним в деревню.

— Обворожительная! — прошептал вдруг Тирольский, вздохнув.

Ольга Сергеевна дрогнула. На нее вновь властно пахнуло старым, пережитым, грешным, и она испугалась возникавшего в ней чувства. Она несколько отстранилась от Тирольского и побледнела. Ей захотелось уйти от него в дом, но она, однако, не ушла. Цепь, которая теперь приковывала ее к её прошлому, была уже, очевидно, крепка. А того, что через минуту она окрепнет еще более, она не предусмотрела. Может быть даже не хотела предусмотреть. Они вошли в беседку.

Тирольский усадил Ольгу Сергеевну на диванчик и стал перед нею на колени. Он побледнел.

Ольга Сергеевна потупила глаза и изменилась в лице; у неё даже губы побледнели. Она чувствовала, что её силы уходят куда-то, а старое, давно пережитое все выплывает и выплывает, охватывая ее всю с головы до ног, как властное море. Она зашептала:

— Не надо, ради Бога не надо! Зачем это?

Она приподнялась было с дивана, сердито выкрикнула в последней борьбе:

— Как вы смеете? Я — жена Суздальцева! — вскрикнула и солгала: жена Суздальцева уже утонула в том властном море.

И, почувствовав это, она горько расплакалась, сознавая себя такой жалкой и слабой. А Тирольский обнял ее стан и стал целовать её губы.

Между тем, когда. Суздальцев, возвратившись из поля, проходил мимо хмелевой беседки, приютившейся на небольшой полянке, он внезапно остановился; он услышал там голос жены и побледнел. Жена шептала кому-то умоляюще и торопясь.

— Ради Бога, уезжай! — раздавался из беседки торопливей и тревожный шепот, полный мучений, беспокойства, тоски и в то же время негодования, — уезжай завтра же! Слышишь? Я противна самой себе, и то, что произошло, не должно повториться! Слышишь? Уезжай! Пожалей меня, я — гадкая, изломанная и искалеченная! Я не люблю тебя, я люблю мужа, а ты мне гадок! — Да, гадок! И мне гадка вся сцена и все вы и все мое прошлое! Слышишь? Вы все — ком грязи, приставшей к моей подошве!

Суздальцев с трудом перевел дыхание; какой-то туман наполнили его голову и не позволял ему хорошенько сосредоточиться; сильное биение сердца мешало ему слушать Он сделал шаг вперед.

— Я хотела уехать, — между тем слышалось из беседки, — когда получила твое письмо, но муж отсоветовал мне, и я встретилась с тобою! — То, что случилось, конечно, непоправимо. Но знай, по крайней мере, что ты гадок, и что я презираю и тебя как и себя! Презираю всеми лучшими чувствами, еще оставшимися во мне. Я люблю мужа. Слышишь, его одного. И если в тебе есть капля чести, хотя единая крупица среди навозной кучи ты должен уехать сейчас же! Не медля! До приезда мужа!

В беседке послышались рыдания.

Суздальцев рванулся с места; внезапная мысль, как молния, осветила царивший в его голове хаос. Суздальцеву стало ясно, что жена его ему изменила, изменила глупо, без любви, без желания, подчиняясь почему-то чужой воле. Игнатием Николаичем овладело бешенство; ему хотелось вломиться в беседку и измять, исковеркать, превратить в прах того, чья воля тяготела над его женою, кто одним взглядом уничтожил его трехлетний труд и вернул Ольгу Сергеевну к старому, к грешному, к этому прошлому, будь оно проклято! Но Суздальцев удержался. Он решил помедлить, подумать, взвесить и сообразить все; пошатываясь, он тихо пошел вон из сада. У калитки Суздальцев внезапно упал, точно его ноги подрезали сзади косою; его холщевая фуражка слетела с головы; он почувствовал ломоту в коленях и стреляющую боль близ поясницы.

Несколько минут Суздальцев просидел в таком положении, растерявшись и испугавшись этих внезапных болей. Наконец он оправился, вышел из сада и, отыскав караульщика, приказал ему заседлать лошадь. Через несколько минут лошадь была готова. Игнатий Николаич сел в седло и несколько овладел собою.

— Передай барыне, — сказал он караульщику, — что я остался ночевать на мельнице; дело, мол, неотложное есть; да не говори, что я сам приезжал: работника, скажи, присылал! Слышишь?

Суздальцев тронул лошадь.

Он спустился с холма, обогнул овраг и лугами подъехал к речке. Здесь он стреножил лошадь и лег на берегу. Ему хотелось хладнокровно обсудить свое положение и что-либо предпринять, но он не мог разобраться в разнородных чувствах, волновавших его сердце, и при одном воспоминание о случайно подслушанном им разговоре, голову его наполнял туман. Суздальцев думал о жене: "Человек не машина, и изломанную душу не починишь. Я надеялся возродить Олю к новой жизни, вырвал ее из омута и работал с нею бок-о-бок три года. Я показал ей прелести полезного труда и семейной жизни и думал, что перевоспитал ее. Но я ошибался. Оперетка и вся расписная мерзость сцены тяготела над нею все это время и не выпускала ее из своих когтей; она, как зараза, отравила её кровь и отняла её волю. Олю погубила та самая замечательная мягкость характера, которая мне так правилась в ней". Суздальцев вспомнил Тирольского и пришел в дикую ярость Он заходил по берегу, со стоном ломая руки. Чисто физическая боль рвала его сердце, и Игнатий Николаич сознавал, что эта боль не затихнет, пока не выльются наружу те чувства, которые переполняют его душу. Внезапно Суздальцеву пришло в голову вернуться домой, убить Тирольского и сжечь всю усадьбу, чтобы ни один пенек не напоминал ему об его постыдном поражении. Но он воздержался и снова лег на траву. Он долго лежал так на берегу, бесцельно глядя на голубую поверхность тихой речки. Им овладело оцепенение. Он лежал и думал: "Женщина — это инструмент, на котором каждый может наигрывать все, что ему угодно. Я играю на нем "марш рабочих", а другой скабрёзную шансонетку. И женщина вторит и тому, и другому с одинаковым наслажденьем!"

— Какое скотство! Какая обида! Какая горечь! — восклицал он, стискивая кулаки.

В лугах было темно. Бледный серп луны зарылся в тучи, и только расплывчатое серебристое пятно обличало его присутствие на небе. Где-то далеко уныло куковала кукушка. Неясный шепот стоял в росистой траве, точно сонные травы шептали друг другу о темных безднах и светлых высях души человеческой, шептались и содрогались в горьком недоумении.

Суздальцев вернулся в усадьбу на рассвете, бледный, с измученным лицом. Он прошел к себе в кабинет и написал следующую записку:

"Милый доктор, приезжайте сегодня к утреннему чаю. Ваше присутствие будет необходимо. Ольге Сергеевне скажите, что завернули мимоездом. Ваш Суздальцев".

Эту записку он отправил с кучером к земскому врачу и затем тихонько прошел в спальню жены.

Ольга Сергеевна лежала в постели, засунув под подушки руки. Ее лицо было бледно, губы полураскрыты; порою грудь её нервно приподнималась, и она тревожно вздыхала во сне.

Суздальцев поправил сползшее одеяло и, оглядел жену с сердитым и сосредоточенным видом.

Острая боль пронзала его сердце, и он хмуро думал: "Тебя я прощаю. Да. Что ты? Жалкая шарманка в руках судьбы! Но я не могу и не смею простить его. Я должен мстить ему за тебя, за себя и за всех честных людей!"

Ольга Сергеевна перевернулась на спину и широко раскрыла глаза; но она еще не проснулась, её глаза ничего не выражали. Игнатий Николаич приподнялся и на цыпочках вышел из спальни. Он прошел в кабинет и изнеможенно опустился на кушетку.

III

Уже светало; раннее утра весело глядело в окна кабинета; сад просыпался. Тревожный шепот ночи сменялся жизнерадостною болтовней раннего утра. Суздальцев лежал на кушетке и усталыми глазами смотрел в окно. Он уже не мучился более. В его голове созрело решение.

В восемь часов в кабинет Суздальцева вошел доктор, хохол Абраменко, румяный и добродушный толстяк. Он поглядел на Суздальцева, покачал головою, посвистал и сказал:

— А паныч сильно занедужил! О-о? Это не хорошо!

Они поздоровались. Абраменко заглянул в глаза Игнатия Николаича.

— Небось инфлюэнца?

— Должно быть. — Игнатий Николаич улыбнулся и добавил:

— Лечить ее будем после чаю.

Доктор потрепал колено Суздальцева.

— Добре, паныч!

Игнатий Николаич встал с кушетки, посмотрел на себя в зеркало, поправил рукою волосы и пригласил Абраменко в столовую.

Когда они вошли туда, на столе уже кипел самовары Ольга Сергеевна сидела за столом бледная, с покрасневшими глазами; против неё прихлебывал из стакана чай Тирольский. Ольга Сергеевна поцеловала мужа, поздоровалась с доктором и представила им Тирольского. Сели пить чай. Абраменко поедал лепешки и шутил. Тирольский рассказывал о Петербурге, а Суздальцев упорно молчал, забывая свой стакан. Порою он исподлобья взглядывал на Тирольского, как бы о чем-то припоминая. Лицо Тирольского казалось ему знакомым. Наконец он вспомнил: в альбоме Ольги Сергеевны есть несколько карточек Тирольского. Ольга Сергеевна украдкой посматривала на мужа. Он сидел бледный, углубленный в самого себя. Его пиджак был испачкан в траве, волосы непричесаны, под глазами синели круги. Ольга Сергеевна внезапно вспомнила; кажется, сегодня на рассвете она видела во сне мужа, именно, в таком виде; в его глазах стояли слезы и гнев. И еще какое-то чувство не то сожаления, не то презрения, наполнившее ее кошмаром. Она притихла за столом, будто осунулась и погасла.

Чай был допит. Ольга Сергеевна ушла по хозяйству, а Игнатий Николаич пригласил мужчин к себе в кабинет. Он вошел последним и на ключ запер за собою дверь; доктор с недоумением посмотрел на него. Суздальцев молча подошел к стен,, увешанной разным оружием, и снял с гвоздя казацкую нагайку. Абраменко и Тирольский переглянулись. Они решительно не понимали, что хочет делать с нагайкой Игнатий Николаич. Суздальцев обернулся к ним; он был бледен, как полотно. Он хотел говорить, но сильное волнение сковало его язык. Так прошло несколько минут. Абраменко пытался понять причину странного поведения Суздальцева. Тирольским овладевал безотчетный страх; и доктор и он побледнели.

Наконец Суздальцев заговорил.

— Есть люди, — начал он, — работники, и есть люди хищники. Работники трудятся, стремятся к достижению намеченных целей, мечтают о будущности всех окружающих их, о будущности всего человечества; хищники думают только об удовлетворении своего аппетита. Работники изощряют ум, обливаются потом, гнут спину; хищники падают как ястреба и берут добычу слету. Работники ненавидят хищников, хищники презирают рабочих! Так?

Суздальский передохнул, все более и более бледнея.

— Вы, господин Тирольский, — хищник, я — работник! — вскрикнул он вдруг. — Я вырвал женщину из когтей хищников и пытался сделать ее такой же работницей, как и я, но вы упали как ястреб, и вырвали мою долю. Вы отняли мое приобретение, и я схватился за нож! — Да за нож! Ибо у рабочих с хищниками никакого мира заключено быть не может. Ведь тут же борьба на жизнь и смерть между двумя противоположными силами слагающими жизнь. Или они — хозяева жизни, или мы! Вот в чем тут вопрос!

Суздальцева передернуло. Его губы искривились.

— Господин Тирольский, — повысил он голос, — согласны ли вы стреляться со мною здесь, не выходя из кабинета, на смерть?

Тирольский вздрогнул. Он хотел что-то сказать и только растерянно улыбнулся.

Суздальцев повторил вопрос и стиснул рукою нагайку. Доктор подошел к нему.

— Милый Игнатий Николаич, что с вами? — сказал он бледный, силясь овладеть собою. — Образумьтесь, голубчик; нельзя ли уладить как-нибудь иначе?

— Дорогой доктор, простите, но я делаю вас невольным секундантом. Нам надо стреляться, необходимо кому-нибудь умереть, — проговорил Суздальцев.

Его голос дрожал и прыгал.

— Господин Тирольский, — бешено крикнул он, — будете ли вы со мною стреляться, иначе я изобью вас нагайкой!

Тирольский несколько овладел собою.

— Послушайте, Игнатий Николаич, нам надо объясниться... — прошептал он, пожимая плечами.

— Господин Тирольский! — крикнул Суздальский и замахнулся нагайкой.

Тирольский съежился и прошептал:

— В таком случае я согласен...

Его забила лихорадка. Он посмотрел на окно. Если бы оно не было так далеко, он мог бы выскочить в сад.

Условия следующие, — проговорил Суздальцев: — стрелять по жребию на расстоянии комнаты, причем стреляющий имеет право сделать три шага.

— Это будет в упор, — заметил доктор, — это уж слишком...

— Милый доктор, — Суздальцев тронул плечо Абраменки, — неужели вы хотите, чтобы я совершил убийство?

В глазах доктора внезапно сверкнула ненависть.

Кивнув на Тирольского, он проговорил:

— Паныч, избейте его нагайкой, и делу конец!

Тирольский рванулся было с места, сверкнув на доктора глазами, но опомнился, побледнел и проговорил:

— Оскорбляете перед поединком? Какая низость!

Суздальцев молчал. Доктор покачал головою и вздохнул.

Игнатий Николаич снял со стены два совершенно одинаковых револьвера и подал их доктору; затем он вынул из кошелька медную монету; Абраменко взял ее и положил на свою широкую ладонь. Внезапно у него снова явилась на Тирольского злоба. "Таких трутней бить надо!" подумал он и спросил, сверкая глазами.

— Господин Тирольский, орел или плата?

Он подкидывал монету на ладони и злобно смотрел на Тирольского. Щеки Тирольского задрожали.

— Плата, — прошептал он.

В кабинете стало тихо. Доктор подбросил монету. Она со звоном упала на пол. Доктор нагнулся к ней и крикнул:

— Орел! Игнатий Николаич, вам стрелять первому!

Он подал противникам по револьверу. Суздальцев стал в нескольких шагах от Тирольского с револьвером в руках. Тирольский с ужасом смотрел на противника.

— Послушайте, внезапно прошептал он, умоляюще поднимая глаза, — я уеду сейчас же, я буду просить у вас извинения, вы никогда не услышите о моем имени...

Он не договорил. Суздальцев сделал первый шаг и прищурил глаз. Он бледнел все больше и больше, но рука его не дрожала.

У Тирольского затряслись колени. Сейчас Суздальцев сделает последний шаг и размозжить ему голову.

"Умирать за один, хороший момент, — подумал он, — как это глупо!"

Но у него тоже в руках оружие, и он может спасти свою жизнь. Тирольский поймал себя на этой мысли и с отвращением содрогнулся. Он был противень самому себе.

Суздальцев готовился сделать последний шаг. Тирольский откинулся назад, все его лицо внезапно перекосилось, и, быстро подняв револьвер, он в упор выстрелил в Суздальцева.

Суздальцев упал как подкошенный. Когда Ольгу Сергеевну впустили в кабинет мужа, он лежал на кушетке без признаков жизни. На левом боку его парусинового пиджака медленно расплывалось темно-красное с черною сердцевиною пятно.

РАЗБОЙНИКИ

— А что у вас, в Саратовской губернии, есть разбойники?

(Дамский вопрос)

Чувствуя утомление, они садятся тут же, у проезжей дороги, и уныло переговариваются, жмурясь. Вокруг сыро и темно; сверху моросит липкая изморось; в холодном мраке сердито шумит ветер. Около — ни души; ни прохожего ни проезжего. Только лужи блестят на дороге, как чьи-то мутные глаза, да одинокая полынь шевелится возле под ветром, словно встряхиваясь от надоедливой измороси и шелеста. Они перебрасываются отрывистыми фразами и снова хмуро умолкают.

Небо беззвездно, поле безрадостно, Что пользы жаловаться на судьбу? Кто услышит тебя в этом мраке? Тучи? Или ветер?

Пронзительный звук внезапно раздается во тьме.

— Ох-о-хо! — словно вскрикивает кто-то в диком отчаянии, и резкий порыв ветра рвет с путников их дырявые картузы.

Лужи на дороге морщатся, собираясь в складки; полынь будто кланяется кому-то в ноги. Словно шумное стадо шарахается мимо и летит дальше, шурша, кувыркаясь и исчезая во мраке.

— Это ветер, — говорит один из путников, — тот, что пониже, — ишь, ты, по-собачьи теперь залаял, а давеча, как тебе кошка, скулил!

Говорящий тяжело вздыхает одним горлом, прислушиваясь к странным звукам, то и дело уносящимся во мраке, и ближе жмется к товарищу. Он видит его посиневший от холода нос и безусые губы, скошенные в презрительную и горькую усмешку. И он снова хочет сказать ему что-нибудь по поводу ветра, чтобы отвлечь его и свои думы от того, о чем думать уже надоело до отвращения. Однако из его губ внезапно вырывается:

— А мы с тобою, Митюга, ни единой то есть полушки домой не принесем!

Они оба снова вздыхают, крутя шеями, и снова перебрасываются отрывистыми фразами. То и дело раздаются их унылые возгласы:

— Эх, Митюга, Митюга!

— Эх, Сергей, тятькин сын.

Оба они молоды, безбороды и безусы.

Они идут с заработков, из Оренбургских степей, к себе домой, за Волгу. А в их карманах, в общей сложности, всего на все 67 копеек и одна сломанная подкова, поднятая только что на дороге. До дому недалеко, всего каких-нибудь 90 верст, и на путевые издержки им хватит даже с избытком. Но все же близость дома нисколько не радует их, а, наоборот, удручает все более и более с каждым шагом. Как они войдут в их родные избы? Что скажут своим домашним? Сумеют ли оправдаться в безработице?

Они теснее жмутся под ветром, досадливо кряхтят и думают все об одном и том же.

Хорошо бы принести домой хотя бы рублей по тридцать Чего-чего только они ни наделали бы на эти деньги. Как бы обрадовались все их приходу, и каким счастьем опахнуло бы темные стены хат! Они сидят и мечтают. Сквозь мутный мрак ночи они уже видят счастливые лица домашних. Отцы с гордостью говорят:

— Ай, да сыночки! Ра-а-ботнички!

Матери безмолвно любуются ими, плача и вытирая носы фартуками. А младшие братишки с любовной завистью заглядывают в их счастливые лица. И весь вечер только и разговору, что о них по всей деревне. Они — гордость семьи, герои дня!

Они жмурятся от измороси, но не видят уже её более. И они не видят этой сизой мути и этих сизых туч. В их лица вкусно дышит теплый пар жирных щей. Даже тараканы разбужены этим вкусным паром и суетливо мечутся по стенам. Кошка облизывается и, выгибая спину, прыгает с печки на пол. Темные образа ясно светятся.

Кто это запел там за околицей:

— Гуля-я-ли мы в са-а-дочке, Гуля-я-ли в зеле-е-ном!..

Когда так, — внезапно говорит один из них, тот самый, которого товарищ зовет Митюгой, — когда так, так и скажу батьке: иди сам, собачий сын, скажу, на заработки!

Его голос звучит сердито и хрипло, точно простуженный, и этот резкий звук словно бьет своего соседа поголове обухом. Несколько минут тот глядит в лицо Митюги, широко тараща глаза, с недоумением во всей позе, как бы ничего не понимая. А потом внезапно все его лицо сжимается в комочек. Взмахнув руками, он припадает к мокрым коленам товарища и беспомощно начинает выкликать:

— Не пойду я домой, Митюга... О-о-о... Не пойду! Лучше издохну здесь... О-о-о... А не пойду!.. Иди один!..

Жиденькие стоны беспокойно носятся в воздухе, ветер

свистит, и полынь снова будто в испуге начинает кланяться кому-то в землю частым и коротким поклоном. Митюга словно не слушает воплей товарища и глядит прямо перед собой, застыв в неподвижной позе. Его лицо точно каменеет...

— Не пойду! — выкликает Сергей пронзительно и плаксиво. — Иди один! Ты вон какой!.. Тебе что делается!.. Иди, донской жеребец, один! А я не пойду, миленький мой!.. Не пойду и не пойду!..

Он беспомощно барахтается у мокрых колен товарища, как утопающий у берега, и его вопли смешиваются с дикими воплями ветра в нестройную песню. Лицо Митюги по-прежнему неподвижно, как камень; он точно разглядывает в небе сизое полотно туч. А потом тяжелая и несуразная судорога перекашиваешь это лицо у самых губ.

— Иди! — вдруг выкрикивает он резко. — Иди, тебе говорят, тля паршивая!

Он порывисто поднимается на долговязые ноги, схватывает товарища за плечи и толкает его на дорогу сердитым и широким движением.

— Иди! Иди! — выкрикивает он хрипло, точно бьет кого-то. — Иди, тебе говорят... Иди!..

И они снова идут, шлепая по лужам, под липкой изморосью, медленно передвигаясь в мутном мрак, будто влекомые ленивым течением холодной реки. Высокий идет впереди, низенький — позади. Но он уже не плачет больше и только что-то сердито бормочет себе под озябший пос. А потом умолкает и он. Вокруг темно и сыро. Только лужи шипят под ногами, да ноет невидимый ветер. Поет он о чем-то грустном и скучном, как осеннее поле, но каждая нота его пения звучит так, выпукло и так отчетливо; а путникам порою кажется, что если бы в поле чуть-чуть просветлело, его можно было бы увидеть всего, до последней нитки.

Когда они спускаются в неглубокую лощину, всю будто налитую до краев мутью тумана, до их слуха внезапно доносятся чьи-то беспокойные крики. Они останавливаются и начинают слушать. Слушают они внимательно, вытянув шеи, и с серьезностью в лицах, и вот сквозь шорох и возню ненастной ночи они явственно различают, наконец, шлепанье ног и фырканье лошади. Кто-то кричит там, за серою стеною шевелящегося тумана:

— Эй, эге-ге-гей!.. Помогите!

Они вглядываются, напрягая зрение, и скоро различают во тьме кибитку шабойника, дугу и неуклюжую фигуру, барахтающуюся у оглобель.

— Но, но, но... — звучит оттуда.

А потом жалобно несется:

— Эй... Эге-ге-гей... Помогите!

Они догадываются. В тине размытого оврага завязла задними колесами тяжелая кибитка проезжего шабойника и, вероятно, того самого, который обогнал их вчера ночью.

Они стоят, прислушиваясь, вглядываясь сквозь липкую мглу и соображая. Кто он, этот самый шабойник? Откуда едет и куда пробирается? Хорошо ли расторговался он своими товарами? И кто-то поджидает его дома? Хорошо ли встретят его там?

"С деньгами всегда хорошо встречают!" приходит им в голову сразу и обоим. И эта нехорошая мысль больно щиплет их в самое сердце, как назойливый комар. Однако они тотчас же словно встряхиваются. Ясно сознаваемое ими желание идти и пособить тому, взывающему о помощи, будто толкает их в спину, точно опасаясь, что и они вот-вот завязнут в какой-то липкой и холодной тине. Они поспешно делают несколько неестественно крупных шагов, словно спеша убежать от чего-то, и вдруг снова останавливаются, как вкопанные. И сначала они даже не глядят в глаза друг друга, внезапно бледнея и точно пугаясь чего-то. А потом низенький осторожно и тихо, точно крадучись, подходит к высокому и безмолвно трогает его за локоть.

Тому хочется спросить товарища:

— Ну?

Но слова застревают в его горле.

Между тем низенький заглядывает в его остановившееся стеклянные глаза долгим и не моргающим взором, и с его губ, будто слипшихся в спазме, срывается какой-то неопределенный шелест, невнятный звук, намек на неведомое слово.

Высокий вздрагивает в бессильном сопротивлении. Низенький вновь трогает его за локоть и заглядывает в его глаза тем же оловянным взором.

Высокий пробует сопротивляться, встряхивая плечами. Однако этот долгий взор низенького и это его жуткое прикосновение будто роднит их, крепко связывая их сердца одною думой и одними желаниями. Разъединившись затем, они уже начинают действовать, как один человек, их души словно подгружаются в кошмар, полный нелепых образов и нелепых ощущений.

И сперва они пригибаются к самой земле, молча поглядывая на задние колеса тяжелой кибитки и на несуразную фигуру шабойника у оглобель. Зачем это нужно им, они не знают и сами, но это желание видеть и наблюдать их жертву настолько крепко держит их в своих лапах, что они и не думают противиться ему. Досыта наглядевшись, они расходятся затем в разные стороны, обходя канаву, безмолвно переглядываясь и твердо памятуя, что один из них должен подойти вон к той самой фигуре с одной стороны, а другой — с противоположной. И, памятуя все это, они стараются быть скрытыми до поры, до времени от глаз этой самой фигуры.

Безмолвно они подвигаются к ней; их движения плавны и легки, и сквозь серую муть тумана они хорошо видят и чувствуют друг друга новым чувством, явившимся в них; и они переговариваются между собою немым языком зверя. Между тем печальный крик, взывающий о помощи, все так же беспокойно носится в мутной и скользкой мгле среди шороха осенней ночи, как заблудившаяся птица; и липкая изморось падает на их побледневшие лица. Но они не замечают уже её более. А, может быть, её холодное и скользкое прикосновение доставляет им теперь одно удовольствие. Лисице, вышедшей на охоту, любы ненастные ночи.

В четырех или пяти шагах от кибитки шабойника они внезапно выпрямляются во весь рост и идут туда твердой и уверенной походкой. Шабойник видит их и, оборачиваясь то к одному, то к другому, кричит по-прежнему о помощи, широко размахивая кнутовищем. Странное появление двух людей с совершенно противоположных сторон нисколько не пугает его, видимо. Его голос звучит весело и уверенно. А потом он внезапно умолкает и испуганно пятится к задним колесам своей кибитки.

— А-ба-ба... — слышит низенький его дикое бормотанье.

И одним прыжком он бросается к нему на грудь, ища вытянутой рукой его горло.

Однако внезапный удар кнута будто перерезывает наискосок его похолодевшее лицо, ослепляя его на минуту, как молния; он весь извертывается и слышит в ту же минуту сквозь бормотанье ночи такой же свист кнута, полоснувшего чье-то тело. Он выдыхает из себя весь воздух, точно приготовляясь разрубить дубовое полено, и вновь бросается вперед, вытянув обе руки, чувствуя в себе легкость зверя. И вдруг он видит перед своими глазами брови, как две капли воды похожие на усы.

— Дяденька Ефрем! — вскрикиваешь он радостно. — Да ведь это никак ты!

В странствующем шабойнике он узнает внезапно своего

односельчанина, дяденьку Ефрема, того самого, у которого усы растут над глазами, а брови над губами. И он глядит на него, плохо понимая все то, что произошло. Душный кошмар исчезаешь, как дым, узы расторгаются.

— А ведь это и вправду Ефрем. Ишь над глазами усы, а над губами брови! — говорит и Митюга.

Ефрем стоит все еще у задних колес, раскрыв рот и моргая своими похожими на усы бровями. Кнут вываливается из его рук, лохматая шапка сама собой лезет к нему на затылок.

— И то, это никак вы: Митюга и Сергей?

И они все оглядывают друг друга с недоумением. А вскоре все только что случившееся кажется им нелепым сном, только что им приснившимся. Уж не подсказала ли им этот сон ненастная ночь и буйный ветер, сердито завывающий в тусклом мраке? да голод? да холод? да нужда?

Когда в поле начинает светать, кибитка шабойника медленно поднимается в гору. Бурая лошадка изо всех сил работает всеми четырьмя ногами, колеса шипят, скользя в колеях. За правую оглоблю бурой лошадке подсобляет Сергей, за левую — Митюга. А сам Ефрем весело ковыляет рядом и, весело помахивая кнутом, выкрикивает:

Слава Создателю, что вас встретил! Без вас не выехать бы мне на эту лешеву гору! Ни в жисть! Слава Создателю! Эй-ей, подсоби, Митюга! Сергей, чего опустил постромки? Но-но-но, голубчики!..

ЛГУНЬЯ

Не обижайте меня; я маленький-маленький человек, но у меня большое сердце; поэтому я так много любил и так безумно страдал. Слушайте, я расскажу вам всю правду и попытаюсь даже рассказать вам мою душу, насколько это возможно; но за это я попрошу вас сделать мне маленькое одолжение; развяжите эти бесконечные рукава моей ужасной рубашки; мне хочется говорить и жестикулировать. Что делать? У каждого оратора есть свои привычки. Кроме того, я попросил бы вас не пускать в эту комнату женщин. Я не боюсь бедных, больных и безобразных женщин, но красивые, нарядные и молодые возбуждают во мне непреодолимый ужас. Я кричу "лгунья" и лезу под подушки, под диван, под что попадется; судорога ломает мое тело, и ужас искажает лицо. Мое сердце стучит как барабанщик, увидевший неприятеля, и мне хочется превратиться во что-нибудь неосязаемое и невидимое. Я боюсь, что женщина найдет меня везде; они ужасно чутки к запаху горячей крови.

Будьте внимательны, хотя история, которую я намерен рассказать вам, уже давно потеряла прелесть новизны; впервые она имела место на земле семь тысяч лет тому назад, когда первая женщина обманула своего мужа и Бога. Итак, слушайте. Впрочем, дайте мне сначала стакан холодной воды. Нот так. Благодарю. Я начинаю.

Она не приходила долго, мучительно долго. Я сидел у себя в комнате; мне нужно было рисовать для юмористического журнала карикатуры, но я не мог работать. Она не приходила! Мысли испуганно метались в моей голове, как совы, разбуженные в покинутом замке фонарем вошедшего человека. Я стоял у окна, засунув дрожащие руки в карманы, и думал: "Она меня обманывает!"

"Она меня обманывает!" Это был тот самый фонарь, свет которого заставил испуганно заметаться безобразных сов. Окно выходило на двор. В открытую форточку дул сырой и холодный ветер и приносил из чьей-то квартиры жалобное пенье рояля и флейты. Звуки лились, то тоскующие и печальные, как песня безгрешного ангела, то исступленно метались и бились в каменных стенах, как истерическая женщина. Я не знаю, кто играл там, но если бы я сел за рояль, я играл бы то же самое. Сердце мое жалобно плакало, а в голове роились мысли безобразные и отвратительные.

Порою мне казалось, что в моем сердце начинал злобно выть дикий зверь, но к нему входил безгрешный ангел и произносил магическое слово; и зверь прятался в самый темный угол и утихал.

На дворе было темно, сыро и холодно; моросил мелкий дождик, из водосточных труб хлестала вода, а из кухни раздавался неприятный лязг оттачиваемого о камень ножа.

Она все еще не приходила. Время ползло медленно, как змея, у которой раздавили внутренности.

Я не знаю, сколько времени я простоял у окна, но лампа, которую я зажег в 7 часов, выгорела и погасла. Рояль уже допел свою песню, звуки заснули сразу, как наплакавшиеся дети, и в моей комнате стало тихо, как на кладбище. Я зажег свечу. И в эту минуту вошла она.

Она вошла и остановилась на пороге, очевидно, пораженная моим видом. Затем она, не раздеваясь, быстро подошла ко мне и, бледнея, спросила:

— Милый, что с тобою?

Её голос прозвучал так нежно и трогательно, что в мое сердце пахнуло теплом, и на моих глазах показались слезы.

О, нет, она не может лгать! Она святая, непорочная и чистая, а я гадкий, испорченный, подозрительный человек! Я снял с неё верхнее платье, отряхнул с него дождевые капли и усадив ее в кресло, стал перед ней на колени. Я просил ее простить меня, гадкого и грешного, и целовал её колени, и плакал, и говорил ей о своих мучениях. Она слушала меня молча и загадочно глядела куда-то вдаль и улыбалась. На минуту мне показалось это странным. "Чему она улыбается? Зачем её глаза приняли такое загадочное выражение?" Эти мысли мелькнули в моей голове с быстротой молнии, и в то же время я увидел за плечами любимой женщины призрак, смутный и неясный, похожий на эту женщину, но в то же время отвратительный. Это был образ лгуньи. Я не знаю, понимаете ли вы меня? Я испугался, толкнул от себя молодую женщину и громко зарыдал. В моей груди что-то заклокотало. Я не умею сказать, ворчал ли там дикий зверь или дрожал в испуге и горько плакал безгрешный ангел. Она дала мне воды, и я успокоился хотя продолжал еще всхлипывать и поминутно вздрагивать Я переносил взоры с предмета на предмет, опасаясь, что если я буду пристально смотреть в одну точку, отвратительный призрак вырастет перед моими глазами снова.

Она уложила меня в постель, целовала мои губы и глаза и ласково говорила, где была, что видела и слышала. Она была у подруги на Басманной улице.

Когда она раздавалась, чтобы лечь спать, из её кармана выпала какая-то записочка; она мельком взглянула на меня, изорвала эту записку в клочки и бросила в угол в плевальницу. Я видел это сквозь сон; мои глаза уже смыкались; после нервного припадка я заснул крепко, как убитый.

Утром на другой день я нашел случайно около плевальницы два клочка разорванной записки. На одном из них значилось: "Приезжай 10 ч.", а на другом: "Верхотурская ул.".

Верхотурская улица! Но, господин доктор, я, кажется, начал свой рассказ с середины; позвольте мне выпить глоток воды, и я расскажу вам начало.

Ее звали Ниной Сергеевной. Познакомился я с нею на даче, случайно, в лесу. Она жила у богатого дяди, который часто катал ее на своих рысаках. Я часто видел ее на улице в коляске нарядную, прекрасную, девственно свежую и непорочную, с синими глазами и золотистыми кудрями. При встрече со мною она рассматривала меня с особенным вниманием и любопытством и словно звала куда-то глазами. Я не знаю, почему она обратила на меня свое внимание; право, я не заслужил этого. Я совсем простой человек, выросший в глубокой провинции среди бесхитростных людей. Я приехал в столицу два года тому назад и только здесь узнал о тех невозможных отношениях, в который люди ставят себя ради денег, любви или честолюбия; и мне стало гадко и противно, точно я вошел в смрадную комнату; я сделался нервным и подозрительным.

Я рисовал ради хлеба карикатуры для юмористических журналов и мечтал написать картину, которая заговорила бы о себе. Многие находили, что у меня есть на это данные. А я?

Я много работал и жил отшельником. Так прошло два года, и тут я познакомился с Ниной Сергеевной. Это произвело перелом в моей жизни. Господин доктор, я полюбил Нину Сергеевну.

Я снова встретился с нею в лесу. Мы были знакомы всего два месяца, но я уже любил ее. Она часто грезилась мне, прекрасная и непорочная, и куда-то звала меня глазами. Казалось, она обещала показать какую-то неведомую мне страну, где можно безумно любить и без меры наслаждаться. Она грезилась мне и вечером во время работы, и утром на прогулке, и ночью, когда мне не спалось, и я лежал с широко раскрытыми глазами, встревоженный и восприимчивый на все прекрасное, и думал, думал, думал; а сердце наигрывало в моей груди божественный мелодии.

Мы встретились на небольшой поляне, где цвели ландыши и белые маргаритки и розовые мальвы, встретились и пошли вместе. Был вечер, и солнце уходило за гору, за лиловые скалы, за малиновые рощи, за золотые дворцы, которые понастроили на закате фантазировавшие облака. В лесу было тихо; деревья стояли, не шевелясь; заря рассыпала по их листьям и стволам розовые блики, и они боялись шевельнуться, чтобы не стряхнуть подарок неба. Мотыльки с голубыми и золотыми крыльями перепархивали с цветка на цветок. Птицы не пели, и даже кузнечики не скрипели на своих скрипках. Природа благоговейно созерцала, что совершалось на западе. Солнце уходило за гору помолиться Богу за прожитый день. Оно уже скрылось за выступами скал, и только длинный шлейф его малиновой мантии сверкал на закате.

Солнце, господин доктор, великий первосвященник, и мы живем только его молитвами. Оно умеет молиться горячо и беззаветно, и поэтому-то оно просыпается утром такое веселое и жизнерадостное.

Я сказал Нине о своей любви к ней. Её глаза весело сверкнули, и она заворковала, как горлица. Она давно знает о моей любви; она прочитала это в моих глазах.

— Там написана целая поэма, — говорила она мне весело, — и когда я прочитала её строки, мое сердце задрожало и шепнуло мне: "Нельзя не любить того, кто так сильно умеет любить!" Я поверила своему сердцу и тоже полюбила тебя.

Нина засияла глазами и улыбнулась.

Она меня любит! Боже мой, это счастье было слишком велико для меня, и меня пугали его исполинские размеры. Я знал, что природа экономна, и если она решалась отпустить на мою долю такое громадное счастье, значит, она намеревалась вскоре уравновесить его не менее великим страданием.

Господин доктор, я заплакал от счастья, и мне хотелось уйти за гору помолиться вместе с солнцем. Я чувствовал, что сумею молиться так же пламенно, как и оно.

Будьте любезны дать мне еще стакан воды; я начинаю плакать, но не беспокойтесь. Это отзвуки прошлого, а не самое чувство. Человеческое сердце может повторять ощущения через много лет и с такою же точностью, как фонограф.

Я продолжаю. Мы решили следующее: Нина через два месяца (раньше она не может) переедет от дяди в меблированные комнаты, где поселюсь и я. С дядей ей придется порвать всякие сношения, так как он не позволит ей сделать этот шаг; у него есть для неё на примете жених, богатый и знатный, его дальний родственник. Несколько месяцев мы проживем в меблированных комнатах, а когда я окончу свою картину и получу за нее деньги, мы справим свадьбу и снимем маленькую квартирку.

Нина уже мечтала, какое она сделает себе подвенечное платье и, как девочка, хлопала в ладошки. Она говорила, куда мы будем ходить, как устроим квартиру, и смеялась и сияла глазами. Она уверяла, что из меня выйдет известный художник, и она будет гордиться мною и любить, любить. Мы разговаривали, пожимали друг другу руки и смеялись и мечтали без конца.

Между тем в лесу темнело. Малиновые тучи погасли, розовые блики догорели на листьях и стволах деревьев. В воздухе свежело; в кустах волчьей ягоды запел соловей; мотыльки исчезли, и пчелы устроились на ночлег в розовых чашках мальв. На востоке всходил месяц.

Месяц не солнце; он никогда не глядит жизнерадостно и вечно бледен, печален и встревожен. Мне кажется, это происходит оттого, что он блуждает над землею ночью и часто бывает свидетелем человеческих преступлений. Он видел и меня, бледного, дрожащего, с ножом в руке, в ту ночь, когда я думал выполнить миссию, возложенную на меня Самим Богом. Поэтому-то его свет и раздражает меня.

Господин доктор, будьте любезны опустить на окно гардину! Мы поселились в меблированных комнатах. Нина сняла комнату в одном конце коридора, я — в другом. Казалось, она была вполне счастлива; её голос звенел весело, глаза сияли. Она постоянно приплясывала, что-то напевала, как ребенок похлопывала в ладоши. Я погрузился в какое-то море блаженства. Господин доктора теперь бы я попросил вас слушать внимательней.

Как-то к нам в комнаты переехал новый жилец. Это был брюнет, высокий и красивый, с бледным лицом и усталыми глазами. Хозяйка комнат, большой руки сплетница, сообщила вскоре всем, что новый жилец женат, но не живет с женою, служит в каком-то департаменте и получает в месяц 85 рублей жалованья. Однажды в сумерки, помню, я проходил по коридору; ламп еще не зажигали, и в коридоре было темно. И вдруг я увидел в темпом углу новоприезжего жильца и Ниночку. Она о чем-то говорила с ним вполголоса и сияла глазами. Никогда она не казалась мне такой хорошенькой. Я был в туфлях, шел без шума, и она увидела меня, когда я уже был рядом. Нина как будто смутилась, но он, как бы отвечая на её вопрос, сказал:

— Половина восьмого!

И только. Затем он ушел к себе. Я спросил Ниночку, что это все значит, но оказалась самая простая история. У Ниночки остановились часы; случайно она встретилась с новоприбывшим господином в коридоре и спросила его, который час. Она с ним не знакома.

Она с ним не знакома. На другой день хозяйка сообщила мне, что новоприбывший жилец переехал с Верхотурской улицы, где он платил за комнату 30 рублей, и что у него много хороших вещей.

Верхотурская улица. Когда Нина поздно вернулась с Басманной, у неё лежала в кармане записочка, на которой была помечена именно эта улица. "Приезжай 10 ч. Верхотурская ул.". И Ниночка изорвала эту записку. В то время новый жилец еще не переезжал к нам.

Я попросил Нину перечислить мне адреса всех её знакомых. Она посмеялась над моим странным любопытством, но исполнила просьбу. Ни один из её знакомых не живет теперь на Верхотурской улице. Теперь, да-с, он уже переехал поближе!

Однажды я вышел из дому; у меня болела голова, и я хотел проветриться. Нины тоже не было дома. У ворот нашего дома я увидел прогуливавшегося взад и вперед посыльного. Он, очевидно, кого-то поджидал. Не знаю почему, но я догадался сразу, что он ждет именно Ниночку. Эта мысль пришла мне в голову случайно; в то время я еще верил Ниночке и забыл про Верхотурскую улицу. Я решился во что бы то ни стало выпытать посыльного. Я начал издалека с подходом, с подвохом по всем правилам настоящего сыщика, выдумал целую историю и тронул сердце посыльного. Он оказался весьма сговорчивым и за десять рублей уступил мне записку. Пославшему его он скажет, что вручил записку по принадлежности. Не знаю, с каким трепетом я распечатывал эту записку. Она была адресована Ниночке. Я помню её содержание слово в слово.

"Голубушка Нина! — значилось в этой записке. — Я не знаю, почему ты медлишь; надо ковать железо, пока оно горячо. Прими все меры, чтобы свадьба устроилась как можно скорее. Я боюсь, что твой живописец прозреет и увидит настоящее положение дела, хотя я вполне верю твоим артистическим способностям. Если тебе нужны деньги — зайди".

Ниже стоял адрес дяди Ниночки. Я узнал об этом в адресном столе.

Господин доктор, постигаете ли вы всю эту сложную

махинацию? Её дядя — не дядя, он дает ей деньги и желает её брака со мною. Ему приятно иметь на содержании жену художника, может быть, будущей знаменитости. Это так вкусно, что, право, стоит похлопотать!

Я вложил эту записку в новый конверт, артистически, как художник, подделал почерк и, заадресовав, положил конверт на письменный стол Ниночки. В эту минуту я почувствовал в первый раз, как прикоснулось к моему мозгу раскаленное шило.

Её дядя — не дядя! Однако при чем же тут жилец с Верхотурской улицы?

Было 11 часов, я разделся и лег в постель; но мне не спалось. Я лежал с широко раскрытыми глазами, смотрел в потолок и всячески пытался выяснить отношения дяди к жильцу с Верхотурской, его к Ниночке и всех трех ко мне. В 12 часов ко мне вошла Ниночка; она только что возвратилась от подруги, но, вероятно, уже побывала у себя в комнате и прочитала письмо, потому что её глаза смотрели что-то уж больно наивно. Я испугался её прихода, точно ко мне вошел посол испанской инквизиции, а не скромная девушка с непорочными глазами и мягкими кошачьими движениями. Мне захотелось кричать и куда-нибудь спрятаться, но я воздержался и даже нашел силы сделать ответную улыбку. В моей голове кое-что назревало, хотя идеи переживали еще хаотическое состояние.

Ниночка говорила мне, что получила от подруги письмо, но я не верил больше её непорочным глазам. Я уже знал, что в небесах могут жить дьяволы. Я сказал Ниночке, что сильно устал, что хочу спать, и расцеловал её ручки. Мне нужно было усыпить её бдительность и разобраться в мыслях. Ниночка смеялась, шутила и сияла глазами. От неё пахло духами, и я подумал: "Однако как хорошо пахнет этот ядовитый цветок!"

Ядовитый цветок. Я почувствовал, что идеи начинают принимать в моей голове более определенные формы. Ниночка последний раз поцеловала мои губы и перекрестила меня, как ребенка. Это мне не понравилось. Зачем она богохульствует? В её кармане лежит записка от дяди; в её кармане грамота от сатаны на самое почетное место в аду, а она корчит из себя ангела? Мне хотелось открыть ей свои карты, но я воздержался и только загадочно улыбнулся. Ниночка увидела эту улыбку и внезапно побледнела.

— Зачем ты так улыбаешься? — спросила она тревожно.

Когда-то я предлагал ей тот же самый вопрос. Неужели мы

начинаем меняться ролями? Я призвал на помощь все самообладание, принял вид непорочного агнца и улыбнулся:

— Потому, что я люблю тебя!

Охо-хо-хо! — я едва не расхохотался.

Однако я сказал это, вероятно, с большим чувством, так как Ниночка сразу повеселела. Мы простились; она вышла из комнаты.

Я остался один...

Пробило три часа, а я все еще не спал и, широко раскрыв глаза, смотрел в потолок. Мои нервы были напряжены до невозможности; я видел в темноте так же хорошо, как кошка, и тихий бой часов казался мне ударом вечевого колокола.

И в эту минуту я услышал в коридоре робкие шаги: кто-то крался. Я насторожился. Дверь моей комнаты приотворилась тихо, без скрипа. Я прищурил глаза. Бледное личико Ниночки показалось в дверях; мне почудилось в её глазах неприятное хищническое выражение, какое бывает у кошки, бросающейся на мышь Она прислушивалась к моему дыханию. Я начал дышать как можно ровнее и прищуренными глазами смотрел на Ниночку. За её спиной я увидел образ женщины. Он был, как две капли воды, похож на Нину, но его черты были искажены печатью отвратительного порока. Этот порок был ложь. Ниночка, очевидно, убедилась, что я сплю; она послушала еще несколько минут и тихо затворила дверь Её робкие кошачьи шаги удалялись. Я встал с постели, подошел к двери и тихо приотворил ее, но то, что я увидел, уже не возмутило меня. Нина скрылась в дверях комнаты жильца с Верхотурской улицы. Я слышал, как там крючок упал в петлю.

Я тихо прошел к комнате Ниночки, но её дверь была заперта. Нина приняла меры на случай моего внезапного прихода. Утром она рассказала бы мне, улыбаясь как девочка, что ночью на нее напал страх, и она заперлась. Я возвратился к себе...

Господин доктор, я постиг все. Нина любит жильца с Верхотурской, но он женат и беден, и она решила устроить себя так. Нас было трое, и у каждого она брала то, что в совокупности составляет счастье женщины. У дяди она брала деньги, у меня — имя, у жильца с Верхотурской — любовь. Такая невероятная ложь показалась мне сверхъестественной. Разве молодая девушка может решиться на нечто подобное? Очевидно, нет! Стало быть, нужно, было подыскать более удовлетворительное объяснение. И я его нашел. Нина — сама ложь. Ложь приняла её форму, чтобы удобнее служить своим задачам. Нина — ложь, мать всех пороков и царица земли, той самой земли, в недрах которой люди, как слепые кроты, роют гениальные тоннели. В первый раз она сошла на землю, когда Каин убил Авеля. Она свила себе первое гнездо в сердце братоубийцы, и когда Бог спросил его: "Где брат твой Авель?" он нагло отвечал: "Не знаю. Разве я сторож брата моего?"

О хо-хо-хо! Я опять едва не расхохотался.

И тут я понял мое истинное призвание. Я мечтал сделаться скромным художником, а Бог предназначал меня для великой миссии. Я должен был уничтожить на земле ложь. Для этого мне стоило только убить Нину! — Я убью ее, и на земле воцарится правда и благоденствие, а мое имя запишется на страницах всемирной истории куда до сих пор попадали только имена таких шарлатанов, как Наполеон.

Я помолился Богу, поблагодарил Его и вынул из стола ножик. Это был простой финский ножик, с тяжелой рукояткой, небольшой, но хорошо отточенный. Я вышел и тихо прошел коридором к комнате Ниночки. Дверь по-прежнему была заперта. Ложь еще не возвращалась от жильца с Верхотурской улицы, и я спрятался в висевшие неподалеку от двери шубы. Мои ноги были босы, и я озяб; мои зубы стучали, но я решился перетерпеть все и исполнить возложенную на меня миссию. От наружной двери тянуло холодом; у меня стали дрожать колени, и тут я услышал тихие шаги. Я притаился. Ниночка подошла к двери, всунула ключ в скважину и оглянулась на шубу, в которую прятался я. Она не могла меня видеть, но, должно быть, она инстинктивно чувствовала на себе мой взор, потому что её обнаженные плечи вздрагивали. Она еще раз испуганно оглянулась на шубу и скользнула в свою комнату. Я слушал, будет ли она запирать за собою дверь; мне нельзя было допускать этого, но она не заперлась, очевидно, успокоив себя. Может быть, она решилась вступить со мной в единоборство. Её постель скрипнула; она улеглась спать.

И тут я вошел к ней в комнату. Она точно ожидала меня, сразу увидела, вскочила и села в самый дальний угол постели. Её волосы были разметаны, а обнаженные плечи дрожали. Я сел к ней на постель; она сидела бледная, дрожа всем телом, и испуганными глазами спрашивала меня о причине моего странного поведения. Я шепнул ей:

— Приезжай 10 часов. Верхотурская улица.

И затем я прочитал ей на память первые строки грамоты от сатаны на пропуск в ад. Мы поняли друг друга. На минуту в её глазах мелькнула такая ненависть ко мне, что я испугался, но тотчас же овладел собою. Я чувствовал себя сильнее; она ненавидит меня за то, что я сорвал с неё маску. Я прошептал:

— Молись!

Она взглянула на висевший в углу образ, но не имела сил перекреститься. Затем она прошептала, стуча зубами:

— Хорошо, я помолюсь, ты что? Зачем? — Она хотела было улыбнуться, но её стучавшие зубы выдали с головой её ощущения.

— Охо-ххо-хо! — я боюсь подавиться от хохота!

Она встала с постели, мельком взглянула на меня, но я догадался об её намерении. Ей хотелось скользнуть за дверь и запереть меня на ключ. Тогда я взял ее за руки и посадил рядом с собою; в её груди что-то захлюпало, как у рыдающего ребенка; она опустилась на пол, обняла мои колени и стала говорить и плакать.

Она не помнит своих родителей, ее воспитала улица. Она была доброй, хорошей и непорочной, но видела грязь, грязь и грязь.

Я не дослушал её и снова посадил рядом с собою. Ее слова больше не трогали меня. В моем сердце злобно завывал дикий зверь, но ангел не решался войти к нему и произнести магическое слово. Нина положила свою руку на мое плечо, и я видел, как приплясывала кисть её руки. Я замахнулся ножом и ударил Нину в левый бок. Она всплеснула руками и забила коленями. А я продолжал бить, бить и бить. Мое сердце расширялось и пыталось выйти из груди. Я утомился и без чувств упал лицом во что-то горячее и влажное.

На другой день меня связали и увезли.

Я просил позволения присутствовать на похоронах Нины, и мне разрешили. Мне хотелось видеть своими глазами, как Ложь заколотят в гроб и опустят в могилу. Тогда я хотел открыть народу о совершенном мною подвиге и ждал, что люди посадят меня на носилки и понесут в храм славы.

Я прибыл на похороны; весть о странном убийстве облетела весь город, и народу было много. Были дамы, молодые и прекрасные, с святыми глазами и непорочными лицами.

Я наклонился над гробом Ниночки и закричал, как безумный.

Господин доктор, в гробу лежала не Нина, не Ложь, принявшая формы прекрасной женщины, а бледная, измученная жизнью и людьми девушка с бледным личиком и губами, сложенными в горькую улыбку. Казалось, она спрашивала всех:

— За что вы убили меня?

Я понял все. Нина подменила себя в тот момент, как я

замахнулся ножом. Ложь всегда сумеет вывернуться из опасности. — Я закричал: "Это не она!" и умолял народ разыскивать Нину. Но тут я увидел ее своими глазами. Она была в нескольких видах. Опасность научила Ложь быть осторожной, и она, подменив себя, приняла множество форм. Я сразу узнал ее среди нарядных и молодых женщин, стоявших в толпе.

Я заметался, забился, закричал и, указывая на некоторых из женщин, приказывал заколачивать их в гроб. Но меня не поняли, связали и увезли. С этих пор для меня начались мучения. Я понял, что не исполнил возложенной на меня миссии, и совершил гнусное убийство, а не подвиг. Я зарезал бедную, измученную жизнью девушку, тогда как хотел уничтожить Ложь, пока это было нетрудно сделать. Тогда она была воплощена в одну Нину; а теперь этого сделать невозможно: Ложь приняла тысячи, сотни тысяч форм. Я совершил преступление и терплю за это нечеловеческие муки. Но, право, я не так виноват, как мне приписывают. Что делать? Я был обмануть Ложью!..

Господин доктор, вы говорите, что не надо биться головой о стену, но ведь это же мой излюбленный жест! ВЫ этого не ожидали? Испанская инквизиция хитра на выдумки!

Господин доктор, зачем же вы связываете мои руки? Господин доктор, вы клятвопреступник!..

АЛЕКСЕЙ БУДИЩЕВ

Епифоркино счастье

Епифорка возвращался с базара верхом на новокупленной лошади. Он болтался на её костлявой спине, весело потпрукивал, причмокивал губами и вообще выражал всем своим лицом неописуемую радость. Даже прорехи около мышек от жизнерадостных движений руками кривились на его рваном полушубке, как улыбающиеся губы.

Дорога шла полем. Белая снежная скатерть лежала направо, налево, вокруг, как хватал глаз, пересеченная кое-где неглубокими лощинками с чахлым кустарником. Было тихо и морозно; на небе выходили звезды; приближалась ночь. Епифорка то и дело обгонял по дороге возвращавшихся с базара односельчан и каждому рассказывал сызнова о своем новом приобретении, весело сияя глазами и подмигивая на лошадь.

Он дал за нее двадцать рублей. Это совсем недорого, потому что лошадь хороша Она молода, на год моложе его Настьки, которой около Петрова дня исполнится 15 лет. Лошадь сытая, и если у неё выпятились ребра, то только потому, что она широка в костях. Епифорка боится только, что лошадь чересчур ералашна и здорова, как бык. Когда он привязал ее около винной лавки, лошадь оборвала узду и ушла.

— Насилу догнал, — весело добавлял Епифорка, трогаясь в путь и умалчивая, что лошадь оборвала узду, во-первых, потому, что узда была мочальная и в двух местах надорванная, а во-вторых, оттого, что выходивший из винной лавки цыган здорово ввалил его коняке ременным кнутом.

Епифорка уже приближался к дому.

Он начинал зябнуть; мороз заползал в прорехи рваного полушубка и покусывал его малокровное тело.

Он толкнул ногами лошадь.

Дорога загибала направо, перебегала замерзшее озеро и поднималась на невысокий холмик к маленькой занесенной снегом деревеньке. Тут-то и живет Епифорка. У самой околицы он обогнал Абдулку, татарина из деревни Сюлявки, и рассказал ему всю историю о том, как его лошадь ушла от винной лавочки.

— Карош лошадкэ! — заметил Абдулка, и в его косопоставленных глазках блеснула зависть.

А Епифорка ласково послал лошадь рысью.

— Ну, ты, ералашный!

Ералашный, впрочем, от рыси упорно отказался.

Через несколько минут Епифорка был уже дома.

Когда он подъехал к своему дворику, из избы навстречу к нему выбежали жена и дочь. Фекла, желтолицая и низкорослая баба, увидев лошадь, даже руками всплеснула, а Настька просто-напросто захихикала. Епифорка степенно слез с лошади, оглядываясь, не видит ли его торжество кто-либо из соседей. Лошадь осмотрели со всех концов. Фекла высказала предположение, не стара ли она? Но Епифорка даже рассердился.

Стара? С чего это она выдумала! Лошадь на целый год моложе Настьки, а Настька только через год будет невестой.

— Стара? Епифорка презрительно смерил Феклу с головы до ног.

Стара, а он летел на ней, как вихрь, даже все кишечки отбило. Стара, а он обогнал на ней томилинского псаломщика, когда тот, обронив кнут, остановился около Надеждина хутора.

Стара, а ей позавидовал сюлявский Абдулка и сказал: "Карош лошадкэ!" А сюлявский Абдулка — первостатейный конокрад, и кому же, как не конокраду, знать лучше достоинства лошади? Епифорка говорил долго и горячо. Лошадь, слушая похвалы хозяина, застенчиво хлопала глазами. Фекла, в конце концов, успокоилась, и лошадь водворили в хлеву, задав ей на ночь просяной соломы.

"За ужином только и говорили, что о лошади.

Как бы им ее назвать? Думали, думали и решили "Огурчиком".

— Сытенькая она, — пояснил Епифорка, — круглень-кая, что твой огурчик.

Настька попробовала было возразить:

— Ребрушки у неё как быдто...

Но Епифорка оборвал дочь на полуслове.

— Ребрушки? Много ты понимаешь! В кости она широка, вот и ребрушки! На худой лошади томилинского псаломщика не обгонишь!

С этим все согласились. Томилинский псаломщик кормит свою скотину хлебом, а от хлеба лошадь плохой не будет. После ужина все улеглись спать. Но Епифорка долго еще шептался на печке с Феклой.

Наконец-то у них есть лошадь! Теперь они справят по хозяйству все, как следует, и будут настоящими жителями. Безлошадному мужику на деревне и почету нет. Что безлошадный, что жулик — одно и то же.

А лошадь по нынешним временам купить мужику нелегко.

Наконец Фекла захрапела, а Епифорка все еще лежал на теплой печке с открытыми глазами, не спал, почесывался и думал.

Да, наконец-то и он обзавелся лошадью! Епифорка, самый захудалый мужичишка на деревне, стал настоящим жителем: у него есть лошадь!

Безлошадного мужика и со схода гонят. А теперь Епифорка будет сам говорить на сходе и затыкать рот безлошадникам:

— Безлошадники не в счет. У безлошадников ум не дорос до схода.

Епифорка завозился па печке, закряхтел и зачесался.

Ему 37 лет. Нужда избороздила его лицо морщинами вдоль и поперек; его ноги ломят и тоскуют по ночам, преждевременная старость уже стучится в его тусклое окошко, а у него еще только первая лошадь.

Он всю жизнь мечтал об этом счастии, и вот его мечты осуществились: сегодня он не пришел, как всегда, с базара пешком, а приехал верхом на собственной лошади и обогнал даже томилинского псаломщика!

— Не оброни он кнута, — сознался, впрочем, самому себе Епифорка, — ни в жисть бы не догнать мне его.

Он вздохнул. В избе было темно и душно; пахло чем-то смрадным. Фекла храпела со стоном как выпь, а Настька подсвистывала ей, как синица. Епифорка завозился. В его виски стучало. Фекла, сберегая тепло, слишком рано закрывает печку.

Епифорка привык к угару, но сегодня его разобрало с воздуху. Он снова вздохнул.

Да, наконец-то у него есть лошадь.

Вот уже несколько лет он по копейкам собирал деньги, чтоб купить ее и, в конце концов, набрал 20 рублей. У него есть лошадь, и, Боже мой, сколько сидит грехов в этой лошади!

Эта мысль пришла в голову Епифорки случайно и внезапно, но, придя туда, она уже не хотела более выходить оттуда даже и на минутку. И ему стало как-то страшно и неприятно. Он повернулся на другой бок.

Да! В этой лошади сидит очень много грехов. Во-первых, в ней сидят слеги, уворованные в Илпатьевском лесу. Он, Епифорка, рубил их почти еженощно всю осень, когда весь лес наполняется странным шорохом от мелкого дождика, когда облачный тени ходят по лесным полянам, как вышедшие из могил покойники, а воришка робко прислушивается к стуку своего топора, дрожит и дует на покрасневшие от холода пальцы. Он рубил эти слеги и на себе поштучно перетаскивал их к озеру, в камыш; а потом продавал чуть ли не по три копейки штука. Что делать? Воровское дорого не продашь!

А теперь все эти слеги сидят в его лошади. Епифорке послышалось, что в ворота что-то стукнуло, точно мороз ударил. Его собака Арапка, ходившая и зиму и лето в репьях, тявкнула, как-то странно взвизгнула и замолкла. Но Епифорка не обратил на это обстоятельство ровно никакого внимания и по-прежнему лежал на печке, углубленный в свои думы.

Да, в его лошади сидят илпатьевские слеги. Кроме того, в его лошади сидит 3 пуда 10 фунтов пшенной муки, которую Епифорка стащил у своего дяди Емельяна, когда тот перед масляной ездил на базар, а Епифорка лежал на печке, кряхтел и сказывался больным. Эту муку он продал, как теперь помнит, всю за 97 коп. вместе с мешком. Епифорка вздохнул и снова повернулся на другой бок. Затем в его лошади сидят Василисины холсты восемь с половиной аршин, Ваньки Клюшникова шаровары плисовые, почти новые, и солдатки Дунбки фартук шерстяной зеленый с алыми цветами, который ей подарил илпатьевский полесовщик.

Но что всего хуже, в этой лошади сидят 3 рубля восемь гривен Епифоркина шабра Василия Долговязова. Епифорка возвращался вместе с ним с базара. Василий был пьян и клевал носом, а Епифорка заискивающе смотрел ему в глаза, одной рукой поправлял на нем шарф, чтобы тот не простудился, а другой лез в карман полушубка, где были припрятаны завернутые в тряпку три рубля восемь гривен.

Это самое подлое дело, потому что Василий всегда, помогал Епифорке и мукой, и дровами, и всем, чем мог.

Епифорка застонал. Его сердце теперь уже ныло и болело, как простуженное. В избе по-прежнему было темно. Фекла все так же храпела, точно стонала, как выпь, а Настька подсвистывала ей как синица.

Епифорка поправил под головой полушубок, ворочаясь от неотвязных дум и тупой боли.

Да. Все эти мелкие кражи совершены им в последние три года, когда он начал прихварывать и покашливать, когда его стала попугивать голодная старость, и мысли о приобретении лошади забеспокоили его сильнее.

Все эти кражи совершались с промежутками, отчасти забывались и мало волновали Епифорку, а теперь они соединены воедино в шершавой лошаденке с раздутым от соломы животом и выдавшимися так, что хоть считай, ребрами.

И эта лошадь будет вечно стоять перед глазами Епифорки и мучить его совесть, как живой укор, как какой-то сундук с воровской клажей.

И когда Епифорка напьется пьян, он будет колотить ее чем попало, с озверением, чтобы выбить из её раздутого живота и илпатьевские слеги, и Ванькины почти новые шаровары, и Дунькин фартук. А лошадь будет понуро стоять под побоями и с недоумением хлопать глазами.

Епифорка завозился па печке и с ненавистью подумал о лошади: "И чего я нашел в ней хорошего? Одер, а не лошадь! Прямо сказать махан!"

Он брезгливо двинул губами.

Однако Епифорка решил, что все-таки ее следует попоить. Теперь самое время. Есть уже часа четыре, как он вернулся с базара; месяц глядит уже во второе окно его хатки.

Епифорка сидел на печке, обувал валенки, чесал затылок и думал. И кормить эту лошадь ему придется краденым. Еще до её покупки он натаскал понемножку, потихоньку, по охапкам у соседей и у кого попало просяной и овсяной соломы, как сурок, припрятывая ее на чердаке!

Епифорка понуро вышел на двор. На дворе было тихо. Месяц стоял в небе и заливал серебряную кровлю избенки синеватым сияньем. Епифорка пошел к хлеву, но Арапка не подбежал, как всегда, поласкаться о колени хозяина. Епифорка отворил хлев, но лошади там не было.

Он огляделся. Снятое с петель полотно ворот было полурастворено; неподалеку от них на взрытом ногами снегу лежал Арапка с разбитой головой и скрюченными лапами. Епифорка снова заглянул в хлев и снова не нашел там лошади. Очевидно, ее увел сюлявский конокрад Абдулка. Епифорка почесал под мышками, почмокал губами и подумал: "Увели проклятую!" Он вздохнул, махнул рукою и пошел в избу.

КОЛЬЦО

За окнами неистово ревела буря, одна из тех бешеных бурь с ливнем, громом и молнией, какие бывают в июле после продолжительного зноя. Усадьба стояла в лесу, и сквозь тусклый стекла венецианских окон в комнату доносилось норою вместе с воем бури сердитое рычанье леса. Маленькое общество сбилось в кучу, в угол гостиной, на мягком диване и уютных креслах. Пили чай и ели вишневое варенье.

Комната освещалась лампой под розовым абажуром, и хозяйка дома, молоденькая вдовушка, Лидия Владимировна, выглядывала очень интересной. Розовое освещение ей к лицу: она брюнетка, и у неё желтоватый цвет лица. Её сестра, бледная и тоненькая девушка с близорукими глазами вышивала что-то по канве и вздрагивала, когда буря особенно неистово шумела железной крышей дома. Молоденький подпоручик курил папиросу и поглядывая порой на хорошенькую вдовушку, делал влюбленные глаза, а старый доктор рассказывал историю за историей. Он говорил о том, как рискуют порой мужчины из-за любви к женщинам, и приводил примеры из личных наблюдений и истории.

Лидия Владимировна слушала молча, но когда доктор рассказал особенно интересный случай, ей пришла в голову идея. Она улыбнулась, засияла глазами и повернулась в пол-оборота к подпоручику.

— Знаете ли, что? — сказала она вдруг. — Мне хочется испытать вас, господин подпоручик, и вас, милый доктор. Неправда ли, я очень хорошенькая женщина, а вы очень смелые мужчины? Ведь да? Вы оба расположены ко мне, но я требую свидетельств. Так вот что: сегодня, когда мы ездили в лес, я забыла в караулке колечко с рубином! Слышите?

Лидия Владимировна снова улыбнулась, видимо счастливая от своей идеи.

— Оно осталось в углу у образов, — заговорила она снова; — до караулки всего три версты, и если бы кто-нибудь из вас был любезным сейчас же принести это колечко мне? А? Видите ли, я его очень люблю и дорожу им!

В комнате стало тихо; мужчины переглянулись. Лидия Владимировна заглянула в глаза подпоручика.

— Нет, кроме шуток, — повторила она твердо. — Погода, правда, не благоприятствует прогулке пешком; в лесу темно, хоть выколи глаз, буря точно с цепи сорвалась, и дождь льет, как из ведра, но ведь вы же очень смелые мужчины, а я весьма хорошенькая женщина. Кроме того, я капризна и люблю жертвы. Повторяю, я очень дорожу этим колечком.

Молодая вдовушка рассмеялась, доктор добродушно улыбнулся, а подпоручик, чистенький и гладенький, как хорошо выпоенный теленок, покраснел, как морковь. Буря по-прежнему неистовствовала за окном. Она то ревела, как взбесившийся зверь, то взвизгивала, как истеричная женщина. Лидия Владимировна помолчала, послушала дикое пение бури и, улыбаясь, обратилась к подпоручику:

— Не пугайтесь, я пошутила, я верю вашей ко мне преданности и не требую никаких доказательств. Не краснейте и пейте чай!

Подпоручик перестал краснеть и засмеялся.

— О, конечно, я предан вам всем сердцем, но В лесу такая темень, что, пожалуй, заплутаешься и попадешь волкам в зубы. Завтра же в восемь часов утра колечко с рубином будет на вашем пальчике! — любезно проговорил он.

Подпоручик щелкнул шпорами, доктор переменил тему разговора, и Лидия Владимировна перестала улыбаться. Стали снова пить чай и есть вишневое варенье.

Не пил чай только 12-летний сынишка Лидии Владимировны Боря. Это был худенький и тоненький мальчик с большими серыми глазами, задумчивыми и грустными. Во время разговора он сидел в темном уголке, на стуле, никем не замечаемый, жадно слушал рассказы доктора и не сводил с матери влюбленных и грустных глаз. Но после остроумной шутки матери мальчик встал и тихонько вышел из комнаты. Он прошел в прихожую, надел гимназическое пальто и фуражку и, вооружившись тяжелой палкой покойного отца, отворил выходившую во двор дверь.

Боря решился идти в караулку за кольцом матери. "Мама увидит, — думал он, как я люблю ее, и сама полюбит меня. Она дорожит кольцом, и я принесу его".

На глазах Бори сверкнули слезы. Видите ли, как бы вам это сказать поделикатнее? Мама не особенно любит его, да, не особенно, и он знает это. Он вечно ждет от неё ласки, жадно, беспокойно, со слезами на глазах, но ей некогда приласкать сына.

Она страшно занята выездами, пикниками и портнихами, и чаще видится с подпоручиком, чем с ним, Борей; но подпоручик не пошел за кольцом, а Боря идет, Боря ничего не боится, только бы его приласкала за это мама.

Боря застегнул пальто на все пуговицы и слегка побледнел; им овладело нервное беспокойство.

Когда мальчик вышел на двор, буря едва не сорвала с него фуражку. Боре стало страшно. Черные тучи, косматые и тяжелые, заволокли все небо; дождь лил, как из ведра, и хлестал лицо мальчика точно плетью. Порою черный полог туч на минуту разрывался и вспыхивал бледным заревом, освещая зубцы леса и соломенные крыши усадебных построек; в то же время что-то трещало там, наверху, и с оглушительным гулом рассыпалось в разные стороны; можно было подумать, что по чугунному полу катились тяжелые свинцовые ядра, одно за другим, кучами с стремительной быстротой. Боря в нерешительности остановился, но он колебался недолго; он вспомнил подпоручика и маму и решился идти за кольцом. Завтра он может проспать, и подпоручик в 8 часов утра завладеет колечком матери. А он этого допустить совсем не желаете Боря поднял воротник шинельки, нахлобучил фуражку и, осторожно ступая по мокрой и скользкой тропинке, вышел за ворота Ему нужно было повернуть направо, перерезать поляну, на которой стояла усадьба, и идти лесом к караулке, мимо старых сосен.

Боря хорошо знал эту караулку; рядом с ней извивается глубокий овраг, с крутыми берегами, обросший высокими соснами. На его берегах лежат исполинские камни, серые, покрытые зеленоватым мохом и изрытые, точно морщинами; под этими камнями, в норках, живут хорошенькие ящерицы, с веселыми глазами; а в русле оврага между в щебень избитыми камнями попадаются красивые окаменелости. Боря любит собирать их и изучил эту местность вдоль и поперек. Он не собьется с дороги и найдет караулку с закрытыми глазами.

Мальчик вошел в лес и не узнал его. Обыкновенно в тихую погоду, днем, Боря часто гулял по этому лесу и не боялся его. Это был веселый и зеленый лес, ласковый и степенный, как старый дядя. Он, казалось, всегда приветливо улыбался мальчику, одобрительно гудел ветками и угощал его душистой земляникой, костяникой и орехами. А теперь старый дядя был неузнаваем. Он бешено ревел, как дикий зверь, и яростно потрясал ветками. Мальчику казалось, что черные тучи, извивавшиеся над вершиной леса, как безобразные драконы, запустили в него свои когти, и лес бесился от нестерпимой боли и злобы. Боря пошел лесом; его шинелька промокла насквозь, коробилась, как рогожа, и мальчику стало холодно. Кроме того, непроницаемая тьма мешала ему различать предметы, и он постоянно спотыкался на коряги. Боря медленно подвигался впереди; его маленькое сердце тревожно токало. И вдруг наверху снова что-то треснуло и рассыпалось с оглушительными гулом и дребезгом; тучи вспыхнули синим огнем; бледные сосны в испуге затрепетали; мальчику показалось, что кто-то побежал по вершинам деревьев, с дерева на дерево и визжа, как свисток паровоза: улю-лю-лю! Боря подумал: "Это леший, о котором рассказывают крестьянские ребятишки страшные истории!"

На Борю напал страх; он вскрикнул и побежал бегом, бледный, с помертвевшими губами, и бежал до тех пор, пока не споткнулся на корягу и не упал лицом на мокрую траву. И тогда мальчик опомнился; он решил, что леших нет и, стало быть, бояться их нечего. Мальчик сел, прислонившись спиною к пеньку, чтобы растереть больно ушибленную ногу, и внезапно заплакал, сморщил подбородок и заморгал глазами.

— Мама, милая, будешь ли ты любить меня, если я принесу кольцо?.. Будешь?

Боря произнёс это вслух, всхлипывая и вытирая глаза Мокрыми кулаками, но испугался звука собственного голоса и подумал: "Не надо говорить вслух, буду только думать".

Он поднялся на ноги, поглубже нахлобучил фуражку и снова зашагал к караулке.

Буря между тем не унималась; казалось, она хотела стереть с лица земли этот лес или превратить его в дрянной веник; и лес встал на защиту, как одно дерево. Ветер трубил порою, как медный рог горниста, точно призывая тучи к бою. Гром гудел, не переставая, и тучи казались Боре рычащими в бессильной злобе драконами. Далеко жалобно завывал волк. Боря услышал этот вой и подумал: "Это воет волчица; теперь у неё маленькие дети, и она боится за них; их может завалить в норе размытая ливнем глина".

Мальчику говорил о таких случаях старый пастух. Боря вспомнил об этом и внезапно для самого себя заключить:

— Боится ли за меня мама?

Мальчику сделалось грустно; ему стало жаль себя. Он такой маленький, а ему приходится с бою приобретать любовь матери; и он умрет, а достанет мамино кольцо! Умрет, но достанет! Боря со слезами на глазах зашагал к караулке. Он боялся плакать; оп может случайно всхлипнуть, и сам же испугается звука своего голоса; ему покажется, что всхлипывает не он, а кто-то сзади него под мокрым кустом, в куче старого валежника.

Боря ободрился; караулка была уже недалеко. Мальчик вышел на поляну и увидел хатку, крытую соломой, маленькую и покосившуюся на бок. Буря взъерошила на её крыше солому и выбила одно окно; ветер врывался туда и издавал протяжные, похожие на рев медного рожка звуки. Боря подошел к двери и взялся за ручку. Он знал, что в этой караулке никто не живет, но ему стало страшно отворять дверь

Наконец он превозмог страх и потянул ручку к себе; дверь, однако, не отворялась; вероятно, она замокла от ливня, но мальчик подумал: "Может быть, там заперлись от бури маленькие бородатые карлики? И когда я отворю дверь, они схватят меня, утащат в подземелье, и я никогда больше не увижу мамы. Или, может быть, там сидят русалки — бледные девушки с синими глазами и зелеными волосами? Тогда они защекочут меня до смерти"...

Несколько минут Боря простоял в нерешимости, прислушиваясь к неистовому рычанью бури. Отсюда с крыльца караулки ему было видно темное жерло оврага, где жалобно стонали, ощетинившись колючими иглами, высокие сосны. Мальчику казалось, что там, под кручей, хлопают крыльями какие-то исполинские птицы и дико улюлюкает леший. Может быть, он хочет испугать тучи, опрокинувшиеся на его владения?

Боря собрал все свое мужество и рванул ручку двери. Дверь распахнулась; Боря напряг зрение, заглянул в караулку и замер на месте. Безотчетный ужас наполнил его сердце, и ему захотелось закрыть глаза и бежать без оглядки назад. Он боялся, что вот-вот увидит во мраке нечто ужасное, что превысить даже его ожидания. Но если он струсит и убежит, ему не приобрести любви матери. Ему необходимо достать её кольцо. Но где оно? Кажется, в углу, у образов. Мальчик полузакрыл глаза и сделал шаг вперед. Караулка задрожала, закачалась, закружилась, как юла.

Боре стало душно.

Лидия Владимировна сидела на диване, слушала рассказы доктора и улыбалась подпоручику; их ноги были рядом, и подпоручик боялся пошевельнуться. Было уже поздно, нужно было распорядиться к ужину, и молодая женщина оставила гостей. Но скоро она возвратилась бледная и взволнованная и сообщила присутствующим, что её Боря пропал. Она думала, что он уже давно спит, а между тем его кроватка пуста, и никто не знает, куда делся её мальчик. Лидия Владимировна перепугалась, плакала и стонала: — "Ах, эта прислуга, ох, эта прислуга, она вечно ничего не знает и ничего не видит!"

В доме поднялась суматоха Староста разбудил рабочих, на дворе замелькали фонари. Борю искали в каретном сарае, на чердаке, в старом флигеле, но мальчик не находился. Между тем буря продолжала все еще громить лес; тяжёлые ветки то и дело падали, как отрубленные члены, и Лидия Владимировна, прислушиваясь к сердитому вою бури, плакала и металась.

Но Боря пришел и принес колечко с рубином. Все были изумлены его внезапным появлением. Он промок до последней нитки, дрожал всем телом и глядел на присутствующих безучастными глазами; долго он не мог говорить от нервного изнеможения; потом он подал колечко матери и разрыдался. Лидия Владимировна едва не упала в обморок, её сестра принялась исступлённо целовать мальчика, а доктор выслушал его пульс и посоветовал немедленно уложить Борю в постель и напоить липовым цветом. В заключение он добавил:

— Славный мальчик, богато одаренная натура!

Доктор мельком взглянул на вдовушку, и Лидия Владимировна чего-то сконфузилась и вышла из комнаты.

Через минуту Боря лежал уже в постели, свернувшись калачиком, а Лидия Владимировна сидела у его изголовья. В комнате было тихо; у образов горела лампадка, бросая на серебряные ризы икон зеленоватый отблеск. Мальчик вздрагивал порою плечами и беспокойно бредил. И тогда Лидия Владимировна приподнималась, прикасалась смуглой рукой к пылающему лбу сына и оправляла складки его одеяла. Мальчик успокаивался, и молодая женщина снова опускалась рядом. Она думала. Богато одаренная натура, а она раньше не замечала этого. Её сын рос, как цветок в погребе, без солнышка и ласки. Она вовсе уж не такая плохая женщина, но, право, ей все как-то было некогда. Выезды, дела по имению, пикники, портнихи — не успеваешь оглянуться, и сутки прошли. Лидии Владимировне внезапно стало грустно и стыдно, у неё защекотало в горле, и она горько заплакала, припав на подушки сына. Подпоручик подошел к ней с утешением, но она почему-то рассердилась на его вмешательство и прошептала с гримаской:

— Ах, уходите, гадкий, противный, гадкий!

Подпоручик сконфузился и звякнул шпорами.

Лидия Владимировна сердито шепнула ему вслед, показывая на сына:

— Да вы потише, слышите, он бредит!

Она опустилась рядом с Борей и принялась ласкать его мягкие, как ковыль, волосы нежно и со слезами в глазах. Мальчик улыбался сквозь сон. Какая-то без сравнения нежная и чарующая теплота исходила от его матери и переполняла сердце мальчика неизъяснимым блаженством.

Лидия Владимировна заснула на постели сына, не раздеваясь и с мокрыми глазами.

На следующее утро за чаем все, за исключением подпоручика, были как-то необыкновенно веселы и оживлены. Из глаз Лидии Владимировны лились целые потоки лучей таких ласковых и любовных, что сердце Бори замирало от счастья. Он пил молоко, ел булки и, смеясь, рассказывал о своем путешествии по лесу. Он говорил, что черные драконы хотели похитить из караулки колечко матери; они сердито ревели в небе, выдыхали огонь и ломали лес кривыми лапами, но лес защищал караулку, как солдат полководца; лес — его старый приятель; он встал на защиту мальчика и хлестал драконов мокрыми ветками; а драконы злились и выли. Они вырвали с корнем около караулки старую сосну, и она упала зеленой головой на крышу избушки.

Мальчик окончил рассказ и посмотрел в окошко на лес. Буря уже не выла, и веселое утро стояло за окнами; лес сверкал весь сверху донизу росою, солнцем и зеленью; в его ветках звонко и весело пели птицы; прозрачное небо светилось над его вершиною. Мальчику показалось, что лес увидел его и шевельнул ветками, как бы говоря:

— А мы с тобой кое-что знаем!

Боря внезапно подбежал к окошку и крикнул, обращаясь к лесу и сияя лицом:

— Милый, милый, милый!

ТЕНЬ

Тальников придержал лошадь. Ночь была темная, а Тальников близорук и, кроме того, плохо сидит в седле; он даже слегка оробел и ласково затпрукал на лошадь. Дорога сбегала под изволок, круто опускалась в овраг, переходила узенький на курьих ножках мостик, загибала затем направо и, пробираясь между густыми порослями лозняка, входила в сельскую околицу. Лошадь осторожно спускалась к мостику, садясь на задние ноги и помахивая головою, а Андрей Егорыч держал повод обеими руками и думал: "Споткнется лошадь, упадешь на землю, стукнешься головою о камень или еще обо что-нибудь там, и говори капут! Ноги протянешь, и поминай, как звали!"

Лошадь уже застучала копытами по мосту, опасность миновала, а Тальников все еще думал: "Вот и Иван Петрович жил, жил да помер. Вскрикнул, упал, и готово! Разрыв сердца или там Бог знает что. Нет, положительно не надо ездить верхом. Доктора советуют, "здорово" говорят, но от такого здоровья как раз ноги протянешь. Вот и Иван Петрович и верхом ездил и даже дрова колол, а вскрикнул, и готово. На той неделе и в землю опустили". Андрей Егорыч остановил лошадь и внезапно для самого себя подумал почти вслух, так что даже усы у него шевельнулись:

— Однакоже какой я подлец! Не прошла и неделя, как Иван Петрович зарыт, а я от Елены Павловны еду... — Тальников сердито толкнул лошадь каблуками, но сообразив, что она может рассердиться и понести, тотчас же ласково затпрукал и подумал: "Положим, я с Еленой Павловной не первый год; в ноябре три года будет, и Иван Петрович ничего не знал об этом, но все-таки как-то совестно: на время прекратить надо бы, пока, так сказать, его прах..." Андрей Егорыч закурил папиросу, невольно морщась.

"Прекращу, окончательно прекращу на время, — думал он затем с тою же кислой гримасой. — Все-таки Иван Петрович мой друг, однокашник и сослуживец. Вместе учились и в одном ведомстве служили. Что ни говорите, а это что-нибудь да значит! Непременно надо прекратить на время, пока, так сказать, его прах..."

Лошадь шла уже между порослями лозняка и пофыркивала. Было сыро; трава казалась седою от росы, и от влажных кустов лозняка подымался легкий пар. Андрей

Егорыч пощипывал бородку и о чем-то думал. Андрей Егорыч Тальников худенький и бледный блондин лет 35-ти, мнительный и отчасти желчный. Он служит в Петербурге по министерству финансов и месяца на два ежегодно приезжает летом в свое именьице при селе Ворошилове, где расположено и именье его сослуживца Ивана Петровича Брусницына, неделю тому назад умершего. В настоящую минуту Андрей Егорыч возвращался именно от вдовы покойного Елены Павловны, в которую он влюблен по его счету вот уже около трех лет.

Между тем Тальников теперь уже думал: "А почем я знаю, однако, что Иван Петрович не догадывался о моих отношениях к Елене вот именно Павловне? Может быть, он и знал, может быть, он даже прекрасно знал, и только хитрил, прикидывался ничего не знающим и выжидал?" Тут внезапно Андрею Егорычу захотелось чихнуть, но он почесал нос и решился воздержаться во чтобы то ни стало. "Когда думают о чем-нибудь и чихают, — сказал он самому себе мысленно, — то это значит, что предполагаемое справедливо. Это предрассудки, но все-таки"... и Тальников вздрогнула Впереди него в кустах около самой дороги действительно кто-то чихнул. Андрей Егорыч даже остановил лошадь от этой неожиданности и стал вглядываться вперед, щуря близорукие глаза. Наконец он рассмотрел, чихавший, так сказать, предмет, тронул лошадь и поморщился с недовольной гримасой. Между кустами лозняка пробиралась, мягко ступая, кошка. Она-то, вероятно, и чихнула в ответ на мысли Андрея Егорыча. Кошка посмотрела на Тальникова, ехидно сверкнула желтыми глазами, как бы говоря: "А все-таки я тебя испугала!" и скрылась в кустах. А Андрей Егорыч подумал: "Боже мой, Боже мой, что это за мучение! У меня даже сердце перестало биться"... и он двинулся вперед, крепко держась за повод.

Кругом было тихо; тёмные тучи заволакивали небо все больше и больше; становилось темнее; лошадь, казалось, осторожнее ступала ногами, и её шаги как-то странно звучали среди невозмутимой тишины, пугая воображение Андрея Егорыча. "Елена Павловна, Елена Павловна, — думал он, — ах, как все это скверно! И зачем я сошелся с вами? Собственно говоря, разве мало в мире свободных женщин? Нет, видите ли, мне понадобилась жена товарища, милого человека, друга, так сказать, детства, чтобы испортить ему жизнь, отравить существование и, может быть, толкнуть в преждевременную могилу! Ах, Елена Павловна, Елена Павловна, до чего вы меня довели! И чего вы нашли во мне хорошего? Иван Петрович был человек вот именно прекрасный, честный, прямодушный... Его жалеть бы надо, а мы с вами... Ах, — одним словом, все это одна сплошная пакость! Вспомнишь и даже печень заколет"... Лошадь Тальникова споткнулась. Андрей Егорыч едва не выпал из седла, оробел, потрепал лошадь по загривку и заговорил:

— Ну, чего ты, милая, спотыкаешься? Иди, голубка, своею дорогой! Видишь, я далее править не в состоянии!

Лошадь фыркнула, а Тальников перекосил брови. Ему вспомнилось внезапно, как хоронили Ивана Петровича. День был хмурый и скучный, и он шел за гробом рядом с Еленой Павловной, встревоженный и расстроенный. Он не плакал и только все время как-то особенно беспокоился, суетился и волновался; а Елена Павловна хныкала и поминутно нюхала нашатырный спирт. В церкви она даже упала в обморок. Андрей Егорыч пытался поднять ее и не мог; она была тяжела, и это обозлило Тальникова. "При жизни обманывала, а после смерти жалеет! — думал он в это время. — Мяса столько, что не поднимешь, а тоже в обморок падает. Небось еще притворяется". Он отчаялся поднять ее собственными средствами и позвал на помощь феноменального баса, горького пьяницу, выписанного из Томиловки специально для похорон. От попыток поднять Елену Павловну у Андрея Егорыча отекли руки, и он сердился. А Иван Петрович лежал в гробу желтый и безучастный, окружённый целыми облаками такого славного кадильного дыма. Андрей Егорыч даже позавидовал ему в ту минуту. "По крайней мере, не возится, не хлопочет, не тормошится без толку и не видит отвратительных рож", подумал он и стал торопливо креститься. Тальников вспомнил все это, и теперь на него напал уже положительный страх. "О, Господи, Боже мой, — вздыхал он, чувствуя, что его сердце колотится, как подстреленная птица. — Не надо думать об этом, иначе я захвораю. Надо постараться развлечься". Но развлечься Андрею Егорычу не удавалось; его мысли продолжали вертеться, к его сожалению, вокруг одного центра, как бабочки около огня.

Тальников въехал в село; было все так же темно, и Андрей Егорыч продолжал беспокойно вглядываться во мрак. У дороги на завалинке он услышал какой-то исступлённый храп. "Человек или собака? — подумал он, робко прислушиваясь. — Нет, собака, конечно, собака", решил затем он. Он проехал еще несколько шагов и снова подумал, невольно прислушиваясь к храпу: "Нет, это человек, положительно человек. Небось наелся перед сном до одурения пшенной каши да еще с конопляным маслом и храпит, как повешенный. У самого-то нервы в зачаточном состоянии, а до других ему дела нет!" Тальников поморщился...Боже мой, Боже мой, они все точно сговорились раздражать меня! Ну, чего он храпит, ну, чего он храпит, скажите, пожалуйста? Свинья, право, свинья. Наелся пшенной каши, укрылся тулупом и чувствует себя как в царствии небесном. Идиот!" Он дрогнул.

Тулуп на завалинке завозился, и Тальников робко оглянулся и тихонько толкнул лошадь. Между тем из-за тучек вышла луна; было так тихо, и луна выглянула из-за туч так неожиданно, что Андрей Егорыч заподозрил, не вышла ли она с целью посмотреть, не случилось ли на земле что-нибудь особенное. Однако её физиономия выглядывала довольно безучастно. Серые тучки то и дело мелькали мимо неё, как летучие мыши мимо фонаря. Вокруг все-таки просветлело, и это обстоятельство слегка обрадовало Тальникова. Он проезжал уже мимо церкви. Она была заново выбелена, высоко поднималась над темными избушками и казалась каким-то призраком, выходцем с того света, невозмутимым ко всему земному и страшным именно этой своею невозмутимостью. На церковном кресте горела звездочка, и призрак, казалось, перемигивался с месяцем о чем-то таинственном, что ведает только он да месяц. За оградой церкви белели ютившиеся около могильные памятники, тоже невозмутимые и похожие друг на друга, как дети одной матери. Тальников подумал: "И Иван Петрович здесь же лежит и ничего не видит и ничего ему не надо". И ему вдруг до боли захотелось посмотреть на его памятник. Пока, до прибытия из города мраморного, там был поставлен простой деревянный крест; Андрей Егорыч знал это, и ему почему-то хотелось посмотреть, убедиться своими глазами, стоит ли крест так же, как и прежде, или же совсем не стоит или стоит, но как-нибудь особенно. В такую ночь всего можно было ожидать, но Андрей Егорыч не решался оглянуться. Ему было страшно. Он чего-то боялся. Однако любопытство взяло верх, и он, наконец, оглянулся — оглянулся и похолодел от ужаса. Сначала он думал, что ему это показалось; он даже хотел убедить себя в этом, остановил лошадь, протер глаза дрожавшею рукой и заглянул за ограду снова. Однако сомненья теперь не было. На могиле Ивана Петровича кто-то сидел, белый, в одном белье, обхватив рукою ствол креста и понуро, как бы в унынии, опустив голову. Лицо сидевшего на могиле Тальников, однако, рассмотреть не мог, и он продолжал глядеть, бледный от ужаса, но с презрительной гримасой и далее с некоторой злобой. Ему как бы хотелось сказать: "Выходцев с того света, милый мой, не бывает, и я тебе не верю, тебя не боюсь и, видишь, гляжу и буду глядеть на тебя вот так, пожалуй, хоть с полчаса! Я знаю, что это галлюцинация, так сказать, расстроенные нервы и больше ничего!" Тальников продолжал смотреть на призрак. Вокруг было тихо, так тихо, что Андрей Егорыч прекрасно слышал биение своего сердца. Даже трещотка ночного караульщика не нарушала тишины; караульщик спал где-нибудь, приткнувшись на завалинке, и Андрей Егорыч даже был убежден, что это именно его храп слышал он около дороги и принял за собачий. Призрак между тем сидел, не шевелясь, на могиле Ивана Петровича, и Тальниковым овладела злоба... "А все-таки я не боюсь тебя, миленький!" подумал он и, внезапно исполняясь дерзости, тихо позвал:

— Это вы, Иван Петрович?

В ответ на это тень на могиле шевельнулась, как бы собираясь двинуться на зов, и у Андрея Егорыча помутилось в глазах. Он вскрикнул, толкнул лошадь каблуками под брюхо и уронил с головы шляпу. Лошадь пошла рысью, но Тальникову казалось, что она несется карьером. У него захватывало дух, а сердце колотилось до головокружения. "Неужели же, — думал он, — Иван Петрович, действительно вышел из могилы, чтобы напомнить мне о себе и вообще отомстить? Что же, может быть, после смерти что-нибудь и бывает? Может быть, со смертью еще и не все кончено? Кто же это знает? Эмпирическим путем убедиться в этом нетрудно, да миру-то как затем расскажешь? Миру-то вот и не поведаешь! В этом-то и закавычка! О, Господи, Боже мой! Это пытка, это инквизиция! Это я не знаю, что такое!" Тальников проехал уже селом, замелькал в поле между хлебами и не открывал глаз, поручая всего себя лошади. Однако через четверть часа лошадь доставила его в целости, но только без шляпы, к резным воротам его усадьбы.

Тальников въехал на двор, что называется, ни жив ни мертв. К нему навстречу вышел ночной караульщик, худенький мужичишка, в рваном полушубке. Андрей Егорыч бросил ему поводья, слез с лошади и подозрительно заглянул в его лицо. Караульщик, казалось, заметил, что на Андрее Егорыче не было шляпы, и лукаво улыбался. Тальников постарался напустить на себя некоторую развязность и, расправляя ноги, спросил караульщика:

— А хорошо ли ты караулишь и не храпишь ли ты, милый, по ночам, как повешенный?

Караульщик почесал затылок.

— Это вы насчет караула? — переспросил тот, впрочем,

совершенно весело. — Нет, зачем же храпеть. Храпят ведь это, то есть, которые в грудях с мокротью.

Андрей Егорыч пошел к крыльцу и буркнул:

— То-то! в грудях с мокротью!

Он остановился и прислушался. В саду кто-то хрюкал, точно стонал. Тальников поморщился и капризно захныкал:

— Послушай, послушай, что это в саду делается? Что это у вас ей Богу за порядки?

Караульщик сконфузился.

— Свинья это, Андрей Егорыч, то есть, супоросная.

— То-то супоросная, а хороши ли поросята-то выйдут? — снова захныкал он сердито и отворил дверь.

— От нас это не зависит; то есть, касательно природы поросят, — между тем отозвался караульщик.

Тальников вошел в прихожую и разбудил лакея.

Лакей Порфирий с трудом раскрыл глаза, зажег свечку и посветил барину. Андрей Егорыч злобно покосился на него, направляясь в кабинет-спальню.

— Все-то ты спишь, Порфирий, все-то ты спишь! — ворчал он. — И куда только в тебя это лезет!

— Да поздно, Андрей Егорыч.

— Какое поздно, уже светать начинает!

— Да ты запираешь ли на ночь двери? — добавил он.

— Запираю, Андрей Егорыч.

— Запирай, запирай.

Порфирий вышел из комнаты.

— Да ты и окна запирай, — крикнул ему вслед Андрей Егорыч.

Тальников остался один. Он стал раздеваться, покрякивая и гримасничая, и думал: "И зачем я сказал Порфирию, чтобы он окна запирал? Еще, пожалуй, подумает, что у меня денег много и приголоушит чем-нибудь ночью. Делаешь чёрт знает что и потом мучаешься; ну зачем я сказал? Нынче верить никому нельзя!"

— Никому нельзя верить, — вслух сказал Андрей Егорыч, — Иван Петрович верил, всем верил, вот и... умер!

Тальникову показалось, что это последнее слово сказал не он, а какой-то посторонний человек где-то между гардин. У него заколотило в виски, и он беспомощно захныкал:

— Порфирий, Порфирий, ах, да что же он не приходит!

Но когда лакей явился, он посмотрел на него с ненавистью.

— Почему же ты мне воды на ночь не ставишь? Каждый день одно и то же, каждый день! — выкрикивал он капризно.

Порфирий принес воду и вышел. Тальников снова остался

один. Он взял стакан, сделал несколько глотков и невольно поморщился.

— Нет, не этого мне надо, совсем не этого, — проговорил он сердито. — Мне надо убедиться, дознаться главное дело, знал ли Иван Петрович, что я с Еленой Павловной?..

Андрей Егорыч сел на кровати и, обхватив руками холодные колени, смотрел в пространство.

— Дознаться главное дело, — прошептал он, и я дознаюсь, во что бы то ни стало, дознаюсь!

Он погасил свечу и снова лег в постель, натянув одеяло до шеи. Однако ему не спалось. Его голова трещала, под крышкою черепа словно что-то возилось, постукивая в виски и затылок. Андрей Егорыч припоминал последние дни Ивана Петровича, старался возобновить в памяти все подробности, взвешивал, оценивал их, соображал, кряхтел и возился в кровати и порою шептал отдельные, ничего не значащие сами по себе слова. Тальников прошептал: "Напились чаю, пошли в гостиную..." и тут внезапно вскрикнул, сел на постели и дрожащей рукой поискал спички. Он с трудом открыл коробочку и зажег свечку.

— Да, да, да, — шептал он побелевшими губами, — вот именно это было так.

Ему стало холодно, но он не догадывался натянуть на ноги одеяло.

— Да, да, да, — шептал он, — это было так. Мы напились чаю все втроем: я, Елена Павловна и Иван Петрович; потом Иван Петрович отправился в кабинета, а мы с Еленой Павловной пошли в гостиную.

Андрей Егорыч сидел на постели, дрожал в коленях, шептал и слегка жестикулировал.

— И там в гостиной мы поцеловались; а в гостиной-то зеркало, и в зеркале это могло отразиться, а зеркало-то из кабинета видно. И когда мы целовались, Иван Петрович вскрикнул. В кабинете что-то стукнуло. Мы побежали туда, а Иван Петрович лежал уже на полу и бился в конвульсиях. — В зеркале-то отразилось, а мы этого не сообразили, и Иван Петрович увидел! — снова чуть не вскрикнул он.

Андрей Егорыч отпил глоток воды. На него напал ужас. Он шептал:

— Завтра надо будет все это исследовать. Припомнить, на каком месте мы стояли, и могло ли зеркало отразить, и видно ли это из кабинета. Все это надо исследовать эмпирически. — Тальников сделал несчастное лицо и добавил: — Иначе я сойду с ума.

Он еще долго просидел на кровати, пугаясь биения своего

сердца, жалкий и желтый, как лимон, вздрагивая коленями и даже слегка постукивая зубами. Он припоминал все подробности, все взвешивал и соображал, где нужно стоять, чтобы зеркало это отразило, и видно ли оно из кабинета именно с того места, на котором они нашли Ивана Петровича. Наконец Тальников окончательно изнемог, укрылся одеялом, халатом и еще чем-то, погасил свечу, зарылся в подушки, съёжился и всеми силами старался заснуть. Но мозг его все еще продолжал усиленно работать Между тем рассветало; на заднем дворе горланили петухи и гоготали гуси. Пастухи уже выгоняли стада, хлопали кнутами, кричали: "Куда! трря!" и переругивались с подпасками. А Андрей Егорович думал: "в гостиной около шести квадратных сажен, если зеркало находится приблизительно посредине, то из кабинета..." Его глаза слипались. Он забылся.

Тальников проснулся в 2 часа пополудни, желтый и весь разбитый. Однако после купанья, прогулки в поле и прекрасного завтрака он несколько пришел в себя и успокоился. "Но все-таки, — думал он, вечером поеду к Елене Павловне и исследую точно, — где висит зеркало, и можно ли видеть его из кабинета и т. д. А поеду я верхом и возвращаться буду ночью, той же дорогой, мимо церкви. Никаких призраков нет, и надо надеть на себя узду. У меня просто пошаливают нервы и распускать себя не следует. Буду ежедневно купаться, ездить верхом и через неделю поправлюсь, даже дня через три поправлюсь, хоть в цирк в геркулесы поступай".

Он так и сделал — и в 9 часов вечера верхом приехал к Елене Павловне. Елена Павловна, полная блондинка приятной наружности, с синими, вечно чему-то изумляющимися глазами, встретила Андрея Егорыча несколько встревоженная.

— Представьте себе, мой конторщик сегодня на рассвете видел на могиле Ивана Петровича какого-то человека; этот человек был в одном белье и как будто бы плакал. Просто ужас, ужас. ужас!

Андрей Егорыч сразу раскис, захандрил и забрюзжал.

— Ах, чего вы лезете с вашими глупостями, верите в бабьи сплетни и только пугаете. Ах, да как же вам не стыдно; учились вы в институте и так далее, а верите пьяным конторщикам и еще чёрт знает чему!

Елена Павловна даже рассердилась, но потом они помирились. Через час Андрей Егорыч уже окончательно расхандрился и обратился к Елене Павловне с покорнейшей просьбой:

— Встаньте, голубушка, в гостиной, я там выберу вам

местечко, а сам пойду в кабинет. И когда я крикну вам "направо" или "налево", то вы передвиньтесь только поосторожнее, понемножку!

Елена Павловна удивилась такой странной просьбе и глядела на Андрея Егорыча изумленными глазами.

— Ах, голубушка, после узнаете, зачем мне все это надо, — говорил между тем тот. — Если бы вы знали, как я страдаю. У меня, не поверите, бессонница. Не сплю, ворочаюсь с боку на бок, а в голове стучат колеса вагонов, точно там несется какой-то бесконечный поезд безобразных идей. Ах, голубушка, если бы вы знали, что это за пытка! Идемте лучше в гостиную.

Елена Павловна снова сделала изумленные глаза, однако в гостиную пошла и на указанное место стала. Андрей Егорыч отправился в кабинет. Зеркало гостиной ему было видно отсюда, но Елена Павловна в нем не отражалась, и Андрей Егорыч крикнул:

— Передвиньтесь чуть-чуть направо, ну-ну. А теперь налево. Да не так много, чего вы на стену-то лезете. Ах, что у вас за соображение! Назад немножко, ну-ну! Ах!..

Тальников вскрикнул, сердце его затокало, в виски застучало. Он бессильно опустился в кресло. Дело в том, что Елена Павловна отразилась в зеркале, и Андрей Егорыч это из кабинета увидел. Следовательно, такое предательское место в гостиной существовало, и Иван Петрович мог наблюдать за ними, не покидая кабинета Может быть, он далее нарочно усылал их туда, чтобы изловить их и вывести на чистую воду. И вот он изловил их и умер!

Андрей Егорыч застонал и подумал: "Неужели же я убийца Ивана Петровича, моего друга и сослуживца?"

Елена Павловна приплыла в кабинет и заворковала Андрею Егорычу:

— Милый, ты сегодня какой-то странный; не послать ли за доктором? Дай, я тебя приласкаю!

Но Андрей Егорыч от услуг доктора упрямо отказался, от ласк устранился и с презрительной гримасой подумал: "Боже мой, от неё пахнет невозможно сильными духами! И к чему она душится? Женщине тридцать пять лет, а она кокетничает. Одного мужа схоронила, так другого уморить хочется! Ох!"

Тальников вскоре уехал к себе домой, оставив в недоумении Елену Павловну. Вскоре он уже поравнялся с церковью. Ему захотелось заглянуть за ограду на памятник Ивана Петровича. "Наверное, — думал он, — теперь я никого там не увижу". Однако он сделал гримасу и повернул голову довольно нерешительно. Повернул и едва не выпал из седла.

На могиле Ивана Петровича снова кто-то сидел в одном белье и понуро опустив голову, на которой теперь красовалась шляпа Андрея Егорыча, утерянная им вчера где-то около церкви. У Тальникова замелькали в глазах зелёные пятна; однако он овладел собою, сделал почти нечеловеческие усилия и, остановив лошадь, робко спросил:

— Кто это там?

Он прошептал эти слова, с трудом переводя дыхание, и, к ужасу своему, заметил, что его зубы стучат, а по его спине ползет какая-то холодная змея. Между тем призрак безмолвствовал. Кругом было тихо; только жёлтое, как у покойника, лицо месяца безучастно глядело на землю и заливало серебристым светом белую одежду призрака. Лица его Андрей Егорыч рассмотреть не мог: его скрывали широкие поля шляпы, да и глаза Тальникова от ужаса заволокло туманом. Он повторил вопрос. И тогда призрак шевельнулся как-то бесшумно, странно, если так можно выразиться, бестелесно. У Тальникова зашумело в ушах, и, как ему показалось, он услышал: "Буду у тебя!" Это было сказано шёпотом, похожим на шелест сухих листьев, и Тальникова бросило в озноб. Он ударил лошадь поводом, толкнул ее обеими ногами и поскакал, трясясь всем телом и болтаясь в седле, как набитый соломой мешок. "Буду у тебя!" звенело у него в ушах, и он настегивал лошадь с ожесточением и отчаянием, боясь глядеть по сторонам и как бы чувствуя за собою погоню каких-то призраков, выходцев с тою света, вполне похожих на обыкновенных людей, но странно говорящих, странно жестикулирующих и бросающих странные взоры.

Тальников несколько пришел в себя только на дворе своей усадьбы. Он слез с лошади, насилу отдышался и пошел к караульщику, спавшему около, бани на завалинке, чтобы передать ему лошадь. Увидев сонное, блаженно улыбающееся, с мухами на губах, лицо караульщика, Андрей Егорыч пришел в ярость и стал трясти его за плечи с такою силою, что у караульщика с головы слетела шапка.

— Спишь негодник, — кричал он, — а барина, может быть, убить собираются. Барин-то, может быть, умрет сегодня ночью!

Караульщик ничего не понимал и ворочал глазами, как филин. Наконец он принял лошадь и буркнул спросонок не то "извините", не то "скотина". Андрей Егорыч даже оробел... "Может быть, разбойник до головы моей добирается!" подумал он. Тальников вошел на крыльцо и вспомнил о Порфирии. "И эта скотина, наверное, спит — подумал он, — никому-то нет до тебя дела, хоть ты издыхай при них!" Однако Порфирий не спал и вышел к Андрею Егорычу со свечкой. Но это тоже не понравилось Тальникову. "Чего он не спит чего он не спит? — подумал он, — или отмычки к письменному столу подбирает?"

— Ты чего не спишь, Порфирий? — жалобно спросил он лакея.

Порфирий был красен, но покраснел еще больше.

— Да, извините, что-то не спится.

Тальникову показалось, что за ширмами у Порфирия стоят женские башмаки. Он заглянул и за ширмы, но Порфирий даже обиделся.

— Нет, что вы, Андрей Егорыч, разве я себе это позволю! В антрактах — другое дело. Но, то есть, при служебных обязанностях — да никогда в жизнь!

Тальников прошел к себе в кабинет, улегся в постель и застонал: "Господи Боже мой, за что меня Иван Петрович преследует?" Он потушил свечу и с головною укрылся одеялом. Но ему было совершенно не до сна. Он боялся, что вот-вот заскрипят половицы, и к нему войдет Иван Петрович. Пусть он ничего не сделает дурного, пусть он только войдет, и Андрей Егорыч размозжит себе голову. Лучше покончить сразу, чем еженощно видеть каких-то выходцев и смотреть на их странную жестикуляцию. Тальников встал с постели, подошел к письменному столу, взял револьвер и сунул его себе под подушку. Затем он снова улегся в постель, холодея от ужаса. Он лежал, боясь шевельнуться, боясь дышать и тревожно прислушиваясь.

Прошло несколько минут бесконечно длинных и мучительных. На дворе между тем залаяли собаки, свирепо, как на зверя. "Что это значит, что это значит? — подумал Андрей Егорыч, прислушиваясь к лаю. — Неужто сюда идет Иван Петрович! Не зажечь ли свечу?" — думал он и не решался оставить рукоять револьвера, чтобы взять спички, вдруг половицы коридора заскрипели. В голове Андрея Егорыча замелькали туманы. Он прислушался; сомненья не было, в кабинет кто-то шел. Тальников вскочил и, стуча зубами, забился в самый дальний угол постели. Между тем дверь кабинета растворилась; Андрей Егорыч хотел поднять револьвер, сунуть его себе в рот и выстрелить, но на пороге показался Порфирий. Только Порфирий, но он был бледен.

— Андрей Егорыч, — сказал он, — к нам на двор кто-то пришел в одном белье и в шляпе; странные такие, в роде как не в себе!

Тальников долго не понимал ни одного слова и молчал,

пряча под одеяло револьвер и трясясь всем телом. Наконец он спросил, икая от нервного потрясения:

— Это не Иван ли Петрович?

Андрею Егорычу показалось, что Порфирий язвительно улыбнулся.

— Как же Иван Петрович? Да ведь они же померли?

Андрей Егорыч рассердился.

— А ты почем знаешь?

— Да как же, ведь я же у них и на поминках был.

Тальников заволновался.

— На поминках был, на поминках был; то-то вы бываете там, где вас не спрашивают!

Он застучал кулаком по столику.

— Ну, чего ты ко мне пристал, ну, чего ты пристал? — крикнул он в совершенном исступлении. — Пойди и узнай, кто это. Да ко мне его не пускайте; ноги, руки свяжите, а не пускайте!

Порфирий шевельнулся.

— А шляпу вашу снять? Они в вашей шляпе?

Тальников икнул.

— А шляпу снимите.

Порфирий исчез. Андрей Егорыч зажег свечу и сидел, не переменяя позы и дрожа в коленях. Он был желт, как лимон; даже белки его глаз стали желтыми; во рту его стало сухо, а голова положительно превратилась в наковальню. Боже мой, — думал он, — что это за несчастье, что это за несчастье! И все Елена Павловна, все она! Лезет со своими поцелуями, с любовью и еще чёрт знает с чем, а человек умер, а ты мучайся и ты не спи по ночам и дрожи, как какой-нибудь котенок... Что это Порфирий не идет!" стонал он. Между тем на дворе раздавалось уже несколько голосов; потом загрохотала телега, затем поднялись споры, суетня, возня и, наконец, телега загремела обратно, а на дворе все стихло. В кабинет Тальникова вошел. Порфирий. Он улыбался.

— Это, Андрей Егорыч, бас приходили; они в белой горячке и в одном белье путешествуют; все пропили-с! Теперь тятенька ихние приехали, следом их искали и увезли!

Андрей Егорыч ничего не понимал и стучал зубами.

— Какой бас, какой тятенька? Да говори толком!

— А бас, которого из Томиловки для похорон Ивана Петровича выписывали; томиловского дьячка сын, они с этих-с самых похорон немножко загуляли и, конечно, до белой горячки! В одном белье ходят, даже, говорят, на кладбище у церкви безобразничали!

Андрей Егорыч пристально посмотрел на Порфирия и погасил свечу.

Через два дня Тальников уехал на воды, на Кавказ и послал Елене Павловне записку: "Больше мне видеться с вами нельзя. Простите, у меня нервы никуда не годятся; извините, я уезжаю лечиться, Мне, говоря откровенно, совсем не до любви".

ЗАПАДНЯ

(Посвящается нашим спиритам)

В кухне было душно и пахло пригорелым салом. От плиты палило тропическим жаром, несмотря на то, что дверь и окна были растворены настежь. Повар Аверьяныч, худенький и маленький человечек лет пятидесяти, с угрюмым лицом запойного пьяницы, сидел у стола. Он только что отпустил господам последнее блюдо к ужину и, на досуге попивая водочку, рассказывал своей молоденькой женке Марфеньке разные страшные истории о кладах. Аверьяныч вечно бредил какими-то кладами, а когда напивался пьян — горой Афоном. И тогда он мечтал найти клад и отнести на святую гору икону Пантелеймона-целителя, всю осыпанную драгоценными камнями. Аверьянычу казалось, что после этого тоска, которая вечно сосет его сердце, покинет его, зачахнет и издохнет, придавленная могучей пятою святого целителя. Аверьяныч досказал свою страшную историю и замолчал; в кухню вошла горничная Наташа; она взяла из-под плиты углей для самовара и, вильнув юбками, исчезла в дверях. Марфенька, в это время вязавшая у лампочки какое-то рукоделье, приподняла от работы свое хорошенькое личико и сказала:

— А у нас, Лука Аверьяныч, в старой бане тоже все неладно. И тоже кто ее знает отчего! Вчера туда кушетку ненужную поставили, например, а сегодня пришли — она кверху ногами стоит. Караульщик, слышно, ночью в окне огонек видел, — добавила она уже совсем таинственно.

Марфенька спустила петлю, нахмурила хорошенькие бровки и опять сказала:

— Кажется, обещай мне миллион и ни за что бы туда ночью не вошла! Ни за прянички!

Повар вытер рукавом жиденькие усы и бородку.

— Клад там, Марфенька, беспременно клад, — отвечал он. — Склеп там, как раз у самых у дверей банных. У самого порога, потому стукнешь палкой, отдается звонко так, ажно гул идет. У-ху-ху-ху, — сделал повар губами, изображая подземный гул. — Склеп там, Марфенька, а в склепе беспременно кадушки с золотом. Нечистые и стерегут, забавляются вокруг, всякую мерзость творят. Это бывает!

Аверьяныч налил себе четвертый стаканчик водки. Марфенька вздохнула и передернула круглыми плечиками.

— Не говорите, Лука Аверьяныч, к ночи страх берет! Не люблю я этих самых... нездешних жителев!

Повар выпил водку.

— Это бывает. Да, — снова сказал он. — В склепе, небось, зеленые крокодилы с огненными глазами лежат; ведьмы, небось, голобрюхие с чертенятами в чехарду играют. Да. З-забавно, — протянул он, как будто со вкусом.

Странно сказать, а он как будто бы весьма даже любил эту нечистую породу.

Марфенька вздохнула снова.

— Не говорите, Лука Аверьяныч, к ночи! Во сне еще увидишь этих ночных соблазнителев!

Аверьяныч встал, позевывая.

— А я, Марфенька, спать к кучеру на сеновал пойду; здесь душно.

Марфенька приподняла от работы личико.

— Идите, Лука Аверьяныч, идите! — сказала она что-то уж очень покорно и что-то уж очень сладко.

Повар посмотрел на розовые щечки жены, почесался и невольно подумал: "Ишь, какая она у меня хорошенькая. Цветет точно розанчик; и то сказать, восемнадцать лет бабеночке, а я стар, ох как стар. Как бы не барин, и не женился бы. Да! Сам Илья Петрович сватом у неё был; она, говорит, мне родственница, двоюродная крестница; двоюродный братец мой ее крестил".

Аверьяныч снова почесался, взял засаленную подушку и войлок и, шмыгая стоптанными калошами, вышел из кухни, нашептывая:

— Клад там, беспременно клад околь старой бани; а нечистые стерегут и забавляются. Небось, верхом друг на дружке ездят, пылят, стучат, кувыркаются. Х-химики двоерогие!

Его голос смолк. Марфенька бросила на стол рукоделье, зевнула, потянулась и, вспомнив о чем-то, внезапно улыбнулась и покраснела. Она встала, пересела к окну, вздохнула и стала смотреть на звезды.

А Аверьяныч лежал на сеновале и все еще думал: "Да, вот тоже клад. С голыми-то руками его не скоро возьмешь. Походишь околь и назад ни с чем отойдешь. Для кажного клада нужно особое слово знать". Повар повернулся на другой бок.

Ему не спалось; в голове его от печного жара и водки стучали молоточки; перед глазами точно золотые червонцы мелькали. Внезапно ему пришло в голову: "А что если взять сейчас лопату, пойти к старой бане и копнуть хоть немножко?

Может быть, клад-то и не глубоко положен. Это тоже бывает. Другой раз лопатой копнешь и глядь — корчага с золотом!" Аверьяныч присел на своем войлоке.

— Может быть, стоит лопатой копнуть, — шептал он, чувствуя, что в его голове начинает плыть золотой туман от мелькающих перед глазами червонцев. Аверьяныч нащупал рукою калоши, обул их на босые ноги и, как был — распояской и без шапки, — слез с сеновала. Затем он нашел у конюшни железную лопату, которою конюх прибирает накопленный за ночь в стойлах навоз, и пошел двором к саду.

Ночь была тихая и темня. Весь двор был погружен во мрак. Скелеты различных строений вырисовывались тут и там угрюмые и молчаливые. Повар взял лопату, как ружье, на плечо, прошел весь двор, обогнул маленький барский домик и вошел в сад. Выходившее из дома в сад окно проливало целые потоки света. Аверьяныч заглянул в комнату. Там за чайным столом сидели Дубняковы муж и жена и недавно нанятый письмоводитель Ильи Петровича (Дубняков служил земским начальником) — Аграмантов. Илья Петрович, мужчина лет пятидесяти, худой и долговязый, рассказывал, что-то про охоту. Серафима Антоновна, полная, лет под сорок, дама, красивая и хорошо сохранившаяся, качала головкой и закатывала глазки. А Аграмантов слушал и краснел. Аверьяныч подумал: "Ишь полуночничают, делать-то им нечего!" и пошел садом. В саду было еще темнее. Только осыпанные цветом яблони, вишни и сирени белели точно в инее. В кустах жимолости, звонко отчеканивая металлические звуки, пел соловей, и Аверьянычу казалось, что эти звуки рассыпались в темной куще берез, как золотые червонцы. Повар двинулся в путь. Скоро он подошел к старой бане, остановился в нескольких саженях от неё и оглядел ее, как человека, сверху донизу. Баня стояла в углу сада на пустыре, старая и давно брошенная, с покосившейся тесовой крышею, обросшей по швам мхом и травкой. Баня глядела на Аверьяныча давно выбитыми окнами и молчала. И Аверьянычу казалось, что она молчит не так, как молчит мертвый, а как-то особенно, лукаво, как человек себе на уме, кое-что знающий и кое-что скрывающий. Повар снял с плеча лопату, взял ее, как ружье, на руку и двинулся к бане, точно готовясь оружием выпытать от неё тайну. Он отмерил от её сгнившего крыльца два с половиной шага, по направлению к саду и стукнул лопатой о землю. Повар не ошибся. В этом месте земля отвечала на стук особенно гулко. Аверьяныч враждебно покосился на баню и вонзил лопату в землю. Он порыл всего несколько минут и вдруг метнулся в сторону, в диком ужасе, едва не выронив лопату и шепча:

— Свят, свят, да воскреснет Бог!

Дело в том, что земля под лопатою повара внезапно осела, треснула и с гулом провалилась внутрь. Очевидно, перед самым крыльцом старой бани был склеп. Аверьяныч шептал молитвы, дрожал и ждал, что вот-вот из внезапно образовавшегося отверстия выпыхнет дым, потянет смрадом и поскачут черти и старые и малые, всех сортов и видов. Но черти, однако, не появлялись, и Аверьяныч несколько пришел в себя; он подошел поближе к отверстию и заглянул туда. Отверстие было небольшое, не больше аршина в квадрате, и чернело, как чернильное пятно, но повар решительно ничего не увидел в нем. И тогда он стал думать, что ему делать и на что решиться. В конце концов он придумал, пошел к частоколу и наломал гнилых палок. Этими палками он прикрыл образовавшееся от провала отверстие, палки закидал нарванной вблизи травой, а траву слегка посыпал землею. Скрыв таким образом отверстие от постороннего глаза, Аверьяныч подумал: "Теперь никто дыры неувидит, а утречком я приду, рассмотрю в чем дело и увижу, что предпринять. Утречком не так страшно!" Повар снова враждебно покосился на баню и пошел к себе на сеновал, шмыгая калошами и нашептывая: "Ночью нечистой силе вольготней; ночью нечистая сила радуется, кувыркается, барахтается и змеями свивается. Кажного человека ночью одолеть может нечистая сила!"

Между тем там, в доме, Дубняковы уже отпили чай и собирались расходиться по комнатам спать. На прощанье Илья Петрович рассказывал Аграмантову:

— Да-с, Павел Никитич, много в нашем мире непостижимого! Вот, например, наша старая баня; ночью там огоньки разные видят, звуки странные слышат и тому подобное! Я бы не верил, если бы не видел собственными глазами. Вчера, например, велел поставить туда старую кушетку, хотел баню в склад ненужных вещей обратить. Приказал нести кушетку, никто из прислуги не хочет; боятся в эту баню даже днем войти. Наконец кое-как уломал; поставили кушетку на ножки, как следует; только — что бы вы думали? Прихожу я сегодня в баню, — кушетка вверх ножками стоит! То есть, как какой-нибудь акробат! И далее вид у нее, черт ее побери, какой-то озорной! Прямо-таки вид закоренелой скандалистки. А раньше ведь была кушетка, как кушетка, — добавил он, — смирненькая!

Аграмантов сделал изумленные глаза.

— Да что вы?

— Даю честное слово. А в этой самой бане-с мой дедушка скоропостижно неизвестно отчего умер. Подозревают отраву, да-с! Кроме того, прежде, как говорил мой отец, на этом самом месте был погреб, и в этом погребе одним из приспешников Пугачева был задушен мой прадедушка. Да-с. Так вот-с, если принять во внимание, с одной стороны, поставленную вверх ножками кушетку, а с другой стороны — покойного прадедушку, так оно и выйдет, что, пожалуй, и тово-с. "Ребус"-то, пожалуй, и подальше нас с вами видит!

Серафима Антоновна сделала томные глазки.

— А вы знаете, Павел Никитич, я "Ребус" выписываю, — сказала она. — Я прежде спиритизмом занималась. Медиумом у нас был один акцизный чиновник, интересный такой! Потом его перевели, и я спиритизм бросила, — пропела она с жеманной печалью.

Илья Петрович кивнул на жену.

— Вот и она ни за что не пойдет в эту баню.

Серафима Антоновна подтвердила.

— Ни за что!

Илья Петрович встал и зевнул.

— Однако пора спать.

Аграмантов тоже встал и начал откланиваться.

Впрочем, первым пошел спать Илья Петрович. И когда он вышел из комнаты, Серафима Антоновна, подошла к Аграмантову и, томно жеманясь, сказала:

— А вы тоже неужели сейчас спать?

Она минуту подумала и многозначительно добавила:

— А я долго не буду спать эту ночь; в спальне все окна открыты, а сад цветет так, что голова кружится!

Серафима Антоновна заглянула в самые глаза Аграмантова и вздохнула.

— Я пойду перед сном погулять в сад. Выходите и вы. Кстати вы прочитаете мне там, помните, то стихотворение Фета, которое вы мне читали на днях. Как это?

Серафима Антоновна пощелкала белыми пальчиками и прочитала нараспев:

— "Я людям не нужен, и сердце и разум..." Как это там у вас дальше?

Аграмантов сделался пунцовым.

— Я солгал вам, Серафима Антоновна, это стихотворение не Фета, а мое собственное, но только мне стыдно было сознаться, — сказал он, впрочем, не без гордости.

Глаза Дубняковой сделались еще ласковее.

— Так вы поэт? Вот как!

Она осмотрела юношу с головы до пят и добавила:

— Так вы в сад выйдете?

— Выйду, Серафима Антоновна, только вот...

Серафима Антоновна снова томно вздохнула, а Аграмантов пошел к себе в комнату. Там он подошел к столу, опустился на стул и, подперев руками голову, подумал: "Начинается! Я влюблен! Сердце мое переполнено блаженством. Серафима Антоновна ухаживает за мною вот уже другая неделя!"

Аграмантов поправил перед зеркалом галстук и пошел в сад. Серафима Антоновна была уже там. Она сидела на скамейке ближайшей аллеи, томно вздыхала и думала о молодом человеке, мысленно уже называя его Полем: "Поль очень мил, — думала она, — он такой хорошенький и конфузливый! Все его предшественники были такие мужики, а он милый и образованный. Он даже и галстук со вкусом подвязывает, хотя и не кончил семинарии. Впрочем, он поэт!" Она подняла голову. Павел Никитич подошел к ней, слегка побледневший. Серафима Антоновна обласкала его глазами.

— Садитесь рядом, — пропела она как ручеек.

В саду было темно. Соловей пел в кустарнике как бы в изнеможении, точно устал от запаха цветов и вдохновенья. Серафима Антоновна подняла на Аграмантова глаза.

— Продекламируйте ваше стихотворение.

Аграмантов шевельнулся, поправил галстук и начал с чувством:

— По старому саду иду я с тоскою,
Беседую с собственной тенью...
От белых черемух черемухой пахнет,
От белой сирени — сиренью!
Я людям не нужен, и сердце и разум
Я отдал иному теченью...
От белых черемух — черемухой пахнет,
От белой сирени — сиренью!
Я людям не нужен! Ненужным иду я
Навстречу жестокому тленью...
От белых черемух черемухой пахнет,
От белой сирени — сиренью!..

Аграмантов читал певуче и красиво. Серафима; Антоновна вздохнула.

— Замечательно правдиво!

От белых черемух черемухой пахнет,

От белой сирени — сиренью...

Замечательно правдиво! И какая масса наблюдательности! — воскликнула она. — Да! "От белых черемух черемухой пахнет..." Как это у вас хорошо подмечено! Но только зачем такое уныние — "Я людям не нужен!" Почему? И потом, мужчинам вы, может быть, и не нужны. Но женщинам? Подумали ли вы о них? Зачем же такая безнадежная грусть?

Аграмантов вздохнул.

— Ах, Серафима Антоновна, как же я могу быть веселым, если я пессимист? Разве пессимисты когда-нибудь радуются?

Он помолчал, подумал и добавил:

— Разве когда земля погибать будет, так они обрадуются!

Серафима Антоновна грустно покачала головой.

— Ах, скажите, пожалуйста. И давно это с вами случилось?

Аграмантов переспросил:

— Пессимизм-то? С третьего класса училища. Семнадцать лет мне тогда было. А потом и пошло и пошло; дальше больше, дальше больше!

— А теперь вам сколько лет?

— Теперь двадцать два.

Серафима Антоновна с боку посмотрела на соседа. "Боже мой, как он молод!" подумала она, вздохнула и прошептала:

— Прочтите ваше стихотворение еще раз.

Аграмантов откашлялся и начал читать снова.

Но когда оп произнес: "Я людям не нужен, Серафима Антоновна внезапно обхватила его голову руками привлекла молодого человека к себе и прошептала:

— Поль, милый, ты мне нужен! Мне! Любишь ли ты меня?

Павел Никитич вздрогнула От волос Серафимы Антоновны пахло сильными духами, а её полные руки положительно жгли щеки юноши. В его голове пошел туман. Он припал к губам Дубняковой и прошептал:

— Люблю, Серафима Антоновна! Давно люблю вас!

Серафима Антоновна положила его голову к себе на грудь.

— Не зови меня Серафимой Антоновной, зови просто Симой.

— Люблю вас, Сима, — прошептал Аграмантов.

— И не вы, а ты, — сказала Серафима Антоновна.

— Люблю тебя, Сима, — поправился Павел Никитич, чувствуя, что его голова качается на высокой груди обольстительной женщины, как челнок на море.

Серафима Антоновна сняла голову поэта с своей груди. Влюбленная парочка двинулась садом, целуясь и называя друг друга ласковыми именами.

Они очнулись на пустыре около проклятой бани.

— Пойдем туда! — кивнул головой поэт на полуразрушенное здание. — Здесь ты можешь простудиться; становится сыро!

— Ни за что, — прошептала Серафима Антоновна, — разве ты не слыхал, что говорил про эту избушку Илья Петрович.

— Сима, я умоляю!

— Ни за что!

— Но, Сима! Ты же сказала, что я нужен тебе!

Серафима Антоновна согласилась. Они сделали несколько шагов к избушке с выбитыми окнами. И вдруг земля под ними осела. Серафима Антоновна вскрикнула и полетела вместе с Аграмантовым в какую-то пропасть.

Аграмантов сильно ушиб себе спину, но очнулся первый. Кругом него был непроницаемый мрак.

— Сима, — жалобно позвал он и услышал:

— Поль, это ты?

— Я. Боже, куда же мы попали?

Аграмантов пошарил в кармане.

— Слава Богу, со мной есть спички, хотя всего две.

Спичка вспыхнула Навел Никитич увидел Серафиму Антоновну. Её волосы были посыпаны землей, а платье перепачкано в глине. Она глядела растерянно и, казалось, плохо понимала, что делается вокруг. Спичка погасла Аграмантов зажег вторую и огляделся. Они находились в каком-то странном помещении, не то могильном склепе, не то погребе с высокими глиняными стенами и таким же потолком. Небольшое отверстие зияло наверху. Выбраться отсюда было невозможно. Последняя спичка погасла в руке Аграмантова. Он со злобой швырнул ее на пол.

— Поздравляю вас, Серафима Антоновна, мы в том самом склепе, где Пугачев зарезал одного из ваших родственников. Вот куда завели вы меня с вашей любовью! Нам отсюда собственными средствами не выбраться. Завтра придут люди и чем-нибудь нас выволокут. Поздравляю вас. Завтра мне откажут от места! Вот до чего довели вы меня вашей любовью!

Серафима Антоновна жалобно застонала.

— Поль, как тебе не стыдно! Ты же сам звал меня сюда.

Она хотела еще что-то сказать но Аграмантов ее перебил.

— Как это я вас звал сюда? Вы меня звали в сад, а я, как честный человек послушался. Я не знал, что ваш сад черт знает с какими фокусами! Благодарю вас, Серафима Антоновна! Завтра мне откажут от места, а я и без того полгода слонялся перед этим без дела. Благодарю вас, Серафима Антоновна!

Серафима Антоновна простонала.

— Поль, ты совсем не любишь меня, а я согласна любить тебя даже в пропасти.

— В пропасти, в пропасти, — передразнил ее Аграмантов, — действительно в пропасти! Кругом голые стены, а наверху дырка, и в этой дырке кусок неба и три звездочки!

— Это хвост Большой Медведицы, — сказала Серафима Антоновна.

Она очень любила звезды.

— Может быть-с, но только этот хвост не поможет нам выбраться из этой чертовой ловушки. Я погиб, Серафима Антоновна! Завтра меня выгонят из вашею дома! Из училища выгнали, из почтамта выгнали и отсюда выгонят! Иди, Павел Никитич, прозябай, голодай и закладывайся!

Аграмантов захохотал. Серафима Антоновна простонала снова:

— Поль, не хохочи так дико!

— А вы, Серафима Антоновна, не рюмьте! Сядемте лучше да подумаем, как бы нам отсюда выбраться собственными силами.

Аграмантов и Серафима Антоновна сели рядом и погрузились в глубокие думы. Между тем Аверьянычу не спалось на его сеновале. Перед его глазами продолжали мелькать золотые червонцы. Он ворочался с боку на бок и шептал:

— Все нечистая сила и везде нечистая сила. И куда ни плюнешь, на нечистую силу попадешь!

Аверьяныч встал и пошел в сад. Ему хотелось посмотреть, не натворила ли нечистая сила чего-нибудь нового около проклятой бани. Он был страшно удивлен, когда увидел закрытое им отверстие открытым.

— Ишь разозоровалась нечистая сила! — прошептал он и пошел к частоколу.

— Ишь разозоровалась, удержу на нее нет!

Аверьяныч стал ломать частоколы В саду по-прежнему было темно. Кусты цветущей сирени и вишни казались повару белыми шатрами.

— Ишь, лагерем стала нечистая сила по всему саду, — прошептал он и, снова прикрыв отверстие гнилыми палками, травой и землею, поплелся к себе на сеновал.

— Перед зорькой, — шептал он, — опять нужно будет понаведаться сюда. Раскроет нечистая сила мою кладовушку!

В то же самое время Илья Петрович внезапно проснулся, когда часы били два... "Как по команде просыпаюсь!" подумал он, поспешно надел халат и туфли и прошел к спальне жены. У двери он послушал; в спальне было тихо. "Спит", поду-мал он и тихохонько прошел в сад. Там на одной из дорожек он остановился, как-то особенно циркнул, послушал и циркнул снова три раза подряд. И тогда из-за кустов сирени к нему выбежала Марфенька. Её хорошенькое личико было бледно; она слегка дрожала, хотя на её плечи была накинута шубейка. Илья Петрович поймал её руки, погрел их в своих, шутя подул на её пальчики и прошептал:

— Аверьяныч спит?

Марфенька прижалась к груди Ильи Петровича.

— Спит на сеновале, — прошептала она, вздрагивая.

— Ну, и отлично. А ты ему про кушетку рассказывала?

— Рассказывала.

Марфенька вздрагивала плечами. Илья Петрович крепко обнял ее.

— И я в доме рассказывал. Ты чего же дрожишь.

— Боязно, Илья Петрович, больно уж вы много страстей про баню говорите!

— Да ведь ты же знаешь, что я придумываю это нарочно, чтобы нам не мешали!

Илья Петрович беззвучно засмеялся.

— Знаю, а все-таки боязно.

Марфенька заглянула в глаза Ильи Петровича доверчиво и послушно. Они двинулись вперед. Илья Петрович шел, придерживая Марфеньку за талию.

А она семенила ножками рядом. Старая баня уже предательски глядела на них своими выбитыми окнами.

— Чтоб нам не мешали, — шепотом снова повторил Илья Петрович и вдруг взмахнул руками; Марфенька метнулась в сторону, но было уже поздно. Они провалились куда-то в тартарары. Марфенька завизжала и услышала ответный визг где-то с боку. Она испуганно забилась на земле, близкая к истерике.

— Что ты, что ты, что ты... — шептал, не понимая своих слов, Илья Петрович.

Серафима Антоновна узнала голос мужа, подумала: "Все равно скрываться поздно!" и сказала совсем наивным голосом:

— Это ты, Илья?

— Что! Ай-ай-ай! — закричал Илья Петрович, сразу не узнав голоса жены; но он тут же опомнился.

— Это ты, Сима? Как ты сюда попала? и где я? "Господи, вот влопался-то!" подумал он и услышал:

— Видишь ли, это старый погреб. Мы пошли гулять в сад вместе с Павлом Никитичем...

— Как, и Аграмантов здесь? — перебил ее муж.

— Здесь, Илья Петрович, вместе с Серафимой Антоновной, — послышался ласковый голос Аграмантова. — Пошли мы с Серафимой Антоновной в сад. Только, Илья Петрович, видим: старая баня, и в бане огонек. Мы и думаем: "Дай пойдем и поглядим поближе". Пошли и вдруг провалились. Это, Илья Петрович, тот самый погреб, в котором Пугачев задушил вашего родственникам! Здесь очень интересно, — добавил он с изысканной сладостью, — только жаль, спичек нет!

Аграмантов помолчал, но затем Илья Петрович услышал снова:

— А вы тоже не одни, Илья Петрович? Как вы сюда попали?

"Как вы сюда попали! — подумал Илья Петрович. — Чтоб тебя дьяволы взяли!"

— Очень просто, — добавил он вслух. — Я искал Симу и пошел в сад. И вдруг вижу около бани кто-то ходит в позе самого отчаянного лунатика. Волосы, представьте себе, растрепаны, а руки представьте себе, вытянуты по направлению к месяцу...

— Марфенька, — шепнул Илья Петрович, — распусти волосы.

— Боюсь, — прошептала Марфенька и всхлипнула.

— По направлению к месяцу, — повторил Илья Петрович. — Смотрю, это Марфенька. Я — к ней. Она сделала несколько шагов ко мне, и вдруг мы, представьте себе, провалились!

"Господи, что я за чепуху горожу!" подумал Илья Петрович, помолчал, подумал и спросил:

— Неужели же отсюда нет никакого выхода?

Аграмантов вздохнул.

— Никакого, Илья Петрович; я осмотрел все стены, ужасно высокие стены!

Дубняков долго сидел и думал, и, наконец, вздохнул. Он покачал головой и задумчиво произнес:

— Скверно! Доплясались мы с тобой, Сима, довертелись, дохороводились! Придут завтра утром рабочие, принесут лесенку и выпустят нас, рабов Божиих на свет белый, на позорище. И пойдут по всему уезду звон, трезвонь, пересуды; грязью нас закидают, имя наше запачкают! Разве скептики поверят, что мы попали сюда неведомо за что и как, игрою какого-то нелепого случая? Разве скептики поверят этому?

Серафима Антоновна вздохнула.

— Нет, скептики не поверят.

— Скептики ни за что не поверят, — подтвердил Аграмантов и добавил: — скептики и пессимисты.

Все погрузились в молчание. Только одна Марфенька истерически всхлипывала.

Когда Аверьяныч на заре подошел к проклятой бане, он увидел отверстие в земле вновь открытым, а в склепе услышал какой-то говор. Аверьяныч даже взбесился и прошептал:

— Господи, Боже мой, до чего нечистая сила разозоровалась! Петухи третий раз поют! а она не унимается, и в чехарду играет, и змеем извивается, и женихается.

Аверьяныч брезгливо плюнул.

— Тьфу, сколько на земле пакости!..

www.ingramcontent.com/pod-product-compliance
Lightning Source LLC
Chambersburg PA
CBHW020534310726
48979CB00014B/2326/J

* 9 7 8 1 6 3 6 3 7 6 7 9 0 *